U0105951

魔术师

THE ILLUSIONIST

杨映川◎著

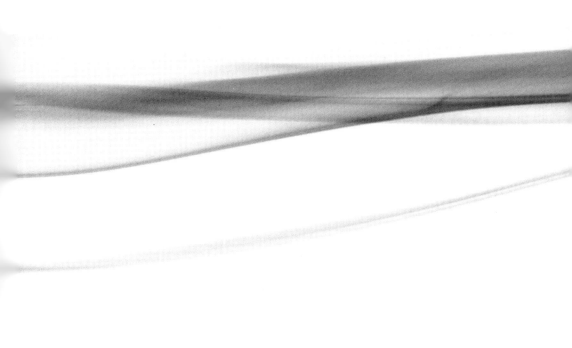

天津出版传媒集团

天津人民出版社

图书在版编目（CIP）数据

魔术师 / 杨映川著 . —天津:天津人民出版社，
2013.1
ISBN 978 - 7 - 201 - 07792 - 5

Ⅰ. ①魔… Ⅱ. ①杨… Ⅲ. ①长篇小说—中国—当代
Ⅳ. ①I247.5

中国版本图书馆 CIP 数据核字（2012）第 278685 号

天津人民出版社出版
出版人:刘晓津
（天津市西康路 35 号　邮政编码:300051）
邮购部电话:(022)23332469
网址:http://www.tjrmcbs.com.cn
电子信箱:tjrmcbs@126.com
高教社(天津)印务有限公司印刷　新华书店经销

2013 年 1 月第 1 版　2013 年 1 月第 1 次印刷
710×1000 毫米　16 开本　12.75 印张　2 插页
字数:230 千字
定　价:29.80 元

我要成为一个魔术师，
我要把这个世界一点点地变没，
再按照我脑子里想的，
一点点地将它变回来……

第一章

1

直接打的过来方便,我不去接你了。昨天通电话的时候,任义来是这么对冯时说的。到达汽车站后冯时没有舍得打的,慢慢寻看公共汽车站牌,转了四趟公共汽车,有一趟是转错了,好不容易找到一幢二十来层的高楼下。楼下芳草萋萋,绿树成荫,还有一汪水池两座假山。冯时仰望大楼,对任义来的崇拜又拔高几尺。

电梯门打开时,一个胖子比冯时抢先一步进电梯,占据了电梯空间的四分之一。冯时小心翼翼站到胖子对面,偷偷打量那张油光可鉴的胖脸,他想,任义来应该也胖了。任义来以前有个外号叫"排骨",大家喜欢取笑他瘦骨嶙峋的肋排可以弹奏琵琶。可如今一个发达了的人要长胖就好比有钱能买到肉吃一样理直气壮、天经地义。冯时脸上不知不觉浮出温柔的笑容。对面胖子很敏感,立时鼓起眼睛瞪他。七楼到了,冯时鼠窜出电梯。

任义来住702,冯时站在门口,提包抱在怀里,气微喘,兴奋还有点局促,四五年不见面,他和任义来的距离马上见分晓。冯时的指头认真摁下门铃,听到门里铃响了,然后有人走动的声音,声音停在门口凝固

1

了,冯时机灵地对着猫眼眉开眼笑,门开了。

"怎么这个时候才到?"任义来两只眯眯眼,光着膀子,瘦高个,胸脯瘪瘪,肋骨条条分明,人一点没胖,还是排骨。变化的是头发和皮肤,头发染了,金黄色的,皮肤变白了,惨白,越发显得营养不良。

"我是坐公共汽车来的。"

"不是让你打的吗,能省几个屌钱?"

冯时嘿嘿笑。

任义来伸出一条瘦胳膊把冯时捞进屋里,这个动作让冯时觉着温暖了,觉着回到少年时代了。屋里楼外两重天,一股浓烈的脚臭味混合着烟味扑上来差点把没有心理准备的冯时撞出门外。他强忍着,迅速扫了一眼客厅,厅挺宽敞,该有的家什一件不少,沙发、茶几、电视、酒柜,甚至还有一台电脑和打印机。沙发上堆着衣服和毛巾,门角歪七倒八几双鞋子搭着袜子,茶几上摊着吃剩风干的盒饭,电视机顶上一只烟灰缸堆了小山包似的烟头。他原本想说的几句场面话在如此恶劣的情境下活生生噎住了。任义来反倒落落大方,从沙发上的衣服当中刨出一块空地,拉着冯时坐下来。"坐,坐,屋子好久没收拾了,事情太多顾不上,歇一会我们出去吃晚饭。"

冯时从包里拎出两只飘着米花的瓶子说,"哥,我给你带糯米酒来了。"

任义来眼睛一亮,拿过一瓶咧嘴龇牙咬开盖子,咕咚两口,咂吧嘴,"妈的,我们那地头酿出来的米酒就是香甜,好几年没喝过了,晚上带出去就着菜好好喝一顿。"

晚饭是在附近的一家饭馆吃的。看得出任义来是熟客,服务员热情地称他为任老板,迅速地给他们上了几盘菜,有鸡有鱼有虾很是丰盛。两人把糯米甜酒倒上,酒菜吃了不少,冯时刚才在屋里说不出来的话此刻痛快吐出来,"哥,你真是混出来了,咱们玩得好的几个数你有出息,大家经常说起你,把你当榜样,阿三和阿发一直吵着上来找你带

2

他们发财呢,还有阿三让我提醒你,你说过发财了要请大家上北京爬长城逛天安门的……"

"就是不缺吃喝,在这大城市里算不上什么,哎呀,我是要找个机会回家去看看大家了。"任义来摆摆手谦虚着,两只眯眯眼笑成一条线。

"听说你开了一家公司,自己做老板?"

"刚刚转给别人了,自己做老板累啊,大事小事全要操心,忙得要吐血,不如给别人打工省心。现在机会遍地都是,来钱的路子多,只要脑子灵光不怕赚不到大钱。"任义来的手指头在自己尖脑袋上来回戳了好几回,证明那就是一颗灵光好使的脑袋。

冯时听了更加肃然起敬,剩下的半瓶米酒全倒进任义来的杯子里,"哥,我前次跟你说的事你帮我打听了没有?"

"哦,你在电话里说得不清不楚的,好像说这次过来是来读书的?"

"是学习,我来学习魔术。"

"魔术?开玩笑吧!这冷门的玩意学来干什么,学着好玩啊?"任义来嘴里呸呸声,鱼骨头吐了一桌子。

盯着四处飞散的鱼骨头,冯时有些愣神,当年他们几个伙伴一起胡闹找乐子,他变魔术的小手段是保留节目。他可以将手上的铜板一个个变没了,又一个个变回来。尽管他玩了一次又一次,谁也没本事揭穿谜底,伙伴们伸出大拇指说,"冯时,你这辈子不当个魔术师算是白弄了,你天生是干这行的材料。"任义来也没少说这话,但他显然忘了。

冯时说,"不是每个人都想开公司做老板,我就想学魔术。"

冯时神圣不可侵犯的表情让任义来不得不把轻慢的姿态收拾一二,他在城里混久了,人自然圆滑许多,别人要学魔术就学魔术,玩傻了玩残了关你屁事?他脑子转了转,依稀记起一些往事,拍拍冯时的肩膀,"兄弟,你还玩那几个铜板吗?"

冯时暗淡下去的眼睛重新亮起来,兄弟就是兄弟,只要任义来还

3

记得那几个铜板他就不生气了。他从裤兜里将五个铜板掏出来，一一排在桌子上，一枚枚青光发亮。四枚是普通的"光绪通宝"，一枚稍有价值的是崇宁重宝。

任义来夸张地在桌上拍了一巴掌，"还随身带着它们呀！看来你这辈子是玩定魔术了，有志者事竟成，哥支持你，你带了多少钱过来？"任义来把杯里最后一口酒干了，美美地打了一个饱嗝。

"六千。"

"六千顶个屁用，就是老哥包你吃住，你找到学习的地方还不一定交得起学费。"

"我可以一边打工一边学习。"

……

冯时在任义来的住处落下脚了。他本来要分担一些房租的，可任义来说了，兄弟之间不谈钱，谈钱伤感情。冯时感激不尽，每天跑菜市场，洗衣服拖地板，还像保姆一样做好饭等任义来回来吃。任义来有时候出去一整天甚至两三天也不回，有时又好像缺了八百年的觉，能在屋子里睡上一个星期不动弹。

冯时按捺不住好奇问，"哥现在跑什么活路？"

任义来仍然是过去的话，什么赚钱做什么。不过看得出任义来还是赚了些钱，他每赚一笔就会将屋子里的旧东西清理掉一些，例如旧皮鞋、旧衣服扔了，换上几套新的行头，再带冯时下下馆子，到一些地方开开眼莘。

2

冯时随身揣着的五枚铜板是他十岁那年父亲冯春送给他的。

当年的冯春应当也算个文艺工作者，他没有正式工作，长期跟着县里一个民间剧团到各乡镇演出，别人是唱唱跳跳，他是玩魔术，除了玩扑克牌，布袋子里掏鸽子，听说大变活人也变过。冯春一年到头在家落脚的机会不多，逢年过节更少挨家。有一阵子县里铆足劲以多种形式宣传计划生育，其中一项是寓教于乐，用文艺宣传政策，冯春留在县上演出的机会多了，正碰上冯时过十岁生日，冯春除了买整只烧鸭给他吃，还问他想要什么。

冯时说，"爸，你教我玩魔术好不好？你玩魔术的时候像个神人，我眼睛都舍不得眨一眨。"

儿子崇拜老子，老子心旷神怡，冯春在家里第一次从老婆吴菊的臭骂阴影下走出来，顶天立地地站在儿子跟前。在吴菊眼里，冯春永远不务正业，游手好闲，每次回家，一定从他进门数落到他离家走人。

冯春从床铺下面的箱子里翻出一只小黑绒布袋，布袋里倒出五枚铜钱。他将五枚铜钱分别捏在两只手里，双手合掌一击，再打开手掌，五枚铜钱不翼而飞。冯时两只眼睛瞪圆了。冯春右手掌握成拳头，嘴对着吹吹气，右手掌摊开，赫然两枚铜钱又现了身，另外三枚则是从口袋里掏出来的。冯时激动得吭吭巴巴，"神怪了，爸，我要学，你教我。"

冯春将五枚铜板放在他手上说，"儿子，铜钱送你做生日礼物，你把爸刚才那套手法学会，基本功就算是掌握了。"

冯时开始玩的时候，铜板藏不好，经常掉到地上，好不容易手指缝夹稳铜板了，动作慢得跟放慢镜头一样，父亲指着儿子的破绽哈哈大笑说，"儿子，光练得手快手熟是不够的，还要知道转移别人的注意力，把别人的注意力转到你没有小动作的那只手上。"

冯时把铜板捏在手心，上课玩，睡觉玩，还没等到他将铜板玩熟冯春又要离开了。冯时问，"爸，你什么时候回来，你教我的我已经练得差不多了。"

冯春说，"爸很快就回来，回来检查你学好了，再教你两手新鲜的。"冯时用力地点了点头。

冯时把父亲教他的小魔术玩得炉火纯青，自己又举一反三玩出更多新花样，五枚铜钱在他手上就跟他指挥自己的五根手指头一样灵活方便。他热切地盼望着父亲回来，他好演给父亲看，父亲一定会夸奖他，教他更多新鲜的手段。

可是，冯春对儿子食言了，他这次外出演出再没有回过家，把他的妻儿彻底抛弃了。冯时觉得父亲是被母亲骂跑的。

冯春杳无音讯的头几年，吴菊天天骂，"冯春你这个短命的死鬼，没良心的东西，抛妻弃子，老娘不信没有你就活不下去，我一个人照样会把儿子养大，看他娶妻生子，还要带大我的孙子。冯春，我看你以后回来儿子叫不叫你爸，孙子叫不叫你爷，看你以后羞不羞……"

吴菊到底也食言了，冯时十五岁那年，吴菊没和儿子打一声招呼，就收拾行李悄没声息地改嫁到外地去了。

冯时靠几个叔伯的资助勉强读完高中，考上一所收费很高的中专，读了一年叔伯们都喊实在是没钱供他了，这样的中专出来还不一定能找到工作。既然是这样他干脆不读了，随一个叔叔在饭馆里打小工，做了三四年，当他的积蓄达到六千块钱的时候，他觉得可以到外边学魔术了，他就跑到省城里来找任义来。

冯时经常出去打听学魔术的地方，有人告诉他去杂技团问问。

冯时好不容易找到省杂技团的大门口。这个门口快被商铺淹没了，想来是将原来的围墙全改建成商铺租出去了，只留出一条勉强可以通过一辆小车的通道，几幢半旧不新的两层楼在通道的拐弯露出一角。冯时看清楚墙上挂着的杂技团招牌，迈步往里走。

一个六十岁左右的老头儿伸手拦住冯时，冯时这才注意到即便这样一个小门口也还是有人守卫的。

老头儿威严地问，"找谁？"

冯时说，"这里是省杂技团吗？"

老头儿的目光在招牌上走了一圈，意思是你不识字吗？

冯时说，"我想找杂技团的领导。"

"哪位领导？"

"只要是领导都行。"

"有什么事？"

"我想来学魔术。"

"学魔术，谁让你来的？杂技团是国家单位，不随便招人。"

"学费我都准备好了，我是专门来学魔术的。"

老头儿摆摆手，驱赶鸭子一般，"走吧，走吧，别在这里浪费时间了，你到文工团去问问，看你这身条别人可能会收。"

冯时尴尬地站在铁门外，心想，不让我进去我就在门外边等，只要有领导进出这道门我直接跟他们说。他站在大门口外。老头儿始终警惕地盯着他。

人三三两两地进来出去，冯时站了半个钟头，突然看到一个很像领导的人。这人穿着白色绸衫，身材高大，满面红光，两耳肥厚，手上提着一只塑料袋，装着像鱼的活物，上下窜动。冯时盯紧了他，上前一步问，"您是杂技团的领导吗？"

那人止住脚步，带着疑问看冯时。

守门老头儿赶紧上前招呼，"刘团长，这个人我赶也赶不走，他说是要来学魔术的，你看看，胆子不小，在门口拦人了——"

刘团长没有和守门的老头儿一般见识，表现出了领导应有的水平，他首先伸手跟冯时握了握，面带笑容问，"小伙子，怎么想起要学魔术？"

冯时听守门人叫这人刘团长，乐坏了，他连声说，"刘团长您好，太好了！我从小就跟我爸学魔术，有点基础，我可以表演给您看。"

"好啊。"刘团长好脾气地立在路边。

冯时把五个铜板拿出来，熟络地演示了一番。

刘团长点点头，"不错，不错，手脚灵活，还是有天赋的，哎呀，可惜我们团里几个玩魔术的都自己另找路子发展了，杂技团这块招牌下面挂的是空壳子，没人能教你。"

"那你能不能将那些魔术师的名字和住址告诉我，我去找他们。"

刘团长摆摆手说，"小伙子，到此打住吧，为了你好，我劝你一句，去学点实用的东西好好找份工作，这年月玩魔术的可不太容易找出路。"他说完跨进铁门。

冯时在背后叫，"刘团长，刘团长。"刘团长没有再回头。守门老头儿忙把铁门虚掩上。冯时站了一会儿无奈转身离去。

守门老头儿跑几步上前讨好地问刘团长，"刚才那个人是不是脑子有问题？"

"谁知道呢，以后碰上这类人你们要好好说话，不要硬来，如果把他说急了他揪住你打几下子不白打了？"

3

冯时在省杂技团碰的钉子让他沮丧了好几天，直到在电视上看到一组魔术表演节目才重新振作起精神。表演魔术的是一个年轻时尚的魔术师，名字也很时尚，叫迈克。他在很多公共场合表演魔术，号称他玩的不是舞台魔术，而是生活魔术，例如在公共汽车上将扔出窗外的东西重新钓回来，在商场众目睽睽之下，顺利地偷窃一大堆商品……电视评论说，大部分观众在看了迈克的魔术表演后都会觉得十分新鲜，那是因为人们对魔术固有的传统观念在迈克这里被颠覆了。观众们也许已经对特定灯光道具下的舞台魔术节目失去了兴趣，人们心中的魔术似乎指特定观赏角度下的视觉骗局，然而魔术并非如此的肤浅,魔术师可以完全走入街头,在人群的包围中……

冯时给电视台热线拨了几十个电话,才弄到迈克的电话号码。他还算运气,第一次拨打电话就通了,而且是迈克本人接的。冯时激动地说自己在电视上看到了他的表演,并想跟他学魔术。

迈克说,"你打算支付多少学费?"

冯时说,"我有差不多五千块钱。"

迈克说,"No way,你以为我的魔术是跟跑江湖的学的?我是在英国学的,付了几十万的学费,目前没有招徒弟的打算。"电话挂上了。

冯时再打电话,迈克说,"我警告你,再打我报警了,你这也属于性骚扰。"

冯时好不容易碰上一个魔术师怎么能错过了,他顾不上要被告性骚扰,仍然将电话打过去,求迈克做他的老师,他愿意按小时付课酬。迈克懒洋洋地说,"好吧,我一节课收一千元。"冯时连想也没想回答说一千就一千。

冯时揣着四千块钱来找迈克。迈克在生活中的打扮和电视上差不多,白衬衣,黑马甲,小黑领结,鼻梁上多了一副墨镜,手大部分时间插在裤兜里,人站得笔直。看他站得这么直,冯时也注意挺直自己的脊背。

迈克给他授课的地点是在宾馆里。迈克指着房间里的摆设说,"我住的这间房一天要花差不多两千元,你的钱也就够付房费。"冯时惭愧地低下头。

迈克头两节课给冯时上的是魔术发展史和东西方魔术观比较,第三节第四节课是讲述他自己的生活魔术观。上课的时候,迈克的两只手还是插在裤兜里,除了做些手势或接电话基本不拿出来。冯时的四千元钱在一个早上就花出去了,花得有点稀里糊涂,他希望迈克能当面给他表演几个魔术节目,让他真真切切看一回,也就是迈克嘴里经常说的词"感性认识"。

迈克很绅士地笑了，"冯先生，我从来不会为一个人表演的，我的出场费一场十来万，你付得起吗？我是看你心诚才给你上了一早上的课，嗓子都说疼了。"

冯时说，"你就教我一个简单的魔术吧，我不求多，就一个。"

迈克说，"你这人怎么就说不明白呢？想看我的表演，你可以等我的演出，当然，这可能要等一段时间，如果你现在想看，就只有买光碟了，一张五十块，便宜得很。"

冯时嗫嚅地说，"我还是希望你能亲手教我，我会凑齐学费的。"

迈克不耐烦地摆摆手说，"以后再说吧，出去别跟人吹牛说是我的学生，我不会承认的。"

冯时买了两张碟回家放，碟里的内容和电视上播的差不多，他还是没有学到什么。他躺在家里想了两天，觉得这里面还是个钱的问题，如果他给得起钱，迈克一定愿意教他更多的东西。他带来的六千元钱，平时用来买菜买日用品，剩了四千多，学费一下交出去了，干等下去不是办法，他决定出去找工作，一来可以赚学费，二来在外面方便打听哪里还有教魔术的。

冯时找到一家小饺子馆，是家夫妻店，女人怀了孩子，男的不想让女人太辛苦，雇个人早晚帮忙。冯时先前在饭馆做过，手脚麻利，夫妻俩挺满意，做了一段时间后，下晚八九点过后客人少的时候，夫妻俩也敢将店面交给他一个人，先行回家了。

任义来很帮衬饺子馆的生意，隔三岔五去吃上一顿，有时还带上人，点上几个凉菜，喝上几瓶啤酒。

有一天冯时收工回来看到任义来像一条死狗躺在沙发上哼哼，鼻子肿得像一只鲜桃，嘴角不时溢出血水。"哥，出了什么事？我送你上医院。"冯时慌神了，拉扯任义来的胳膊。

任义来有气无力说，"别扯，别扯，再扯就散架了，给我倒杯水，再到冰箱里找点冰帮我敷鼻子上。"

冯时一晚上没敢睡，斜躺在沙发边上，听任义来鼻子呼呼出气，倒让他放下心了。

　　任义来躺了三天能站起来了，鼻子还是红肿如桃，不得不上医院去看医生，原来是鼻子骨折了，正骨回来，又打了几天消炎针，那肿才渐渐消下去。对这次被打的经历，任义来讳莫如深，只说在城里与人抢饭碗，有时难免会招人忌恨。

　　这一次事件对任义来的打击还是蛮大的，他至少有三个星期不出家门，躺在家里看电视，喝啤酒。有一天晚上他突然出现在饺子店很让冯时吃惊，这个时间店里几乎没什么客人了。冯时问任义来要不要来几两饺子。任义来说，"鸡蛋韭菜馅来半斤。"冯时给任义来下好饺子，又上了两碟小菜两瓶啤酒。

　　任义来喝着喝着突然抹了眼睛，扯着冯时的手说，"兄弟，我窝囊啊，连个女人都保不住。"冯时赶紧问什么事。任义来说，"早两年我谈了个女朋友，漂亮又懂事，可她家里人死活不同意，说我穷得身上只剩虱子，又是从小地方来的人成不了事，女朋友拗不过家里人反对，一气之下到广东打工了，现在她家里给她找了对象逼她回来嫁人。唉，真窝囊，看我这出息，连个女人都留不住！"任义来的双手转移到头发上，狠狠地拔，像拔草。

　　冯时急了，"哥，凭你现在的本事谁还敢看低你？"

　　任义来叹一声，"我找她哥哥说了，我现在有钱了，不是以前的穷光蛋了，可说有钱不能空口无凭，你拿个存折，人家也不一定信是我的钱呀！所以我说我还开了一家饺子馆，门面不大，但够日常开销了。老弟你帮个忙，我将她哥领你这来，就说这店是我的，让他过过目，有个现成的东西摆在跟前，比较好说话。"

　　"那他以后发现这馆子不是你的怎么办？"

　　"等我把你嫂子娶回家，过上好日子，她家人还能有什么话？看馆子也就是走走形式，时髦的说法就叫增加砝码。"

冯时白住任义来的房子,现在总算找到一个机会报恩,赶紧应下,"这不难,你来的时候,我叫你老板就是了,最好这个时间过来,这时间就我一个人在店里,方便。"

任义来说,"要做就做得像模像样,过两天我弄个假的营业执照,上面是我的照片,你到时换上去。"

任义来过了几天果然带了一个人来看店铺,他称那长了一张大饼脸的男子为余哥。余哥一副挑剔的模样,店里店外巡视,连厨房也不放过,锅头灶台敲敲打打一番,好像这店面即将成为他的一样。冯时事先已经将任义来准备的一个假营业执照换上去,上面的大名是任义来的。他跟在任义来屁股后头左一声老板右一声老板地叫唤。

余哥向冯时打听生意怎么样。冯时说,"不错,一天能卖百来斤饺子。"余哥最终还是板着一张脸走了。冯时暗暗为任义来着急,摊上这么一个大舅子,日子不会好过。

可过不了几天,就听见任义来得意地吹着口哨说,"过关了,这下我能下广东去接你嫂子了。"

冯时一听,自己得准备一份礼物才行,他到商场挑了一条金项链。任义来收拾了好几箱的行李,冯时看他东西多,又跟老板请了半天假,送他上火车站。临别,冯时将金链子交给任义来说,给嫂子的。任义来看了一眼塞进口袋。冯时说,"不行,这样很容易被小偷掏去的,你干脆戴在自己脖子上,等到了地儿再取下来。"任义来按冯时说的,将链子取出来戴在脖子上,郑重其事地将领子扣紧。

火车开动后,任义来突然伸出头来对人流中的冯时嚷,"好兄弟,那家饺子店别去干了,听我的,千万别去了——"任义来的声音很快被火车卷走了。

冯时莫名其妙,想不明白任义来这番交待从何而来,本来不打算理会任义来说的话,还回饺子店干,因为做熟了。偏巧回家的时候,房东堵在门口催交房租,说任义来已经三个月未交房租了,再不交就要停水停电了。冯时拨打任义来的手机想证实这事,任义来的手机却关机了。他只好把攒下的钱全交了房租,想想真觉得有点不对劲了,又说不出哪不对劲,他本来以为房子是任义来私人的房子,现在才知道不是,不仅不是还欠了三个月房租,这事有些蹊跷。于是,冯时没回饺子店。

任义来这一走没有任何消息,冯时打了好几次他的手机都说是停机了。冯时另找了一家快餐店做服务员,从任义来那搬出来和同事合租一间小房子。

冯时出事那个星期天本来是轮到他的班,他偶然从报纸上看到星期天早上人民公园有魔术表演,就和同事调了班。冯时早早去占了一个位置,第一排,不一会儿其他座位都坐满了人,大多是家长带着孩子来的。

十点钟魔术表演正式开始,魔术师表演了几个传统的节目,像空中钓鱼、空碗变水、吐火、自缚自解等。表演时间过半,一个穿着黑色燕尾服的魔术师走到麦克风前说,"请台下一位观众上台协助表演。"冯时手举得高高的,生怕魔术师不点他,急急地跳上台去。

这是个大变活人的节目,首先是将冯时变成一个大美人,然后再将大美人变回冯时。冯时稀里糊涂钻进箱子里,只听到外面喧哗一片,不知道发生了什么,过了七八分钟把他放出来,观众又是掌声如雷。魔术师牵起他的手举得高高的,向鼓掌的观众答谢。冯时恍然间觉得自己变成了魔术师,刚才是他在表演魔术,这些掌声是属于他的。

回到座位上,冯时的心脏还在激烈地跳动,他舔舔干燥的嘴唇,眼睛盯着台上的魔术师,里面全是盼望,盼望着还有重新上台的机会。突然,他的脑袋被一只后面来的手摁住,人扑倒在地,嘴啃泥,双手迅速被反剪身后。冯时像一只拼命挣扎的大公鸡,扑腾着,脸红脖子粗,拧过脑袋他看到几名警察和一张似乎熟悉的大饼脸。那张似曾熟悉的面孔指着他咬牙切齿地说,"就是他,这个死骗子!烧成灰我也认识!"

4

冯时打死也想不到,他已经成为一条社会新闻的主角了。

像往常一样,晚八点,朱聪盈从宿舍楼下来,加入散步的队伍。三三两两围着省报社大院林荫道散步的多是一些上年纪的人。他们走得不缓不急,说着话,或摇着扇子,他们的步履就像他们的人生态度,赶什么呢,再赶前面不都一个结局吗?朱聪盈穿着平底鞋,宽松牛仔裤休闲白色T恤衫,步子辣辣生风,头发向后扬扬洒洒,一张鹅蛋脸在路灯下闪烁着瓷白的光泽,这种饱满的状态她自己也很满意。十圈,走了整整十圈。她停在报社办公大楼楼下,这时正好八点四十分,她的夜班从九点钟开始,她总是提前二十分钟上办公室,将地扫一扫,垃圾倒一倒,然后到照排车间将出了大样的版面拿回来。这一会儿工夫,校对组上夜班的陆续来了。

朱聪盈还在见习期。按报社的惯例,所有分来的大学生先到校对组或夜班热线见习,期满一年后再分到各部门。说实话,朱聪盈对校对工作很不以为然,她认为一个新闻专业的硕士生不能马上投入到火热的采访前线,而要在夜班对着稿子上的字一个一个地咀嚼,实在是扼杀青春和战斗力。

校对组组长将需要校对的稿子分配好,整个办公室的人静默悄然地开始工作了。组长头发花白,两颊瘦削,戴着高度近视眼镜,符合传统概念中的老学究形象。朱聪盈听人说组长年轻时也分在新闻采访中心,后因稿子写得过于中规中矩,又特喜咬文嚼字,卖弄学识,连领导写的稿子也敢说三道四,终于被贬到校对组来了。

朱聪盈拿到一篇有意思的小稿子——《诈骗犯狗胆包天上台当表演嘉宾被逮》:

8月23日上午，一名诈骗嫌疑犯在人民公园被110警员捉拿归案。这天上午，人民公园有一场魔术演出，观众如潮，当表演进行到高潮时，魔术师邀请观众上台做嘉宾，一名男子踊跃上台，在他协助魔术师表演的过程中，台下的一位余姓观众突然发现此人正是自己向公安局报案追缉的诈骗嫌疑人冯某。余某当即拨打110，并向公园保安报告，在公园保安的监视下，110迅速赶到人民公园将冯某缉拿归案。

据了解，冯某此前在一家饺子馆打工，与人合谋冒充饺子馆的老板，将饺子馆抵押转让，诈骗他人钱财。

朱聪盈将稿子看了两遍，没发现什么错漏，她将稿子钉上编辑标签，送到组长台上。凡经见习生校过的稿子，最后都要归到组长手上再审一遍。

朱聪盈拿起一篇新稿子，脑子里想的还是刚才那篇小稿。她忖度这个诈骗犯的脑子一定是烧坏了，人家躲都躲不及，他还敢跑上台亮相，明摆着是招呼人来抓嘛，这年头，各行业都出笨蛋，连靠脑子吃饭的诈骗行业都不例外。

组长将稿子放回朱聪盈桌上，手上的笔在稿子上敲了敲说，"再校一遍，还有错别字。"组长的声音不大，但在朱聪盈耳里炸开了，她的耳朵当即火辣辣地热了。尽管没有一个人抬起头，也没有一个人朝她这个方向看过来，她确信每个人都听到了，这才是人心最微妙处，当是给她留面子，心里真正想的是什么只有天知道了。

糟糕的是，对着稿子，朱聪盈手指头一个字一个字点过去，来回几遍还是没发现错别字。她心里把组长埋怨坏了，既然校出来了你就将错漏的地方标出来呗，还要来这么一手，不是存心让人下不了台吗。最后再过一遍，朱聪盈下结论了，错别字是没有的，要有也是组长判断错误。她大起胆，将稿子再一次上交，嘴上仍是谦虚的，"组长，我没看出来,你给我说说。"

组长推推鼻梁上的眼镜,也不说话,手上的红水笔将稿子上"拔"电话的"拔"字圈一个大圈,然后拉出一条长线到空白处写上"拨"。朱聪盈恨不得扇自己一耳光,她嗫嚅着,"哦,对,是错了,这字我是绝对不会写错的,可就看不出少了一撇……"

凌晨三点朱聪盈离开办公室,她是最后一个离开办公室的,虽说这是校对组下班的标准时间,但一般不用弄到那时辰,早的凌晨一点之前所有校对的活就能干完,既然干完了也不要求人呆坐在办公室里,想走的就可以走了,因为另有不少时候,如重大会议召开,国际运动赛事、突发事件等等会将校对组上班的时间延长,耗到天亮也不是怪事,扯平了。

朱聪盈留下来认真阅读组长办公桌上放着的一本《常见错别字识别》,算是对晚上工作失误的弥补。书里就列有"拔"与"拨"这两字的比较,她捏着发烧的小耳朵刻苦读书,偶然看到窗外升到半空的月亮,一句古词冒上来:今人不见古时月,今月曾经照古人。这么一抒情她发现肚子饿了,上一宿夜班,肠胃跟倒空的米袋一样。她再也坐不住,收拾下班。

职工食堂彻夜不灭的灯光比水还温柔。在今月的照耀下,朱聪盈从裤兜掏出一张夜餐票捏在手里,朝温柔的光前进。

食堂师傅一个人枯坐在饭厅里看电视,看朱聪盈进来,眉眼不太精神地招呼,"姑娘,想吃——"

"麻烦您给我煮碗老友粉。"

"圆粉还是切粉?"

"切粉,多放点酸笋。"

一碗红绿交错的汤粉端上来,红的是辣椒西红柿,绿的是葱花香麦菜。朱聪盈张开嘴把油花吹开,喝两口汤暖暖胃,拿起筷子撰起一大夹米粉塞进嘴里,吃两口不忘记夸师傅说,"您煮的米粉味道特别好。"

师傅开心地笑了。

大院夜里的空气是芳香的，玉兰树少说也有十来棵，千里香屋前屋后密密地种着。吃完米粉出来朱聪盈不敢把嘴张开，她一嘴葱蒜味，不好意思将这清新玷污了，她没有目的地在院子里又转了两圈，感觉肚子没有这么实沉了才回宿舍。

朱聪盈住的这排平房建于二十世纪七十年代末，两房一厅，带着卫生间，据说当时是专为领导盖的，二十多年后成了新分配进单位小年轻的宿舍。房子有了年头，外墙脱得跟癞子头一样，电线经常莫名其妙地短路，因为早晚是要拆掉的，报社也不花冤枉钱来修缮了。两间房两个人住着，客厅和厕所共享。朱聪盈和工商部的赵琼是室友。

朱聪盈小心翼翼打开房门，听到赵琼的房里传来嬉笑声，这时间除了男朋友不会有别人，她松了一口气，脚下恢复自然步态，进屋刷牙洗脸上床睡了，也不知道睡了多久，耳边突然传来砰的一声巨响，她活生生光脚蹦到地板上，迷迷糊糊东张西望寻找声音来源，依稀有脚步声在窗外经过。她懵了好一会儿，狐疑地盯着窗户，隔着窗帘布，外面树影绰绰，她是没有勇气掀开窗帘看个究竟的。刚才那一下像是一块砖头砸在窗棂上，她大气不敢出，动也不敢动，直愣愣盯着窗户，心扑扑跳。窗户外是一条偏僻的小路，种满冬青树，一般不会有人经过。

有人砸了我的窗户，我到报社上班才一个月，招惹谁了，谁这么恨我？朱聪盈得出这判断一夜再也未睡着，将背景漆黑的窗帘盯到透亮，窗帘布上的绿竹随风摇摆，太阳出来了。

没有什么比光天化日更能给人壮胆了。朱聪盈下床穿好衣服，走到窗户边拉开帘子，明亮的光蹦进来，一扇扇玻璃窗子完好无损，朱聪盈趴窗台上伸出头去，在窗户下面发现一台影碟机。影碟机受过重创，外壳凹了一块，进碟口飞出两三米外。原来是有人将影碟机拿到窗下来砸了,只要不是一块砖头她就放心了。可谁这么无聊,好好的影碟机说砸就砸了,难道不是用钱买的吗?上班第一日朱聪盈给自己定了一个计划,工作四个月后买一台电视,工作满一年买一台电脑。作为一个新闻工作者,这两样东西是必需的。影碟机还没在她的一年计划里呢,可有人说砸就砸了。

朱聪盈一般是要睡到十点,今天起得早了,也不想再睡回笼觉,就到厨房弄早餐。赵琼穿着睡衣在煮牛奶,朱聪盈打了声招呼,赵琼回过头,头发蓬乱,脸色蜡黄,两只眼睛红肿如鲜桃,这形象把朱聪盈吓了一跳。回想昨晚回来听到的嬉笑声,朱聪盈暗忖难道熬一个通宵就将一个大美人毁成这样?自己天天上夜班,前景堪忧。

赵琼是朱聪盈心目中的美女,是朱聪盈小时候梦想长成的那一类女人。尽管有不少人不这样认为,说赵琼是白骨精,福薄相。赵琼瘦且高,头发烫成大波浪披肩,衬出一张楚楚可怜的小脸蛋,每天出门她身上的衣服很少重复,吊带裙、套裙、公主裙,上身都很动人,身上的配件也不含糊,各色皮包近二十个,单夏天穿的凉鞋也有十来双,一律细高跟,把人衬得婷婷娜娜。

赵琼每天早上只喝一杯牛奶,加上一枚煮鸡蛋,午饭光吃菜,晚饭基本不吃。这让每晚吃夜宵的朱聪盈总怀着一种犯罪感。牛奶是好东西,赵琼说了。朱聪盈也跟着养成起床喝牛奶的习惯。她们喝的牛奶是郊外一个牛奶场运到报社大院来卖的,一般是在下午五点左右的时间运到,量不多,两桶子,先来者先得。这个时间上班的都没下班,朱聪盈得天独厚,一个下午都待在宿舍里,赵琼就把买牛奶的任务交给她了。朱聪盈接了这差事,没有什么不乐意的,她也要喝,替人捎带举手之劳而已。

是赵琼伤了朱聪盈的心。有一天下午朱聪盈要上街买东西,估计五点钟回不来,所以提前跟赵琼打招呼说牛奶可能买不上了。赵琼答得爽快,没事,没事,好好玩去吧。朱聪盈以为赵琼说的没事,是指她少一天不喝牛奶没问题,可她没想到第二天早上赵琼还是有牛奶喝的,人家抽个空跑回来买了牛奶,只不过没有替她买一份。为这事朱聪盈伤感了一晚上,第二天恢复正常了,她想她对赵琼要求太高了,是以一个朋友的标准来要求赵琼了,其实她们不过是凑合住到一块的两个人,没有必要付出感情或其他。

赵琼问,"怎么起来这么早?"

朱聪盈说,"别提了,半夜有人在我窗外边砸影碟机,我还以为是谁用砖头来砸我的窗户,吓得睡不着。"

"哦,那应该是我男朋友砸的。"赵琼满不在乎地说。

朱聪盈眼睛瞪圆了。

"昨晚我们吵架了,我让他把新买来送我的影碟机拿走,这家伙脾气急,可能出门就将机子砸了。"

"那机子还在我窗台下面,你捡回来修修可能还能用。"

"砸了就砸了,捡回来干吗?放心吧,他还会再买一台来的,我可不为他省,他活该。"

朱聪盈用电饭锅热了两只大馒头,这工夫赵琼已经从房里打扮出来了,眼还是有点儿肿,不过打了粉抹了腮红的脸又艳若桃花,今天她穿的是一件白色连衣裙,式样简单,清清爽爽,气质高雅飘出门去,跟正张大嘴啃馒头的朱聪盈招招手说拜拜。

朱聪盈心里一直惦着窗台下那只影碟机,那可是一台新的影碟机啊。把两只大馒头吃完后,她有了主意,拾回来拿去修理修理,如果不花什么钱能修好,她就留下来。

早上朱聪盈就干这事了,她抱着影碟机去了一家维修部,修理人员将进碟口装好,放一张碟子进去试机,碟子竟然放出来了。修理工又检查了一番说,外壳有些损伤,但不影响使用。朱聪盈付了十块钱的修理费就将一台影碟机抱回宿舍了,她乐呵呵地将机子藏进柜子里,脑子里还转出一个念头,赵琼他们两口子下回吵架会不会砸一台电视呢?心里隐约有一种盼望。

5

周末是省亲日。朱聪盈早上起来就回家看父母。下午四点,伍姨祖康母子俩来了。

祖康是来给朱聪盈的母亲李巧做针灸按摩的。李巧是个老风湿,天气不好就犯病,自从祖康毕业分配回来,每个星期总要上家里来替她做治疗。

伍姨和朱聪盈聊了一会儿就进厨房忙活,周末这顿饭通常是由伍姨做的,有点像家庭聚餐,做得比较隆重。

朱聪盈的父亲朱行知最自在,在阳台上支了画架,看着院里玩耍的几个孩子写生。

朱聪盈跟进厨房,见伍姨在择菜,也拿起一把,小声地说,"妈,我帮你。"伍姨从她手里将菜夺下来,做了一个驱赶的动作,出去,出去,我一个人忙得过来,陪你妈和祖康说说话去。朱聪盈本来就是装装样子,得令赶紧逃出厨房。

管伍姨叫妈是朱聪盈自小和伍姨共守的一个秘密。伍姨经常说这么一句话,盈盈呀,你生下来,第一个瞅见你的人,除了医生就是我,我比你妈还早看见你。这句话是实话,李巧生朱聪盈的时候难产了,伍姨和朱行知守在产房门口,直到母女俩推出手术室。李巧晕晕沉沉,反倒是伍姨第一个亲了朱聪盈的小脸蛋。

伍姨自小宠朱聪盈,祖康有的,她也有一份,祖康没有的,她想要,叫伍姨一声妈就有了。第一次叫伍姨做妈是伍姨要求的。那几天朱聪盈出疹子,不能出门撞风,所以也不上幼儿园,伍姨到家来探望,朱聪盈揪着伍姨不放,让伍姨陪睡,讲故事。伍姨说,"盈盈呀,伍姨对你好不好?"朱聪盈说,"好。"伍姨说,"伍姨对你再好也不能陪你睡,因为伍姨不是你妈妈。"朱聪盈急了，"那你做我妈妈吧。"伍姨笑了，抱着朱聪盈说，"你先叫一声来听听。"朱聪盈叫了，"妈——"伍姨笑得更大声了，笑得眼泪都流出来了，后来，她悄悄地对朱聪盈说，"盈盈，如果让你妈听到了会生气的，就我们两个人的时候你才能叫我妈，知道不？"朱聪盈点点头，和伍姨勾了勾手。她嘴甜，只要和伍姨单独待一块，就管伍姨叫妈。

后来，长大的朱聪盈明白，伍姨让她叫妈妈是一种安慰，是一种未了心愿的安慰。因为这个女人一直爱着她的父亲朱行知。这份爱隐忍曲折，像一条看不见水流的地下河。

李巧趴在床上，背上和大腿上扎满了针，祖康时不时转动那些小银针，每转动一次，李巧的嘴就发出咝咝声。朱聪盈扯一张椅子坐在床边，祖康也不看她，好像全部的注意力都在那些针上头。朱聪盈盯着祖康嘴巴周围若隐若现的胡子，脑袋里漂浮一句话：乳臭未干。

祖康小她七个月，从小被她欺负坏了。她不知揍了祖康多少次，每次祖康哭哭啼啼跑到母亲伍姨跟前，伍姨总是说，"你们看看，你们看看，我生的哪里像个儿子，动不动就哭，还是盈盈能干，盈盈过来，让伍姨抱抱。"朱聪盈笑靥如花扑向伍姨的怀抱。她觉得祖康真的很可怜，他的母亲爱她似乎胜过他，这是怎么回事呀？

朱聪盈和祖康逃不脱做青梅竹马的玩伴。平时祖康由外公外婆带，伍姨周末带他上朱家，和她一块玩。小祖康没有任何主见，她向东他就向东，她向西他也向西。有一次她带着祖康去打榕果子出事了。每年十月过后，电影公司宿舍大院里的十来棵榕树的青果子开始变软变大变黑，成熟的果子吃起来有稔果的味道，糯糯甜甜的。这果子结满一树，吃不及的落在地上结起一层黑泥。那时候小孩子没零嘴吃，都在尽量地开发资源。

朱聪盈拿了一根竹竿，带着祖康到院子里去，她选了一棵靠墙角的平时受关注不多的榕树，上面黑实的果子密密麻麻。尽管此时祖康已经长得比她高大,她并不把打果子的活交给他。她举起竹竿朝上打,果子刷刷从叶子穿梭,落了一地。祖康欢呼着撩起衣服前襟蹲地上捡,一会就拾了小半兜。有一竿子打下去时,祖康站在对面,朱聪盈过高估计了自己击打的高度,竹竿打空从天而降直直往祖康的右耳边扫下去,祖康的耳朵像一张被撕破的纸耸了半边,血顺着腮帮子流。朱聪盈手上的竹竿吓得掉到地上,她哑着嗓子说,"果子都归你",转身往家里跑。回到家,母亲和伍姨正在择菜,看她脸色发白,母亲问,"祖康呢?"她哇的一声哭了起来。母亲脸变了,扯上伍姨一起到院子里找,看到祖康立在那。祖康看到母亲才哭出来,喊耳朵疼。李巧看到祖康的模样,二话不说,回屋揪出朱聪盈就是两个嘴巴,第三个嘴巴还没有落下来被伍姨挡住了。伍姨说,"盈盈又不是故意的,你打她干什么?"伍姨抱住号啕大哭的朱聪盈,李巧牵着嘤嘤哭的祖康的手。

朱聪盈和母亲一道上医院。祖康脑袋半边绑着纱布,麻药过了,祖康躺在床上哭呢。母亲往他手里塞大白兔奶糖说,"乖乖,吃颗糖就不疼了。"伍姨说,"男子汉要勇敢,不能哭!"

朱聪盈不知道祖康的耳朵已经做了缝合手术,担心他的耳朵打没了,问伍姨,"祖康的耳朵没有了,还能听见我们说话吗?"伍姨苦着脸摇摇头说,"祖康的耳朵没有了,以后娶不上媳妇,盈盈你做祖康的媳妇好不好?"想到要嫁给一个没有耳朵的人做老婆,朱聪盈赶紧躲到母亲身后,拼命地摇头。伍姨好像有点不高兴了,"不愿意做我们家的媳妇呀?伍姨白疼你了。"伍姨的不高兴更让她害怕了,哇的大哭起来。母亲拍拍她的脑袋说,"傻妹子,这也能把你吓哭,你胆子不是大得很吗?"

这事让朱聪盈老实了好长一段时间,一点儿也不敢欺负祖康,终于等到他耳朵愈合的那一天,朱聪盈摸了摸他的耳朵说,"你的耳朵没掉,我不用做你老婆了,走开,别跟着我,我不想和你玩!"

回想往事,朱聪盈忍不住笑出声来,她咳了两声,故作严肃地说,

"祖医生，你也给我扎几针吧。"

祖康转向朱聪盈，一脸狐疑，不知道她又想要什么鬼怪，"你哪不舒服？"

"我每天晚上加夜班，鱼尾纹都出来了，听说针灸能治的。"朱聪盈指着自己的眼角让祖康看。

"这个我不会，我是骨科医生。"

"你针灸按摩运用的不是经络学吗？全身经络相通，你能治瘫痪就不能治鱼尾纹？"

祖康闷头不出声。

李巧说，"朱聪盈，别在这里胡搅蛮缠，帮伍姨做饭去。"

朱聪盈不以为然撇撇嘴，跑到阳台上看父亲画画，画上有炭笔勾画的一个框架。"爸，你别成天画素描了，画点彩色的挂在家里省得买装饰品。我宿舍就少几幅画，你画几张风景给我。"

朱行知说，"行，有时间帮你画。"

"爸，你的画风也要改一改，用西洋油画法，让画面色彩绚丽一些，你们那个时代学艺术的，太老派。"

这话朱行知不爱听了，"老派？你要新派的我画不出来，你到外边买装饰画去吧。"

"不老，不老，你一点也不老派，时尚得很，你一定给我画。"朱聪盈赶紧打圆场，老老实实猫在阳台上看父亲作画。朱行知穿着一件宽松的白衬衫，留了同龄人少留的长发，随意地披散着，再加上挺拔的身材，用玉树临风一词来形容最恰当不过。朱聪盈欣赏的目光从父亲身上往屋里溜，厨房里是伍姨来回走动的身影，母亲和祖康交谈的声音断断续续传来。父亲是一个幸福的男人，屋子里的两个女人都爱他，朱聪盈想，这好像太便宜父亲了呢。

吃完晚饭朱聪盈要回报社上晚班。伍姨让祖康送送，朱聪盈说，"不用，门口就是公共汽车站。"祖康说，"我顺路。"两人一路上没什么话，将朱聪盈送到报社门口，祖康才冒出一句，"你眼睛附近的不是鱼尾纹，是用眼疲劳造成的，睡觉前用决明子泡热水洗一下眼睛，早上起来再洗一遍，症状很快能缓解。"

"什么是决明子？"朱聪盈问。

祖康看到马路对面有一个药店，说等一等。几分钟后，他带回一包像胡椒粒的东西递给朱聪盈，说这就是决明子了。

鱼尾纹一事朱聪盈不过是随口说说，想不到祖康还放在心上了，为表示感谢她打算邀祖康到宿舍里坐坐。不巧，远远地有两个一块儿分配进报社的女孩子走来，她赶紧转了话风，"我要上办公室了。"她可不想刚分进报社就传什么"绯闻"。

祖康不是笨蛋，随着朱聪盈的目光转动，他就清楚朱聪盈脑袋里转的是什么念头了，眼下一定是看到熟人了，想让他赶快离开。"离上班还有三四十分钟呢，不请我到你那里坐坐？"祖康没有顺朱聪盈的意，彻底装傻。

"改天，改天一定隆重请你。"

祖康又详细重复决明子的使用方法，等那两个女孩走近，看清楚他的模样了，他才从从容容地告辞，走两步又回身向朱聪盈招手示意。

朱聪盈不可避免地和同事碰上了，果然那两个女孩目光投向祖康的背影，夸张地说，"你男朋友？又高又帅，你们很般配哦！"

"什么男朋友，是我弟弟，要不要我帮你们介绍？"

"是亲弟弟吗？不是亲弟弟我们就不凑热闹了……"

这种暧昧的话题一扯上就难脱身，朱聪盈肚里暗暗将祖康骂了几遍。

这天晚上碰到一桩突发的矿难，等着抢救结果，稿子一直没出来，凌晨五点校对的工作才结束，朱聪盈回到宿舍脸也没洗，摸上床睡了。这一觉睡得很好，睡到近中午朱聪盈还不愿起身，可膀胱胀得难受，只能爬起来。她穿着睡衣迷迷糊糊整个身子撞在卫生间门上，里面传来一声男低音的尖叫,"有人——"

朱聪盈睡眼睁开,卫生间里有男人?看看自己身上睡衣凌乱,她赶快跑回房间,关上门时想那男的一定是赵琼的男朋友,赵琼也是太过分了,留个男人在屋里。过了一会儿,有人轻轻地敲门板,一个声音说,"刚才真对不住,现在你可以用卫生间了。"

朱聪盈穿戴整齐才敢出去,匆匆忙忙用完卫生间,听到厨房里有炒菜的声音,她不敢往那个方向去,仍旧回到房里。

门又敲响了,朱聪盈肯定还是刚才那男的,板着一张脸开门。门外是一个高高大大的黑汉子,那种黑是经过长时间太阳晒烤的结果,又黑又亮,健康向上,这和赵琼的白嫩娇柔成两个极端。朱聪盈猜想这人应当是砸影碟机的主儿了,脖子上挂着围裙,两只手臂笼着套袖,脑袋上一顶小白帽,很专业的厨师打扮,左看右看,看不出来是个脾气老大的家伙,大到可以将好好的影碟机砸瘪。

"你好,我叫吴胜天,赵琼的男朋友,今天中午一起吃饭吧,我烧了好几个菜。"黑汉子大大方方地自我介绍。

"不用,不用,我平时都在饭堂吃。"

"饭堂的饭菜你在学校里还没有吃够?别客气,以后我们打交道的机会还多着呢。"黑汉子笑容可掬,样子并不讨嫌。

吃了这顿饭就是默许你以后可以在宿舍里不分早晚地逗留了,我才不上这个当呢,朱聪盈还是拿了饭盒去饭堂打饭,打回来与吴胜天撞上。吴胜天说,"你这个人客气过头了,饭我都帮你盛好了。"桌上果然有三碗饭,朱聪盈一眼瞅见桌上有清蒸鱼,还有烧排骨,她的意志不那么坚定了。她想,吃两口菜也不算是天大的人情,于是坐下了。

吴胜天说赵琼晚几分钟回来,还有个稿子等领导审。

朱聪盈说等等没关系。

"你是新闻系毕业的?"

朱聪盈点点头。

"当年我也想考新闻系的，后来鬼使神差去学了外语，出来就当了导游。"

"导游不错呀，走遍天下，赚钱又多。"

"那是外表风光，薪水就薄薄几张，要赚大钱得心狠手辣，使劲在游客身上刮，每次我带着客人在大大小小的商店里来回转悠都觉得难受得很，可大家都这么干，谁清高谁受穷。"吴胜一脸无奈。

朱聪盈觉得这人挺实在，没什么心机，一准被赵琼拿死。

赵琼回来了，一进门就嚷累，再看一桌的菜又嚷了，"做这么多菜，想肥死我啊？"

朱聪盈说，"我替你肥。"

第二章

1

　　一年半的刑期不能说长,但狱中的日子空洞凝滞,死水一潭,花上一天时间就能将牢外边度过的前半生回想一遍,剩下的日子是反复思量,放大,追悔,然后麻木。冯时一开始想得最多的人是任义来,这种时候最惦记的不是亲人,就是仇人。

　　原来,他的好兄弟任义来在大城市里一直干的是诈骗的勾当,在几桩案子事发之前还利用他做了最后一单"生意"——将他打工的那间饺子店转给别人,拿两万块钱订金跑了。他作为胁从诈骗犯判了 18 个月。任义来怎么下得了狠心让他背黑锅呢?冯时扇自己耳光问自己,如果换作是他,他能不能做出这种事来? 他的回答是肯定、毫不犹豫的,绝对不会,他们是一起长大的好朋友呀! 出去他一定要找到任义来问一问,他为什么要害他?

　　再往前看,骗他的人还不少,父亲、母亲、迈克,哪个没骗过他? 父亲不是答应他会很快回家,再教他新鲜的玩艺儿吗? 母亲不是赌咒发誓不会改嫁要养他成人吗? 迈克不是说听了他的课能受益终身吗……在牢里冯时有大把时间想这些事情了,他最后想出了一个最合理的理

27

由：他们骗他是因为根本没把他当一回事，他在这世上活了二十多年，竟然没有一个人将他当一回事呢，想到这些，他一回回抹眼泪。

冯时进到牢里还在喊，我是冤枉的。只要他说他是冤枉的，就有人的腿脚在他身上招呼，"窝囊废，进来就进来了，什么冤不冤的？""才判一年半，你到底骗了人家什么，是不是骗你妈的钱？""你们看他长得细皮嫩肉的，一脸学生哥的斯文相，掏的肯定是有钱的富姐的腰包……"

每一天冯时的身上都有新伤，那些人还特别喜欢打他的脸，他们说他的脸太乖巧斯文了，没有他们的"气质"，既然进来了就要好好修理修理。冯时的颧骨上被缝过三针，嘴唇缝了两针，眼角缝了一针，还有一些地方尽管流过不少血但不需缝针。等血痂脱掉后那些地方形成了一些小疤痕，这些小疤痕果然将他的气质改变了一些。如果一个新进牢房的人看见这张脸，会觉得这是一张躁动不安的脸，躁动的背后还有着某种说不清道不明的阴沉。

后来冯时也不说自己是被冤枉的了，他将任义来做的事情安在自己身上，绘声绘色地描述是怎么利用假的营业执照骗到了人家两万块钱的订金。他总算明白在这种地方表明清白是对别人莫大的讽刺，而只有给自己抹黑才是融入的渠道。可大家仍然不买他的账，嗤之以鼻——雕虫小技。尽管还是挨打，落在脸上的拳头少了。

一天放风的时间，大家起哄让新人冯时说说外面新鲜带色的花花事。冯时说我不晓得这些事，我给大家表演节目吧。五枚铜钱进来时被暂时没收了，他找了几枚小圆石头做代替品。他把几粒小圆石头玩得神出鬼没，左手藏右手出，口里吞腋窝里掏。玩儿这小魔术的时候，他的脸上浮出甜蜜的笑容，身上和心里的疼痛暂时忘记了。

有人起哄，"看这手脚活络的样，应该和我们吃的是一碗饭。"又有人发出嘘声说，"这有什么好看的，小哥子长得红红白白，干脆脱了衣服给我们表演自摸。"冯时一听，下意识将衣服前襟抓紧了。有个人说，

"我去把他衣服扒了。"那人朝冯时走去。

一个沙哑的声音在角落响起,"蛮有意思的,让他继续玩儿嘛。"是叶叔说话了。

冯时对叶叔的第一印象是他的白发,叶叔的脸上没有什么皱纹,面色红润,可头发却白了,一根根质地很硬,坚挺的白。

叶叔是这牢里学历最高的人,经济学博士。没进来之前身兼数职,还是省政府经济发展政策制定委员会的成员之一,后来卷入一桩公款挪用诈骗案进来了。叶叔社会阅历丰富,为人世故,见识不同于一般人,给许多牢友解过惑答过疑,威信很高,很多刺儿头也不得不服。

叶叔一早注意到冯时,这小伙子眼睛清澈,举止斯文,叶叔一点儿不怀疑他像自己说的那样是被冤枉的。现在看冯时玩儿小把戏,叶叔又觉得这小子全身上下透着聪慧,这样的小伙子他愿意拉一把。

自从叶叔夸了冯时的表演,冯时的小魔术就成为牢里的保留娱乐节目。冯时心情愉悦,一是他的表演有观众了,二是不再有人打他了。

冯时能感觉到叶叔对他的关照,这个五十多岁的半大老头儿身上有一种亲和力,所以,当叶叔问及他的来历时,他迫不及待将一肚子的怨气吐出来,说到父亲音讯杳杳,母亲改嫁,任义来让他背黑锅,他泣不成声。这哭声对叶叔来说是久违了的,他许多年未哭过了,也许多年未听见这种发自内心深处的哭声了。对于他来说,冯时这点经历当然算不上什么,他拍拍冯时的肩膀,语气严厉,"哭过这次以后就不要哭了,眼泪除了暴露软弱无能,一点儿用处也没有。"冯时惊慌地抬手抹去眼泪,后来,他真的再没有哭过。

叶叔判了八年,入狱不久妻子便提出离婚,他爽快同意了,他们夫妻貌合神离早已不是一天两天的事,他最挂心的是女儿叶认真。叶认真从小脾气倔,父亲入狱,母亲另嫁,她的脾气更坏了,做出来的尽是离经叛道之事,仿佛只有如此这般才能给父母以打击。高中毕业那年她和一个有妇之夫好上,闹得满城风雨不说,还怀了孕。男的最终没有离婚娶她，叶认真悲壮地跳楼了，人没死成，落了个半身不遂。这是叶叔从未向别人透露过的隐痛。在和冯时相处一段时间以后，他的一个想法越来越强烈，冯时能替他照顾叶认真。

叶叔问冯时出去后想干什么？冯时说学魔术。这个干脆单纯的回答让叶叔吃惊。叶叔再问学魔术是为了什么？冯时答不上了。

叶叔说，"当年我拼命读书是为了找一份好工作，为了挣大钱，目标很明确。你学魔术不可能没有一个想法，难道只是想逗大家高兴就完了？我不是轻视魔术，魔术是一项很高深的技艺，你真能成为一个魔术师我会替你高兴。如果我说每个政治家都是魔术师你肯定很难理解，但这两种人确确实实有着根本的相同点，他们的成功很多时候都是建立在转移公众的注意力之上的。这些东西说起来有些玄，可你只要明白一点，你如果选择魔术，最好只将它作为一种工具，一种生活方式，以玩魔术的态度来对待生活，玩儿好了，什么都会有，不会再有人能骗到你……"

叶叔苦口婆心，他迫切希望冯时能理解他的意思，希望能将他生活阅历的浓缩精华版传给这个年轻人。这不是一件容易的事情，听叶叔说话的时候，冯时眼睛一下没眨，因为他确实有许多不明白的地方，生怕那一眨又将许多明白眨没了。

叶叔让牢里的犯人一一将自己的"代表作"公开，借着这些灰色的管道，冯时听了一个个离奇的故事。人心叵测，世事诡黠无常，冯时的皱头越皱越深，他有些沮丧。他没有想到在这世上活了二十几年，所了解的，只如几粒浮尘。

别人都奇怪这一老一少怎么有这么多话，碰到一块儿说个没完。他让冯时多读书看报，了解时事。他也将自己的经历一点点告诉冯时，那才是一本真正生动的教科书。他的爱恨喜怒，他对这个社会的理解，慢慢变成了冯时的爱恨，变成了冯时的理解。冯时有一天告诉叶叔，"我不恨任义来了，如果我再碰上他我会请他吃饭，有可能我们还可以一起做事。"叶叔笑了。

叶叔知道生活是每个人要亲自去"过"的，冯时像一块璞玉，由他来雕琢，他可以先给冯时理论上的武装，这样，冯时的将来会省去很多可能的麻烦，多了很多可能的机遇。这样的人生是幸运还是不幸呢？叶叔并不考虑这个问题，他只需要冯时"速成"，他要在一年多的时间里把自己的人生智慧和精粹如武林高手的推血过宫一般传给冯时，时间紧迫。

叶叔和冯时的交谈，很多时候是以问答的形式进行的。叶叔问，冯时答。一开始冯时答得不好，就像考试最多拿个三四十分。叶叔会将相关的线索慢慢理给他，一条条的，他提供的是一个有无限可能性的背景，答案还需要冯时自己找出来。一般情况下，冯时最后总能提供给叶叔一个完美的答案，偶尔还会有叶叔经验之外的经验产生，这更能让叶叔惊喜了。人情练达，洞察世事，都还不是他们的最终目标，他们是要在这个世界环环相扣的链条里找出松散脱节之处，然后，在这些地方赢得利益。

时间在叶叔的白发上走着，在冯时那张洒满小疤痕的脸上走着。

叶叔给冯时的最后作业是一个问题，一个骗子成功的关键是什么？

关键是转移人的注意力，让人只看到利，忽略了弊，这和玩儿魔术的原理是一样的。冯时几乎没花什么时间就回答了叶叔的问题。

叶叔点头笑了，这个年轻人像一块干燥的海绵，将他身上的水分吸走了。

在冯时要出狱的那阵子，叶叔感觉他的愿望在实现的路上行走，这个小伙子当初是一张白纸随他在上面涂画，现在这幅画越来越丰富，小伙子自己也会涂抹颜色了，是一只自己会飞的鸟了。冯时踌躇满志摩拳擦掌跃跃欲试，刚进来那个自哀自怜柔软单纯的他已经被现在这个他覆盖了。

叶叔拍拍他的肩膀，将心愿托出：照顾好我的女儿叶认真。

31

2

下夜班回来朱聪盈再怎么睡,睡得腰酸背痛也只能睡到第二天早上十点钟左右,从早十点到晚九点这段时间富余得让她难受,除了到阅览室翻翻杂志报纸,其他时间基本上待在宿舍里看书。每每浏览报纸上一篇篇大稿子标题下面写着"本报记者某某"的字眼,她都眼馋,她现在应该为投入采访一线做准备,而不是老老实实待在校对组里。

毕业前,朱聪盈特地收集了一批系里历届毕业生的资料当做人力资源库。报社里有两位同门师兄,大她十来届,都是四十出头的年龄,一个叫钟明,在政法部当主任,另一个在发行科当科长。谁都知道对于一张省报来说,政法部是要害部门,发行科则派不上什么用场。朱聪盈想去找钟明帮忙,可担心贸然找上门去,效果不知道会怎样。

去不一定有机会,但不去一定没有机会,朱聪盈在宿舍里反复给自己鼓劲,准备了一番说辞,选了一个阳光明媚的下午,大义凛然直奔政法部办公室。

朱聪盈侧面打听过钟明的为人,多数人评价这人业务很强,几项新闻大奖都拿过了,人也很精明,讨领导喜欢,就是对手下苛刻了点儿。钟明本人长得就没有别人对他评价这么强势了。朱聪盈用自己的身高当尺子,估计钟明大概有一米六五左右,整个人长得很敦实,圆脸、浓眉大眼,不像个秀才,倒像个干体力活的。

听说朱聪盈是新分来的小师妹钟明很热情,亲自泡了一杯茶递给她说,"欢迎,欢迎,哎呀,十来年没校友分进报社了,真是难得。"

朱聪盈手捧热茶,被钟明的热情态度鼓舞,"钟师兄,你是我们系的骄傲,也一直是我学习的榜样,分到报社之前我就知道有一个大名鼎鼎的师兄在这里,我不仅看过你写的报道,毕业论文还引用了你那篇《新闻实战》中的观点,其实是偷了你的东西……"

钟明哈哈大笑,心情很好,向朱聪盈询问系里一些老教师的近况,听说有的已经去世,忍不住唏嘘一番,感叹时间过得飞快,现在是年轻人的世界了。

朱聪盈抓住时机说明自己现在上夜班,白天时间很富余,想多学点东西,问能不能到政法部来预预热,跑些采访。

钟明说,"求上进是好事情。"他当即叫了一名女记者到办公室来。这名女记者有三十多岁,剪着短发,十分干练,一双大眼睛盯着朱聪盈。

钟明指着朱聪盈说,"梁蕴,这是我的小师妹,朱聪盈,现在在夜班见习,想来我们部门学点东西,以后白天你有采访把她带上,从今天起她就正式拜你为师了。"

朱聪盈赶快叫了一声梁老师。

"名牌大学毕业生的老师我可不敢当,钟主任,你为难我了。"梁蕴甩甩头发,语气里有撒娇的成分。

"别名牌名牌的,这也是一种歧视啊,你得给我把人带好。"钟明一脸温和的笑意。

"那恭敬不如从命了,谢谢钟主任给我找了个得力帮手,我可以偷懒了。"

看起来钟明和梁蕴的关系不错。朱聪盈觉得钟明不会无缘无故将她托给梁蕴,这人一定有独到之处。果然,等梁蕴出门,钟明说了,梁蕴在政法线跑了很多年,跟着她能认识很多人,事半功倍。朱聪盈高兴地点点头。

梁蕴在部里给朱聪盈安排了一个座位,朱聪盈每天早上九点钟准时坐到政法部的办公室里,没采访的时候她读书看报,看大家写的稿子,很快跟部门里其他人混熟了。她发现买一部手机是当务之急,离了办公室别人联系她很不方便。可为了看新闻方便她刚买了一台电视(她还是等不了赵琼和吴胜天吵架砸电视的美事发生了),再买手机,这个月不用吃饭了。想来想去只有借钱这条路,她硬着头皮给祖康打了一个电话,"祖康,借我一千块钱,我买部手机。"

"手机啊,我刚买了一只,很少用,要不你拿去用吧,不用买了。"

"你为什么不用?"

"做医生的,上班不方便接听电话,下了班回家又不想让人找着,手机用处不大。"

"什么式样?男人气十足我可不要。"

"还挑式样呀,想要什么样的?"

"当然是小巧玲珑,又轻又薄的。"

"我的手机肯定合你的意,我就嫌它母里母气的。"

祖康给朱聪盈把手机送来了,式样是朱聪盈很满意的小巧型,颜色还是玫瑰红的。朱聪盈取笑祖康,"你这么大个头买这么迷你的手机是不是变态呀?"

祖康说,"送人东西还被这般糟蹋,可能只有我祖康才是这种冤大头了。"

"对不起,谢了,谢了。"朱聪盈嬉皮笑脸作个揖忙着调弄手机,把熟人的号码存进去。

祖康是第一次造访朱聪盈的香闺,屋里的家具就一张床、一张书桌和一只衣橱,没一点闺房气。他知道朱聪盈因为家里经济条件不好,一直很节省。茶几上摆的一台彩电倒是新的,可下面连着的影碟机怎么凹了一大块?他刚弯下身子去摸影碟机,朱聪盈敲他的脑袋,"看什么看,这影碟机是我捡回来的,虽然破了相,可是新的,很好用。"

"好姑娘,勤俭持家,要不要我赞助点什么?"

"你把手机借给我用我就感激不尽了,等哪一天我成了大牌名记者,我会记住你这滴水之恩的。"

说话间祖康口袋里传出手机的铃声,他的手掌捂住上衣口袋,捂不住铃声一遍遍传出,只好尴尬地拿出手机接了。朱聪盈像看个怪物一样盯着他。

接完电话，朱聪盈说，"还说不用手机呢，手机给我看看。"

祖康把手机装回口袋里说，"一只破手机有什么好看的。"

朱聪盈伸手迅速从祖康口袋里将手机掏出来，是一款男子气十足的摩托罗拉。"我说呢，给我的这只手机这么新，原来是特地买来送我的，送这么大的礼有什么图谋？"

"我能谋你什么？工作比你早两年，算是赞助你的。"祖康装得若无其事。

"好吧，小弟弟这个人情姐姐记住了，日后是会还的。"

"朱聪盈，你能不能少叫我几声小弟弟，你不就比我大七个月吗？你工作比我早吗，个头有我大吗？"祖康的脸到底恼羞成怒地红了。

朱聪盈扑哧一笑，"没办法，谁叫你小了七个月，就是小七天，小七分钟，你这辈子也只能当个小弟弟。"

祖康恨得牙痒痒，"我还有点儿事，先走了。"走到门外凉风一吹，他又开始检讨了，他不止一次提醒自己不要在朱聪盈面前失了"辈分"——让她小看，可根本没有办法，无论他在外面待人接物如何八面玲珑，在同事领导跟前如何老成持重，到朱聪盈这里全部土崩瓦解。她看他一直停留在他们穿开裆裤那会儿，这应该是一个男人最悲哀的事情了，如果你偏偏喜欢上这样一位青梅竹马，更是自讨苦吃。他从小对朱聪盈"怯"，小时候以为是年龄的原因，他小她七个月，她是个小姐姐，什么不得听她的？渐渐地他发现事实不是这样，像他连跳三级，比朱聪盈早三年上大学，早工作，早有成就，他还是逃脱不了让她"小看"的命运，而他已经习惯将她当一盆花护着，小心翼翼地，生怕稍微不风调雨顺这花就长不好了。

祖康在朱聪盈面前一贯惜言如金谨小慎微，就这样，还不时让她抓住把柄取笑嘲弄，她哪里知道他心里想的。祖康有时候真恨不得甩手不理这女子，可他做不到，他试过了。他既拿不起，又放不下。

祖康走了好一会儿，朱聪盈还在笑，她怎么看都觉得祖康浑身冒傻气，嘴上损他的话从来不留情面，她才不怕他生气呢。她就是搞不懂这个傻小子为什么读书能跳级，刚工作几年就成了主治医生。

3

梁蕴接了一个专题采访任务，宣传法制建设新风尚，她带着朱聪盈采访了两个法官，回来由朱聪盈写初稿，她过一遍。看了朱聪盈写的稿子，梁蕴赞道，"果然是名牌大学出来的，写得很好，一个字都不用改，过两天还要采访一个律师，套路一样，你干脆单挑吧。"

朱聪盈说，"单挑，太快了吧？"心里却是跃跃欲试。

"你能行，去吧。"

这段时间朱聪盈和梁蕴混熟了，知道梁蕴是个心直口快的人，对她挺照顾，没藏私。因为孩子才一岁，梁蕴经常借外出采访之机往家里跑，许多不太重要的会议采访让朱聪盈一个人去了，可像这种专访朱聪盈还是第一次有机会放单飞呢，她求之不得。

要采访的律师叫黎金土，他的主要事迹是为许多民工免费提供法律援助。

朱聪盈特地穿了一身灰色的套裙去采访。套裙是前两个星期刚买的，她想让自己显得成熟一些。她和梁蕴出去，明显感觉到人家能一眼看穿她的身份，说她是新人还好，不少人还认为她是实习生呢。这里面作祟的东西就是气质和阅历，这两样东西想装也装不来，只有在外表上下工夫粉饰粉饰。

第一眼看到黎金土朱聪盈就觉得自己穿的灰色套裙实在是太明智了。她事先收集了被采访人的资料，得知黎金土32岁，可眼下这人看上去像足四十岁，瘦长脸，眉毛浓黑，眼神犀利，嘴唇单薄，表情严肃，眉头紧锁，一定是长年累月地锁着，锁成一个"川"字，即便伸手和朱聪盈握手时,脸上泛起一丝笑容,这眉锁也没有完全舒展开。桌上的烟灰缸没有一只烟蒂,但从办公室的空气来判断,这里面经常是烟熏雾绕的。

为了将采访做得有新意,朱聪盈下了不少工夫准备,从黎金土嘴里挖到许多好料,从她和黎金土的对话片断中可以看出来:

"你为什么要为农民工免费提供法律援助,这样做是不是为了提高个人的知名度?据我了解本市有许多著名律师,你最多算得上是一个后起之秀。"

"我的祖祖辈辈都是农民,虽然我读了大学考了律师,仍然有着深厚的农民情结,我相信我比其他律师更能体会到农民工在城市里各种权益得不到保障的痛苦,我愿意尽我的最大可能去帮助他们。当然,这无形中也可能促成我的名声,但这种名声是来自民间的,是不带来经济效益的。"

"你在为农民工维护权益的过程中,有什么感触?"

"来自下层的人想到用法律来保护自己这已经是难能可贵的,但他们往往无权又无势,我们扶持他们一把,这也是推进法制建设。对于农民工被拖欠工钱,社会上一直希望法律能给这些农民工切实的保障,可是,对于很多被欠薪的农民工来说,他们和打官司往往隔着两道不低的门槛,一道槛是法律程序,大多数农民工不知道怎么去打这官司,另一道槛是打官司的费用,这是大多数农民工无力支付的。即便是我为他们打赢了几十场官司,可真正让农民工能拿到钱的只有几起。我希望法律不仅能为农民工讨回公道,还能让农民工拿到自己的血汗钱。面对成千上万被拖欠工资的农民工,我的一臂之力,还显得非常单薄。我们能不能主动建立一个覆盖面更大、更专业的法律援助体系,来帮助这些农民工呢?毕竟,还他们一个公正,也是还社会一个公正。"

"在你打过的这许多的官司中,有没有为了金钱而牺牲公正的?在正义和金钱之间你为谁工作?"

"我从来没有为金钱而将正义牺牲掉,绝对没有。我打官司和别人不同,我的官司里有良心。实话说有时候我也很犹豫,到底是为律师费打官司还是为正义打官司,可最后我还是坚持住了。对我来说,案子是日常工作,对当事人来说,可能一辈子只打一次。因此,我对每个案子都是百分百投入,做到最好。"

……

在采访的过程中,黎金土一直保持极其严肃的姿态,朱聪盈在佩服他职业操守的同时,还佩服他的老成持重。

采访稿朱聪盈写得一气呵成,看梁蕴不在办公室,她耍了个心眼,直接让钟明过目。虽然梁蕴没有参加采访,朱聪盈仍然将梁蕴的名字写在她的名字前头。钟明看完稿子连连说,"不错,不错,现在的专访都写成套路,写得没人愿意读了,你的文章有新意,有个人的见解在里面,看来你很适合到我们部门来,等你见习期满,我把你要到我们部门,愿不愿意?"

朱聪盈打蛇随棍上,"能不能现在就要?我巴不得马上到您手下干活。"

"哦,现在把你要过来是打破常规的,有些难度,你知道,制度就是制度,但你继续写,再写出一两篇好稿子,我找机会跟上头说说去。"

朱聪盈得了这个承诺,心里已经是很高兴了。

钟明指着稿子说,"是你一个人独自采访的吧?"

朱聪盈点点头。

"把梁蕴的名字删掉,她既然没有参与采访就不要写她的名字了。"

朱聪盈露出为难的表情。钟明说,"没问题,我会跟她说的,她不是一个小气的人,你出成绩要紧。"

独立采访不是难事,稿子出来后只署了朱聪盈一个人的名字,她心里一直惴惴不安。可梁蕴确实如钟明说的一点儿不计较,还明明白白跟朱聪盈说,"以后你独自出去采访写的稿子不用署我的名字,我老油条一个了，少一篇多一篇稿子不打紧，你就不同了，每一篇东西出来大伙儿都看在眼里呢。"

朱聪盈跟梁蕴跑一段时间后，政法线上的人员也认识个大概了，这全仗梁蕴大公无私地将私人关系贡献出来，碰上这样一位前辈，是她的运气。知道梁蕴的小孩儿要过生日，她咬牙花四百多块钱买了一辆儿童摩托车送到家里去。梁蕴看那车，嚷着，"聪盈，你刚出校门，钱可不能这样花，用不着给小孩儿买这么贵的东西。"

朱聪盈说，"不贵，不贵，宝宝喜欢就好。"

梁蕴让儿子坐上去，小孩子咿咿呀呀兴奋地挥手叫唤，梁蕴也很高兴，攀着朱聪盈的肩膀说，"钟明主任很欣赏你，好几次说过希望你能尽快分到我们部门来。"

朱聪盈想不到这话钟明对梁蕴说了，她索性也将真实想法说出来，"我做梦都想早点分到部门，可在校对组见习一年是报社的死规定呀。"

梁蕴说，"事在人为，钟主任人不错，现在社里有一个副总编的空缺，考察了几个人，他最有优势，在他的上升阶段只要他愿意帮忙，你进部里来不是难事。进我们部门是很好的选择，容易出成绩，有些部门半年上不了一篇大稿，成绩出不来。"

"梁姐，你说我要不要到钟主任家坐坐？"

"交情不是坐在办公室里就有的，上领导家里走走没坏处。"

给钟明送什么礼朱聪盈绞尽脑汁，送太贵的她送不起也怕人家拒了，便宜的又怕人家看不上眼，想来想去抱了一箱西梅，也算是名贵水果了。不巧上门拜访没选对时候，钟明的妻子刚刚在卫生间滑了一跤，腿摔着了，也不知道骨折了没有，躺在沙发上哼哼叽叽的，钟明正急慌慌打电话叫车要送她去医院。

朱聪盈脑子转得快，马上想到祖康，给祖康挂了电话说明情况，让他赶快过来一趟。祖康在电话里听朱聪盈心急火燎的口气一点儿没敢耽搁,带了药包十分钟以后赶来了。朱聪盈怕祖康不上心,郑重其事地向他介绍,"这是我们钟主任,这是他的爱人,刚刚摔到了。"

祖康给钟明的妻子检查了一番,得出结论没有骨折,但脚踝处韧带已经撕裂,需要做些稳固性治疗。他先给钟妻腿上下针镇痛活络,钟妻果然不叫唤了。取针后他用木板绷带将撕裂处固定,他对钟妻说,"阿姨,你放心,没大问题,先稳固几天不要随便走动,不要随便按捏,我会上门来帮你针灸和用药酒活血的,等过一阵子再帮你用按摩手法来恢复肌肉的活力。"

祖康不辱使命,活干得漂亮。当着伤者的面,朱聪盈大包大揽,"阿姨,这是我弟弟,别看他年纪轻轻,已经是省立医院骨科的骨干了,你这点伤就让他负责到底,从今天起他就是你的家庭医生了。"

"阿姨有什么不舒服就给我打电话。"祖康顺着朱聪盈的话说,给足她面子。

处理完钟妻的脚伤,朱聪盈的拜访也基本上结束了,只要人来了,有些话即便不说,大家也会心知肚明的。

钟明将祖康和朱聪盈送到门口,和祖康还握了握手,"谢谢你了,不然我爱人这么晚送医院也不知道能不能及时处理。"

"不用谢,不用谢,以后有什么需要尽管给我打电话好了。"祖康把一张名片递到钟明手里。

下楼来祖康开始揶揄朱聪盈,"看不出你还会溜须拍马,一会儿工夫就把我变成你们领导的家庭医生了。"

"没办法,我想尽快分到政法部去,全要仰仗人家帮忙,刚才你给足我面子了,算我欠你一个人情。"

"人情大过天啊,你工作也好几个月了,可不可以请我吃一顿表示谢意?"

"米粉可不可以?专卖店的米粉现在也很贵的,五六块一碗呢。"

"真服了你了,铜板能捏出油来。"

4

采访黎金土的文章发表后,朱聪盈给黎金土寄了样报过去,一个星期后接到黎金土的电话说好不容易空下来,要请她吃饭以示感谢。朱聪盈说:"你为民工打官司已经牺牲太多时间和金钱了,我这一餐免了吧,我是实事求是写的,没有特别夸你。"

"这恰恰是我要请你的原因,感谢你手下留情,谁不怕记者手中那支笔啊。从你采访和写出来的文章看,你的思维严谨、观察敏锐,如果我们是同行,我肯定多一个厉害的竞争对手。"

朱聪盈还想继续将好话听下去,黎金土打住不说了,"晚上吃饭的时候我们再聊吧。"

"晚上我还要上夜班。"

"那我们早点吃,早点结束。"

两人去吃韩国菜,是朱聪盈提出的。在办公室里经常听人说韩国菜,她也想尝一尝,现在是流行看韩剧,还流行吃韩菜。朱聪盈选的这家韩国菜馆是在报纸上天天做广告的。

黎金土比在办公室见的第一次显得朝气蓬勃多了,穿了一件粉红衬衫,朱聪盈赶紧夸他,"你今天的气色很好,衣服的颜色很配你。"

"是吗?"黎金土拘谨地转脖子,好像领子窄了。"这衣服我是第一次穿,我平时是不穿这种颜色衣服的,与我的工作环境不符。"

"不会吧,难道做律师的一定要穿黑西装白衬衣?"

"倒不至于,但我想那样更镇得住人,我需要人怕我。"黎金土在说这些话的时候也不苟言笑,朱聪盈都没办法判断他是说笑还是说真的了。

菜陆续上来了,朱聪盈没吃过韩国菜,好歹分不出来。黎金土却是个行家了,刚喝两口泡菜汤就指出这家的泡菜做得不地道,还有石锅饭的米也不好,应当用紫米。

"看样子,你对吃很在行。"

"没办法,我们这一行也是要经常应酬的,有时是当事人请我们,有时是我们求人办事要请客。这城里的馆子几乎吃遍了,吃怕了。"

朱聪盈很憧憬地咬着嘴唇说,"有一天我很可能也会说和你同样的话,那时候我已经成为一个名记者,采访应酬不断,天天叫累。"

黎金土哈哈笑,"有志气。"

吃完饭,黎金土送朱聪盈回报社。朱聪盈在离报社十来米的地方就要求下车,临下车,朱聪盈刚要来几句总结语感谢黎金土请她吃饭什么的。黎金土突然说,"朱聪盈,我很喜欢你,怎么样,可不可以考虑嫁给我?"

朱聪盈怀疑她的耳朵一定是漏风了,这个男人和她只有两面之缘,勉强算从陌生人变成熟人,怎么可能马上提出这种要求,饶是她脑子转得比车轮快也答不上话来。黎金土好像也不需要朱聪盈的回答,他继续说,"好好工作,祝你早日成为大牌名记,改天有空再约你,再见。"

朱聪盈不自然地说再见,仓皇下车,连头也不敢回。这人肯定是哪根筋搭错了,哪有人第二次见面就谈婚论嫁的,哪像一个知识分子?知识分子的姻缘一定是谈出来的,慢慢谈出来的。但也不能说人家是流氓,人家一没有动手动脚,二没有言语调戏。再说了,人家这么示爱,是不是也因为她确实很有魅力呢?想到这朱聪盈有点兴奋和飘飘然了。

朱聪盈——有人叫她。朱聪盈极不情愿地回过头,是祖康。"咦,你怎么会在这里?"

"过来帮你们钟主任的爱人做恢复按摩呀。"

"哦,她快好了吧?"朱聪盈有些心虚,她早把这事忘了。祖康除了为她上司的老婆免费做恢复治疗,每星期还要上她家替她妈妈这个老风湿病号做治疗,祖康的空余时间好像全为和她有关的人服务了,她连个感谢的电话也没有打过。

"还得做两三次,刚才送你到门口的那位是你男朋友?"

"谁啊?"朱聪盈故意装糊涂。

"我看到你从一辆丰田车上下来,开车的是一位穿着粉红衬衫的男士。"祖康两只眼睛盯紧朱聪盈的脸。

"哦,你说那个律师!我给他做了一个专访,他请我吃饭表示感谢。"朱聪盈有点恨祖康的眼尖。

"你那篇采访我也看了,让那律师露脸了,请吃饭是应该的。唉,我这么辛苦怎么从来没人请吃饭呢?"

"你不长记性呀,前次不是请你米粉了吗,你还嫌不够?你吃了三两。"

"你的记性真好,一碗米粉记一辈子。"

祖康的手机响了,他掏出手机看了号码说,"我也要上夜班了,钟主任的爱人催我了。"

朱聪盈松了一口气,一直担心这家伙要取笑她呢。她笑着摆摆手说,"谢谢了,祖少爷。"

离夜班还有半个小时,朱聪盈回宿舍换衣服,打开宿舍门,一股麻辣烫火锅的味道扑鼻而来。赵琼和吴胜天在客厅正吃得热火朝天的。都说吃人的嘴软,前次她吃了人家的半桌饭菜,也就不好意思向赵琼提意见了,现在吴胜天是每天登堂入室吃饭睡觉,这里都变成男女混居宿舍了,好在吴胜天这个人还不错,她也懒得计较了。

赵琼说,"聪盈,和我们一块儿吃点儿。"

"一点儿也吃不下了,你们怎么现在才吃?"

吴胜天说,"是赵琼说要吃海鲜麻辣烫,我们跑海鲜市场去买了虾呀蟹的,回来晚了。"

赵琼说,"你看这人,对我好一点就到处宣传。"

朱聪盈说,"好就是好,想吃什么就能吃到什么,你别身在福中不知福。"

赵琼得意地笑了,"对了,聪盈,我给你打牛奶放在冰箱里了,我是下午抽空跑回来买的。"

朱聪盈吃惊不小,自从到政法部上白班她很长一段时间没喝上鲜奶了,今天太阳从西边出来了,赵琼竟然帮她打牛奶?

"以后这事包在我身上,你现在是大忙人了,晚上上夜班,白天还出去采访,我看到你的文章了,大家都说你挺厉害的,刚来几个月就出大稿子。"

朱聪盈听出"厉害"这个词不仅仅是指她的业务能力。果然赵琼说了,"你们分来这批人,也有不少是名牌大学毕业的,可就你一个人见习期没满就下部门了,听说钟明主任是你师兄?"

赵琼的话里有朱聪盈走关系的意思了,朱聪盈还是很坦然地点点头,"是。"

"报社的人都说他很快就要升了。"赵琼说。

送完朱聪盈,黎金习返回事务所,他已经习惯将事务所当做他的家了。除了回那个真正意义的家睡睡觉,他的时间全耗在事务所里。在这里,他的思维可以专一地指向他的专业,心无旁骛。不过最近有点儿乱了套,自从那个叫朱聪盈的女记者走进他的事务所,这种单纯的局面被打破了。

他的面前是一张报纸,上面有朱聪盈采访他的文章,他认为这篇稿子没有写好,不像他所希望的那样狠狠歌颂他。他用红笔在文章上加了文字,照他的想法修改了,当然,这只能是关起门来做的事情,有点阴暗,不足与外人道,更不能让朱聪盈记者知道,当着她的面还得夸她写得好,夸她已经把他吹得不好意思了。

除了在法庭上据理力争的时候黎金习会露出他的峥嵘棱角,其他时候他都把自己藏得很好。谦虚谨慎地活了三十多年,他始终相信,他今天的内敛是为了明天的显赫,今天的低调是为了明天的扬眉吐气。

谁让他是一个贫困山村出来的孩子呢，一步步走到今天全靠自己打拼，他必须清醒地知道自己在做什么，他也知道要得到什么都必须付出代价。他不遗余力地替农民工打官司，就是想用这种出位的方式，也只有用这种方式才能让他一个刚出道没有什么名气的小律师博得一点名声。让他欣慰的是，他所做的确实已经有了回报，朱聪盈的报道出来后，电视台电台及一些杂志也纷纷来采访他，他开始找到点做名人的感觉了。

眼下，他的心情有一点少有的烦乱，让他在这个并不炎热的晚上觉得炎热难耐，躁动不安。他回忆了自己几段短暂的感情经历，那几段经历他已经淡忘得差不多，他把它们归结为在错误的时间产生的爱情，那些时候他太年轻，思想简单，没有经济基础，没有社会基础，注定了那样的感情来得快去得更快。

现在他有了新的倾慕对象——朱聪盈。他像分析案情一样分析自己对朱聪盈迅速产生感情的原因：才貌双全，学历工作不错，娶这样一个女人做老婆有面子，也能帮到自己，他也该谈婚论嫁了。回想那天晚上向朱聪盈求婚的事，他还有些得意，那会儿工夫他看出朱聪盈吓着了，像所有单纯的小姑娘一样吓着了。以他稳重的性格，他当然不会干出这种出格的事来，但他运用的是平时在辩论中对付对手的战略战术：一招乱人。他自信朱聪盈对他的印象是深刻的，至少不会轻易忘了他的"快速求婚"。

这时间朱聪盈应该在上夜班了，黎金土拿起手机给朱聪盈发了一条短信息：我说的都是真的。

朱聪盈很快接到了这条信息，她没回，也不知道如何回。他说了什么？不就是向她求婚的事吗？"真的"指的是这事吗？

从这一晚开始，每天晚上黎金土多了一件事情，给朱聪盈发短信息，一律不怕肉麻的文艺腔，这用的又是滴水穿石的功夫了。

5

周末办公室空荡荡,朱聪盈写完一篇会议采访稿,把稿子传到梁蕴的邮箱,刚准备关电脑,电话铃响了,一般这个时候是很少有电话打进来的。朱聪盈刚拿起话筒,对方急迫粗重的声音直撞耳膜——"我要报料! 我有重大新闻线索!"

报社为了激起市民读报的热情及参与精神,设了报料奖,如能提供好新闻线索的报料人一律有奖金,朱聪盈接过好多次这样的电话了。她说,"不急,慢慢说。"

那人声音发颤,"刚才我路过一幢小楼的时候,楼上扔下来一团纸,我打开一看,上面写了一行字:'好心人请救救我们,我们被人拐卖了。'我不知道是不是真的,我想还是向你们报告的好。"

"那幢楼在什么位置?"

"大沙田铁路口往南的居民区,那幢楼有三层高,好像刚盖好不久,外墙没坏灰还是红砖墙,往前走十来米就是糖厂的仓库,我就在糖厂仓库上班。"

朱聪盈一一记下,"你报警了吗?"

"没有,我不敢保证这纸条上写的是真是假,我是你们版面的老读者了,想还是向你们报料更好一些。"

朱聪盈记下报料人的电话住址后,抓笔的手竟然发抖,她预感到一个重大的新闻就要产生了。她马上给钟明主任打电话汇报,掐头去尾地说有人报料大沙田的民房里关着被拐买的妇女,让钟主任给她派一辆采访车和一名摄影记者。朱聪盈这时候生怕钟明问一句"向警方报案没有?"这一来她的独家采访计划就要泡汤了。幸亏钟主任没有问,可能正在忙着事情,没往深处想,很快帮她安排了人派了车子。

大沙田离市中心有十来公里,那一带因为有一段货运铁路,所以许多企业和厂家的仓库都建在那,居民倒不是很多,相对比较荒凉。

跟随朱聪盈前去的摄影记者也是个刚分进来不久的小伙子,叫杨思。年轻人都好奇,好胜,他听了朱聪盈的介绍很兴奋,不停地倒腾他的相机,嘴里嚷嚷我带了整整五筒胶卷,足够了。

朱聪盈先找到报料人,让报料人一块儿上了采访车,报料人做向导将他们带到那幢红砖楼下先行离开了。

从楼的外观看就知道这是附近郊区农民盖的,没有摆脱农家大院的风格,院子里堆着十几包类似于饲料的东西,一棵柚子树和一棵芒果树的枝叶伸出院墙外。院里无人走动,楼上的窗户关得严严实实。采访车没停,围着小楼附近一带转了几圈,周围也没什么人走动,偶尔有一两辆出入仓库运货的货车经过。

杨思说,"你们把车子停远一点儿,我先去敲门探探风。"

朱聪盈说,"再等一会儿吧,快中午了,里面如果有人也是要吃饭的,无论他们是出来买吃的,还是自己做,总会有动静的。"

他们在车子里猫看了半个小时,整栋楼还是静悄默然的。

朱聪盈的手机呜呜响了,打破了车子里的沉寂。电话是黎金土打来的。"聪盈,我刚刚解决了一个官司,大获全胜,心情十分好,我一定要请你吃个饭。"

那天他俩吃过韩国菜后,一直没见面,不过黎金土的短信攻势已经让朱聪盈把他看成老熟人了。

"改天吧,我在猫着一个爆炸新闻呢。"朱聪盈抑不住兴奋噼噼啪啪三言两语将事情经过告诉黎金土,还得意地说,"我们现在就在那楼下猫着呢。"

"你们有几个人?"

"连司机一块儿有三个。"

黎金土的声音猛地高起来,"胡闹,你以为这种事是玩捉迷藏呀!你们千万不要下车,不要让人注意到你们。你想过没有,里面如果藏着一伙拐卖的歹徒,他们手上还有武器你们怎么办?我马上找几个武警朋友过去帮忙,你们千万千万不要轻举妄动。"

朱聪盈给黎金土的严词吓着了,原先的兴奋全被打掉不说,背上还出了一身冷汗。想想黎金土说的也不是没有道理,自己只凭一股热情,谁知道里面是什么状况呢?朱聪盈心虚虚地跟杨思说,我朋友说了,让我们不要轻举妄动,可能会有危险,他找几个人过来。

杨思还在倒腾他的相机,能有什么危险?那些人一露面我就咔嚓咔嚓给他们留影,我最担心的是那张纸条是恶作剧,让我们空忙一场。

"如果求救的纸条是真的,里面的歹徒手上又有家伙你说我们怎么办?你没发现这一带特别荒凉吗?坏蛋都喜欢扎堆窝藏在这种地方,说不定他们从窗户里面已经注意到我们了。"

杨思隔着车窗玻璃四下张看,脸开始不太自然了,渐渐还有些发白了。"这里确实荒得很!你的朋友什么时候过来?"

等了半个小时,一辆面包车经过朱聪盈他们的车子,但没有停下来。朱聪盈的手机响了,黎金土说,"我就在刚经过你们车子的面包车上,你们先原地不动,等我的招呼你们再过来。"

面包车拐一个弯不见了。过了一会儿,六个壮壮实实的汉子从路那边朝红砖楼的院门走来,一个人率先一脚踹开大门。朱聪盈啊地叫出声来。杨思赶紧拿起相机。

六人鱼贯进入院内,半分钟不到,二楼的一扇窗户哗的碎了,一张椅子飞出来。朱聪盈又是啊的一声。杨思的职业兴奋点上来了,因为车内不好拍摄,他不停地唉声叹气。

又过了一会儿,黎金土出现在院门口,冲朱聪盈的方向招了招手。朱聪盈腿有点发软,但还是拉开车门跳下去。她躲在黎金土的身后,跟着上了楼。杨思跟在一旁,相机终于如愿以偿地咔嚓咔嚓拍个不停。

楼上地板上躺着四个男人,手上绑了绳子,旁边散落着四五把匕首及菜刀。三个披头散发的女人挤在一张床上,估计是被拐的女人了。朱聪盈看那几个男人,脊背发凉,暗暗庆幸早先没贸然入内,否则没准这里面又多了一个被拐妇女。

　　那六个壮汉跟黎金土打招呼说,"都搞定了,直接把他们送公安局吧。"

　　黎金土说,"谢谢你们了,回去跟马队长说一声,改天我请大家吃饭。"

　　原来这几个人是黎金土从武警支队请出来的。

　　黎金土转向朱聪盈,"朱记者,你和这几个女的坐一辆车吧,在车上顺便就可以采访她们了,这几个坏蛋先送公安局,你再到局里听听是怎么审的。"

　　朱聪盈很感激这时候黎金土还能照顾到她的采访,她按照黎金土说的办了,在车上采访被拐的几名女子,然后再到公安局听审那几名拐卖犯。采访资料一齐,她马上回办公室写稿子。

　　第二天稿子见报了,图文并茂。朱聪盈稿子写得漂亮,除了将事件经过描述出来外,还提出一个问题:为什么老百姓有案情线索不先向警方报告,而是选择与媒体联系?她避开他们自身采访的危险性不提,强调目前媒体已经介入老百姓的生活,特别是《南安日报》已经成为老百姓心中信赖的对象,这也是社会民主进程的一个表现。这篇报道引来社会各方的激烈讨论,省领导也重视,表扬了报社。报社领导为此给了朱聪盈出公告表扬,还发了奖金。

　　钟明抓住这个时机打报告,强烈要求将朱聪盈调进部里,报社领导同意了。

　　一切都很顺利。

　　朱聪盈打电话将好消息告诉黎金土,"真的谢谢你,如果没有你的帮助,我这个采访一定完成不了。"

"看来做哪行都不容易，都是要拼命的。"黎金土说，那天接到你的电话我的头一下就炸了，担心你出事，现在没事就好了，不过，以后不许这样了，我会担心的。"

朱聪盈脸红了，红了就红了，反正黎金土也看不见。她心里像堆起了一团绵软的棉花团，她想黎金土可是一早就向她求过婚的，在他心里，也许她已经不是外人了吧，可她算不算是已经接受他了呢？

终于不用上夜班了，生活从此开始新的一页。朱聪盈反倒成了一个需要倒时差的人，过了夜半十二点依然精神抖擞，手边书看了一本又一本。手机鸣的一声，有短信息发过来。她将信息调出来：我在报社门口，如果你和我一样没有睡意，我等你，黎金土。

朱聪盈好像等的就是这样一个信息，她飞快换上衣服跑出门去，跑到门外脚步放慢了，还故意在报社大院多兜了一圈才往大门走去。

黎金土的车子在报社大门口附近停着，车后灯一闪一闪的，朱聪盈拉开车门坐上去，她没问黎金土要到哪里去，黎金土也没问她想到哪里去，车子一直往前开。

应该是出了市区，路边的房子渐渐矮下去，树渐渐多起来。子夜时分，开始有雾了，在树上草上缠结，白蒙蒙一片。车子在一处开阔地停下，黎金土摇下车窗，熄了火，带了草味的湿雾气一点一滴浸润到车内。周围没有灯光，依稀只能看见几棵芭蕉树，大大如扇的叶子微微颤动。

黎金土偏头盯着朱聪盈，朱聪盈目视前方，她让黎金土充分地看了一会儿，才转过来说，"你打算一晚上坐着晾雾水吗？"

黎金土说，"就打算这么晾着，把你凉着了，我就有机会献殷勤了。"

"讨厌。"

"你这个人太聪明，我想说什么你肯定心里有数，这让我心虚。"

"我有这么厉害吗？你别忘了你比我大，见识的人比多，我还怕你把我骗去卖了呢。"

"我哪里舍得，前次跟你说的话没有吓着你吧？"

朱聪盈知道他指的是要和她结婚的那一番话，打马虎眼，"我这人胆子大，别人轻易吓不到我。"

"那我给你说几个鬼故事，乡村版的，保证刺激。"

天上的月光本来就暗淡，周围静默无声，朱聪盈可不愿意在这种环境下听鬼故事，她伸伸脖子说，"鬼故事有什么意思，你还不如给我说说你的律师生涯呢。"

"是啊，其实我最想跟你说说我自己的故事，今天晚上我很早就睡下了，可是很想见你，跟你说说话，我很想让你了解我是怎样一个人。四岁那年，有一天我突然发起高烧，人都烧得糊涂了。母亲是个农村妇女，身上没有一分钱，她背着我到处找邻居借，那时候村里的人都很穷，她只借到了六毛钱。她背着我到卫生所打针，别人告诉她需要一块四，她只好背着我走到村口等我父亲，我的脑袋在她的背后晃来晃去，母亲不停地回过头跟我说，仔啊，你很能干，一定要等你爸回来，你爸回来我们就有钱打针了，仔啊，你很能干的，你挺得住的……烧得奄奄一息的我真的挺住了，等到父亲回来，凑足钱打了退烧针……"

朱聪盈想不到黎金土会和她说这样一个故事，这种经历太卑微、太伤感，有人愿意说，有人不愿意说，有人会放大，有人会隐藏。身边这个高大魁梧的男人曾经是一个贫病交加的孩子，那时候他的母亲只能用夸奖来鼓励他坚持住，这是多么无奈而又温情呀！她的心隐隐地痛，鼻子酸酸的。她不想说话，她愿意让这种略为悲凉的心情蔓延，让她柔弱，让她的胸怀像一个母亲。

黎金土伸出手握住聪盈的手，"聪盈，跟你说这样一个故事，不是想让你同情我，我是想让你知道我的过去，我所经受的一些苦难也许会影响我的人生观，我的生活会在一条比较严谨的路上走，你能接受我吗？"

朱聪盈没有挣脱黎金土的手，仰起脸问，"我想知道你究竟喜欢我什么？你比我大八岁，这大出来的八年里你难道没有碰上一个意中人吗？"

"说实话，在我遇到的女性当中，肯定有人比你漂亮，有人比你聪明，但两样合在一块，在我眼里没有人比得上你。过去谈恋爱，经济无基础，事业未成，心态很不好，吵吵闹闹的，根本不知道什么叫珍惜。现在碰上你，情况已经不同了，我的心态平和多了，我发誓我一辈子都会对你好，好到你想都想不到。"黎金土环抱住她，轻吻她的头发。

朱聪盈依偎在黎金土的怀里，她摸了摸他那张粗糙的脸孔，她觉得一切好顺利，她的事业以及爱情。

第三章

1

冰冷的铁门在冯时身后关上,他双手环抱身子,佝偻着背,鼻子像坏了的水龙头哗啦哗地抽。进去时是大热天,出来是冬天,他身上穿一件灰色的衬衣,脚上是一双凉鞋。虽然口袋里有几百块省下来的"劳动所得",他还是不舍得在监狱的服务中心买一件厚衣服,他觉着那些衣服穿出来带着一股"牢"味,既然走出这个门就不能将痕迹留在身上,哪怕是气味,何况他的钱还另有用场。

在冰冷的空气中冯时嗅出久违的尘世的味道,这味道很复杂,人身上来的,男人女人香的臭的;菜市场来的,青菜萝卜鸡鸭鱼;大街上跑的车来的,摩托三轮小汽车⋯⋯原来尘世的味道是这样的,如果不是在铁门里关了18个月他还体味不出来呢。冯时努力挺直腰板,深吸一口气,海阔天空任鸟飞,他差点要喊一句——我回来了。在回到这个尘世之前他已经脱胎换骨,摩拳擦掌准备大干一场,像任义来那样的人也早不在他的心上,好比脑袋上掉落的头发,谁在乎掉了几根呢。

冯时在一个叫平林的中转车站下了车,打算在那等车载他去西河市。这会还有充足的时间,他到车站餐厅要了两碗二两牛腩粉。他吃米粉吃出经验了,两碗二两绝对比一碗四两的量足作料多,价格却是一样的。吃完米粉身上暖和许多,他在菜味香浓的餐厅里又坐了个把钟头,等鼻子通畅了,脚板也暖和了才起身到外边溜达。

车站周围形成了一个小集市,以卖小吃的小贩为多,卖包子馒头的,卖花生茶叶蛋的,卖甘蔗马蹄糕的,各有各的营生,相得益彰。突然间,冯时眼睛亮了。一个穿着黄棉衣的小伙子在地上铺了几张报纸,上面搁着三只小茶碗,黄棉衣不停地将几只茶碗移来换去,嘴里嚷嚷着,看一看,瞧一瞧了啊,走过路过不要错过,猜一猜哪只碗底下有钱币,猜得对的一赔三了啊……黄棉衣的动作显得很不利索,哪只茶碗下边有钱币昭然若揭。

冯时像见着了久违的老朋友,掌心发热发痒,两只手掌合在一块搓动,快搓掉一层皮了也没把那痒止住。

不少人围着看,不过都是观望,没有一个下注押钱的,大伙心里想的是哪会有这么容易赚到的钱?冯时闲得无聊,跃跃欲试,故意犹犹豫豫凑上前,蹲在黄棉衣跟前检查那几只茶碗,嘴里轻轻地说了句,"兄弟,我给你做个帮手。"黄棉衣愣了愣,狐疑地盯紧冯时,冯时手藏在胸前迅速做了个六四分成的手势,眼睛眨了眨,黄棉衣微微点头,嘴里故意大声嚷嚷,"怎么样,兄弟,敢不敢猜一把。"

冯时站起来退回人群中,脸上做出不置信的样子,"真的一赔三?"

黄棉衣大声嚷,"大家作见证,愿赌服输。"

冯时骂了一句,"我不相信我这双眼睛是瞎了的。"他从口袋里掏出十元钱,等黄棉衣动作停了,他将钱押在他清清楚楚看到,围观人也清清楚楚看到钱币藏着的那只茶碗上面。黄棉衣将茶碗打开,底下赫然一枚钱币,他爽快地将三十元钱扔给冯时,还赞一句,"兄弟眼力不错。"

围观人噪声顿起,有不少人说我也看到钱就在这只茶碗下面。第二次,冯时下的注就大了,一百元。黄棉衣不情愿地将茶碗打开,又输了冯时三百。围观的人再也看不下去了,他们都看得清清楚楚的,可凭什么只有冯时一个人赚钱?大伙纷纷掏钱押上去。一堆人越围越多,外围的人恨不得从别人的脑袋上踩上去。

这时候黄棉衣的手脚变快了,还有些怪异,明明看到钱币扣在某只茶碗下,可打开来并没有,这里面的关窍只有冯时最清楚。渐渐的,赢的人少,输的人多。赢的人想再赢,输的人想扳本,黄棉衣往棉衣兜里揣的钱越来越厚。

一辆小车驶进平林车站,停在一家土特产门店外边,朱聪盈和报社两个同事从车上下来。他们刚从外地采访回来经过此地,大家都希望在平林停一停,因为平林这地方有两种特产很有名气,一种是味道非常好的梅干菜,另一种是用绿豆做的糕点。

朱聪盈计划特产买上四份,家里一份,钟主任一份,梁蕴一份,伍姨家一份。梁蕴已经从政法部调到别的部门去了。这几个月报社发生了许多事情,钟明和梁蕴成了明星人物。钟明最后没有当上副主编,另外一个部门的主任走马上任了。这缘于有人到上级部门去反映钟明和梁蕴有不正当的男女关系,风口浪尖上偏偏梁蕴的丈夫闹离婚,跑到报社来闹,还在办公室里动手打了梁蕴。所谓无风不起浪,如果没有问题怎么会闹到这个份上?这无形将钟明头上暧昧关系的帽子扣实了,梁蕴不得不换了部门。在办公室里可以明显看出钟明的失落,他不像过去那样积极地督促大家写稿,也不策划什么选题了,上班多是在电脑上玩扑克牌游戏。朱聪盈想去和他说点什么,不知从何说起,她不确定钟明是否能接受一个涉世不深的下级的安慰,这也许会让他尴尬,甚至恼怒。所以,她没有特别向他表示什么,她觉得不去打搅他,将本职工作做好就是对他最好的安慰。她去看梁蕴了,女人与女人这种时候容易靠到一块儿。梁蕴额上有一块瘀青,大概是丈夫施暴后的印迹,但她的头发还像以前那样清爽地甩着,并没有遮挡的意思。

朱聪盈说，"你爱人真打你了？"梁蕴说，"爱人？早就没有爱了。打了，也好，我和他两清了。""别难过，这些都会过去的。"朱聪盈觉得自己安慰人的本事实在是有限，说起话来干巴巴的。"你看我像难过的样子吗？没有，一点没有，我只是为钟明感到遗憾，他有能力，应该能得到那个位置，是我耽误他了，可他说他不后悔，我也不后悔，遇上这样一个男人，一辈子值了。"

　　梁蕴的坦然出乎朱聪盈的意料，无意证实了一桩桃色传闻，她神态颇不自然。梁蕴嘴里说钟明不后悔，可钟明的失意她是看在眼里的，也许在这种事上女人一贯比男人勇敢？朱聪盈不自觉地有了这种念头。"以后你有什么打算？"她问梁蕴。"我离婚了，是个自由人，现在我唯一能做的事就是等待，即使等不到一个结果，我也认了。""这会很苦呢，姐姐。"朱聪盈替梁蕴担心了。她跟黎金土刚刚开始不久，每天幸福像花儿开放，痴男怨女的苦能有多少体会？她是站在很遥远的地方观想，每一次打破秩序的爱情都必须付出代价，幸运的是她不会。

　　朱聪盈从商店买好特产出来，两位男同事说要方便方便，剩她一个人，她随意在周边走走。市场西头扎堆的人群诱起她的新闻嗅觉，她喜欢热闹，因为每一个热闹背后都可能挖出一条好新闻。人围得很密实，她从好几个男人的胳肢窝底下钻进去，引起骂声一串，人群核心围着一个身穿黄棉衣的人正在不停吆喝，"快了，下注离手了。"站在她身边一个大眼睛，长得斯斯文文的小伙子用手摁住一只茶碗，把两百块钱押上去说，"我看好了，就是这只，你的手不准碰。"黄棉衣说，"不碰，不碰。"好一拨人跟着小伙子将钱押上了。等大家押好钱，黄棉衣得意洋洋地将茶碗掀开，下面空无一物。小伙子唑拉唑拉抽动发红的鼻子，跺脚赌咒又开始新一轮下注。

　　朱聪盈跑政法线也有一年时间了，做记者的哪天不接受百来条的信息，像这种拙劣的骗钱伎俩她早有耳闻，亲眼所见倒是第一次。一两

56

注后她看出内里的道道,黄棉衣唱的是主角,而她身边长得斯斯文文的男子是个配角,他一直在煽风点火,带头下注。

一个中年妇女几次押下去的钱输了好几回,这回看翻出的茶碗又输了,脸刷白,抓起钱哭喊,"我不赌了,这钱是要给我儿子交学费的。"黄棉衣扯住妇女的手说,"下注离手不能反悔,你找打?"妇女仍不肯松手,黄棉衣抓起茶碗磕她手背。朱聪盈抬脚踢翻一只茶碗,大声说,"你这是在非法聚众赌博,赶快把钱还给大家,不然我打110了。"黄棉衣的手松了,中年妇女赶紧把钱抢到手里。

冯时吓了一跳,看身边这女孩儿,白白净净,长得挺漂亮,也不过二十来岁,谁借她这么大的胆子。黄棉衣站起来做式要打朱聪盈,朱聪盈举起手中的相机对准黄棉衣,"我是记者,你乱来小心后果!"黄棉衣赶紧用手捂住脸骂道,"你找打!"朱聪盈对周围的人说,"大家赶快把自己的钱拿回来。"

输钱的人看有人出头都喊,"抓住这个骗子,不要让他跑了。"这下黄棉衣慌了,扔下摊子挤出人堆飞快地穿过小市场,再钻进候车室,消失在拥挤的人流中。围观的人有些追了上去,有的站在原地骂娘。地上的报纸飞了,茶碗碎了,冯时暗暗叫苦,虽然是随手玩玩解闷,可也忙活了一早上,没赚到一个钱不说,刚才为了表演需要还垫了些,出狱首战失利,丢人丢大了,要让叶叔知道准能气出病来。

朱聪盈站在冯时旁边,盯着他。冯时装模作样,哭丧脸,跺着脚,抽着红红的鼻子说,"倒霉,钱都让那家伙卷走了。"这说的也是真话。

不知道是不是在大冬天里,看到任何衣着单薄的人朱聪盈的心都会变得柔软,好像不把身上的热量施舍出去一些就难受。她一点儿不觉得眼前这个骗子可恶,何况这人还长得很帅,一双大眼睛里有一种无辜让她心生怜惜,她宁愿相信他也是受骗者。她从身后的背包掏出一件报社发的风衣,这件衣服她每次出外采访都带着,防风防水又耐脏耐磨,就是穿起来大了些。她将衣服递给冯时说,"天气冷,穿上吧,以后不要再干这种没出息的事了，害人害己。"

冯时吃惊地眨着眼睛，他没想到朱聪盈早识破了他，他也不否认，接过朱聪盈递来的衣服，抖开披在身上，大小正好合适，领口依稀飘着一股子面霜的香味。他露出白白的牙齿，甜甜地笑，"好暖和。"朱聪盈也笑了笑。这笑容在她来说不过是千百次笑容中的一次，她从来不吝啬给别人笑脸。可在冯时看来如春暖花开，冰雪消融，他一生中第一次被来自异性的温情狠狠地击中，一颗心酸酸地揪疼。

报社同事在远处叫唤朱聪盈的名字，她应了一声，朝他们跑去，身后的背包像兔子一样在她背上跳跃。冯时不自觉地跟了上去，他看着朱聪盈坐上一辆挂着南安市车牌的车子，车身上喷了红漆的几个字"南安报业集团"，这姑娘真的是个记者，难怪随身带着照相机呢。

"记者，记者，"冯时隔着车窗叫了两声。朱聪盈放下车窗。冯时从裤子口袋掏出他最宝贵的财富——五枚铜钱，出狱后这东西又还给他了。他把串成一串的五枚铜钱塞到朱聪盈的手里说，"这是宝贝，好好拿着，会保佑你的。"

朱聪盈摊开手掌看了看，想将东西还给冯时，冯时可怜巴巴地看着她，她心又软了，将手掌握成拳头，朝冯时点点头，再一次展开她的笑脸。

车子驶出平林车站，后面扬起尘土纷纷。冯时朝南安的方向伸长脖子眺望。那是个让他栽跟斗，让他既想又恨的城市，机会和陷阱一样多，等着吧，有一天他会再杀回去的，那个时候他还能遇上这个姑娘吗？

2

冯时到达西河市的第一件事情是去看叶叔的女儿叶认真。买礼物他费了一番工夫，衣服化妆品都去看过了，怕买不合适，想想女孩子没有不喜欢花的,索性买了一大束红玫瑰。

西河市是叶叔的老家,叶认真瘫痪后被母亲送回来和叶叔寡居多年的姐姐生活在一起。虽然听叶叔说过叶认真只有二十二岁,见到本人他还是吃了一惊,眼前这个女孩像个高中生,一脸的倔强掩不住稚气,摆出随时要与人论争的面孔。因为在屋里待的时间长,脸有些浮肿,透着虚弱的苍白。她坐在轮椅上,已经能够熟练地掌控身下的轮椅,将它变成她的腿,在一间空间不大的房里来回滑动。

叶认真的老姑妈六十岁了,身体不好,耳朵有些背,手脚也僵硬了,但还能给叶认真做饭,每天推着轮椅到楼下转一两圈。冯时进门后,老姑妈就坐在沙发上,像一尊木像,一抹并不温暖的冬日阳光照在她始终保持慈祥笑容的脸上。

眼前的情景让冯时想起自己的童年,怜惜之情顿生。"认真,你好,我叫冯时,你爸爸让我来看你,照顾你。"他将花束递给叶认真。

"哦,你刚从牢里出来?"叶认真语气里充满嘲讽,但她还是将花接过来,放在鼻子下嗅,花儿将她的脸蛋映红了。

冯时点点头,"我刚刑满释放,和你爸爸是牢友。"

"犯了什么事?"

"诈骗。"

"骗子?这世上的骗子真多,我也见识了不少。叶凌侠也是一个骗子,他挪用公款,才判了八年,我原以为会判死刑的。"叶认真像谈论一个陌生人一样谈论她的父亲。

"你爸很惦记你,他很爱你。"

"嗤,谁用他惦记,谁用他爱?"

"你出事的那阵子,他觉得对不起你,恨得把脑袋往墙上撞,撞得头破血流,后来缝了八针,伤口那地方现在秃了一片。"

"那又怎么样!我的事不用他管,他也管不了。"叶认真把轮椅滑到阳台上,背对着冯时。冯时感觉她的心情有了变化,怕挂到脸上,所以不敢让他看。

"你爸爸给了我一个任务,要我尽一切努力让你重新站起来,我向他保证了,我一定完成任务,你得帮我这个忙。"

叶认真回过头嘴里喊道,"大骗子,我不可能再站起来了,我已经瘫了两年了!我现在腿动不了,爸爸不在,妈妈又走了,我什么都没有了。"叶认真泪流满面。

冯时蹲到她跟前,"我是一个刚刑满释放的穷光蛋,现在兜里不超过三百元钱,眼下确实没有能力让你得到更好的治疗,但我会努力去赚钱,我也需要你的鼓励,我们一起努力好吗?"

"我真的还能站起来,你不骗我?"

"你一定能够站起来,在你没能站起来之前,我就是你的腿。"

叶认真痛快淋漓地哇哇哭起来,把头埋到冯时的肩膀上。冯时搂着叶认真,抚着她的背,他愿意成为别人的肩膀,他喜欢肩上有责任。

冯时在西河市做的第二件事是去找一个叫陈谋的生意人。叶叔没有给他细说和陈谋是什么关系,估计他们以前的关系非同一般。冯时找到陈谋,说是叶叔让他来的时候,陈谋有些惊慌,拿了十万块钱给冯时,说是给冯时用的。冯时也不推辞,将钱接过来说,"我打算在西河市做些事情,必要时请你要帮帮忙。"陈谋说,"没问题,叶哥的人,只要我能帮得上的,我一定义不容辞。"

在陈谋的帮助下,冯时注册了一家富达公司,租下一处相当气派的办公地点,进行了一番豪华装修。公司对外宣传是一家集科研、开发、贸易为一体的综合性实业公司,经营范围涵盖保健食品、化妆用品、农副产品、生物农资等诸多领域,拥有资金近千万元。冯时从外地聘了一个叫刘有信的做总经理,冯时只在幕后操纵,从不露面。公司还招了一批俊男美女,这批人穿着黑白分明的工作服出入公司大门,让路人心生敬意。那些能说会道的经济讲师则是从高校聘的,他们的任务除了培训员工,还公开授课。来听课的是俊男美女联系来的客户,公司向客户隆重推出"富达卡"。

"富达卡"一张400元,买卡人都算是公司的投资人。这种投资形式,不但投资人的本金能返还,还可以从公司的实业收入、贸易利润中得到回报。举例说,每张卡400元,80天可以得到公司8次派薪,头五次每次为60元,后三次每次为100元,买一张卡只要经过80天就白白能赚200元。讲师们在黑板上列出一排排数据,用铿锵有力的语气告诉大家,这是一个甜蜜的事业!这样的机会不曾有,不再有!机会是给有准备的人,更是给有胆识的人!那时候,传销这个词语还没有像今天这样广泛流传,没有一个人知道自己正陷于一个传销的阵营里。听众们在这样的气场中,往往被弄得血脉贲张,心情激荡,感觉那大好前程就像有个美女在不远处羞答答地召唤。

最早和俊男美女签约办卡的人,多少还有点半信半疑,说得难听点儿,有些是拗不过那些俊男美女的情面,这些少男少女的销售精神是不成功则成仁的。但买卡人很快尝到了甜头,办卡之后,无论投入金额大小,公司承诺的分红利息一分不少地打到他们的账上。钱好像是挺好赚嘛!已经买卡的人加大了投入的金额,没买的人像吃了亏似的赶紧回家拿存折。同时,大家以一种传销方式发展下线,说动人买卡的,能领到20%的提成。尝到甜头的人,把更多的钱投进来,发动亲朋好友,越来越多的人把钱投进来,等着吃利息。

陈谋以局外人的身份,带头买了三四十万,赚钱以后,到处吹嘘,又把一处房产拿去作抵押,大张旗鼓地买富达卡。陈谋在当地也算得上一个成功人士,不少人以之为榜样,也买了卡,十几二十万地买进。

为了打出公司的名声,冯时策划了一次出国考察的活动,将西河市相关部门的领导组织出国。这活动完全交给旅行社代办,办成一次纯粹的旅游购物团。刘有信带着领导们从美国的东海岸玩儿到西海岸,虽然没有考察任何项目,但参团的领导都很满意,对富达公司的实力深信不疑心。某领导回来就在某次重要的会议上说了,像富达这样的民营企业,我们要不遗余力地支持和扶植。这位领导暗地里也让老婆去买了几万块的富达卡,公司把卡交给领导老婆,本钱没收,那利息却是准时发放的。

借着口口相传,富达公司成立短短半年时间,富达卡卖出将近两万张,除去开支,赢利四百多万。冯时计划要撤退了。陈谋劝他再做一阵子,冯时说,"见好就收,现在所有人都蒙着,往下该有人醒了。"

公司不是一夜间消失的,公司的房租付到年底,讲师们和俊男美女们的工资分红仍然从所卖出的卡里支出,像一只滚动的皮球,原先一直被人踢着滚动,滚得很快,后来踢球的人走开了,球依着惯性仍然往前滚动,只是越滚越慢,越滚越慢。持卡人的利息渐渐不到位了,一个月不到位,两个月不到位,半年还是不到位,等到有人起来闹事的时候,冯时早已抽身多时,走远了。

冯时离开西河前想将一部分钱分给陈谋,陈谋只要回自己原先投入的钱,说算是还清叶叔的人情了。冯时就不再坚持,他向陈谋表示了他的担心——公司是在陈谋帮助下注册,大部分资料是伪造的,他携款消失,陈谋会受牵连。陈谋说,"你别忘了,我也买了几十万,我也是受害者,再说了,这地头场面上我认识的人很多,不会有事的。"冯时想陈谋当年欠叶叔的人情可真是欠大了,否则绝不会冒这么大风险,到他这里,显然就是前人栽树,后人乘凉了。

临行前,陈谋问冯时要往哪里去。冯时说,"四海为家,哪里落得下脚就往哪里去。"他没有必要告诉陈谋他的行踪,离开西河市,他便要彻底地与陈谋切断联系。陈谋也知趣地不再问,他指指冯时的脑袋,"这半年你的头发白了不少呢,好好保重。"

头发是什么时候悄悄变白的冯时懵然不知,他站在洗手间的镜子跟前拔了一小撮白头发捏在手里,发隙里还是星星点点的白,没有办法清理干净了,看来很快跟叶叔一样了。"我才二十七,事业才刚刚起步呢",冯时有一点感伤。"富达卡"一事来钱看似容易,内里消耗了极大的心血,虽然在牢里的时候他和叶叔一起早有算计,但临到具体事情样样需要他细细布局,否则怎么会有这么多人上钩而没出纰漏呢。

按冯时的计划,手上拿到这样一笔数目的钱,下一站就可以往南安市去了。这也是叶叔和他一起计划好的,赚上一笔大钱后以南安为大本营做正当生意,潜伏着等其他地方有合适的"项目"再出手。冯时急于往南安去也是为了叶认真,那边医疗水平高。

在南安市安顿下来,冯时马上带着叶认真上省立医院康复中心做了一次全面的检查,请了骨科、脊椎科、神经科方面的专家来会诊,大家对叶认真的病情并不是很乐观,主要原因是伤了两年,最佳的治疗时间已经过了。只有祖康医生一个人态度乐观,他认为从叶认真的受伤部位和受伤情况来看,可以用康复性治疗来改善和恢复。

冯时看到会诊的医生当中有一个特别年轻的本来就很不以为然,而在一帮老专家都觉得不是很乐观的情况下,只有这个年轻人挺身而出,他极怀疑这人好大喜功,想把叶认真当试验品。冯时给医院提了意见,"这年轻人也是专家?"医院方面回答,"祖康医生虽然还不到专家级别,但他研究的课题专门针对瘫痪病人创伤修复治疗,一些成果已经得到资深专家的肯定。"冯时始终不肯相信祖康。

祖康知道冯时不相信他,他专门约冯时出来谈他的方案,作为一个医者他不想放弃一个他认为能够治疗的病人,叶认真是他理论付诸实践一个很好的病例。

见面地点在祖康的办公室。冯时带上叶认真,让她也听听祖康的"医理"。冯时推着叶认真的轮椅进门,祖康迎出来,冯时说,"这就是祖医生,那个说能治好你的人。"叶认真仔细打量祖康,冒出一句,"祖医生,你好年轻,好帅,一点儿不像医生。"

冯时灿烂地冲着祖康笑,他非常高兴叶认真和他有同感。

叶认真这种天真无邪的表达方式真让人下不了台。"我不像医生像什么呢?"祖康的脸忍不住红了。

叶认真认真地说,"演员。"

冯时干脆笑出声来。祖康的脸更像被人揭了一层皮,他压下尴尬,递给冯时一叠厚厚的治疗方案说,"我工作时间不长,但投入损伤康复治疗研究的精力不比其他专家少,我不会拿一个年轻女孩儿的前途开玩笑,没有把握我不会坚持。"

冯时翻看那些资料,揽着叶认真的肩膀说,"我答应过认真,一定要让她站起来的,所以,请你谅解我的谨慎。"

祖康将手伸给冯时,"我们一起努力好吗?"

祖康这句话让冯时想起他和叶认真第一次见面说的话, 他也对叶认真说过,"我们一起努力好吗?"冯时斗争着是不是要将手伸出去,这一握就是同意他们的"合作"关系了。叶认真摇着轮椅过来,握住祖康的手,"祖医生,我相信你,你说话一定要算话,我要站起来。"

冯时想小姑娘太轻率,一看到帅哥就不知轻重,但没办法,叶认真暂时是要交到他手上了。冯时盯着祖康年轻英俊的面孔,还是忍不住问,"我看过你的履历,说你二十六岁,可你的工龄有五年了——"

祖康笑了,"很多人都问过这个问题,我初二读完直接考大学,比别人省了几年时间。"

"原来是个天才,天才一定有天才的办法。"冯时总算找到一个信服祖康的理由。

冯时这边谈好离开,祖康刚松一口气,手机响了,他看是母亲的电话,马上想起一件事来,这事母亲已经交待好几回了,果然一接通电话,母亲就问,"怎么样,约到盈盈没有?"

"还没有，手头上的事情刚忙完，正准备约呢。"

"你呀，总是拖拖拉拉，小心盈盈跟了别人，你小子后悔来不及。"伍姨想让朱聪盈做儿媳妇的心由来已久，好不容易盼到朱聪盈毕业工作，撺掇祖康更积极了，特地买了演出的票让祖康请朱聪盈。

"放心吧，我马上就给她打电话。"祖康挂了母亲的电话马上约朱聪盈，"芭蕾舞《红色娘子军》你看不看？"

"咦，你怎么会有票，我还到处找招待票呢。"

"买的。"

"哇，一张两三百你也舍得，看不出来医生也有艺术细胞呢。"

"你看不看，不看我退票了。"

"看，看，不看白不看。"

约完朱聪盈，祖康身上一身汗，比刚才和冯时的谈话还费神。母亲处心积虑让朱聪盈成为祖家的媳妇，他的心思也没少动，只不过缺了胆气。他多次想象着向朱聪盈表白的情形，结果只有一个——朱聪盈哈哈大笑，脸上是原来身边一直潜伏着一头狼的嘲弄表情。

看戏的时候到处碰到朱聪盈的熟人，她每天跑采访，认识的人多，有报社的同事，也有她采访的对象。每碰到熟人，人家的目光都会在祖康身上打转一两秒钟，朱聪盈恨恨地说，"以后不和你出来了，你看别人看我们，好像我们是一对儿，难为情。"

"我这副样子做你男朋友应该不会给你丢脸吧，有什么难为情的？"

"你知道人家会怎么想，人家会说我怎么找了个小弟弟？我呀，得找个年纪大的，长得老相的，那才有安全感，你知道的，女人老得快嘛。"

祖康说，"你真是这么想的？要不我从明天起开始蓄胡子，蓄个半尺长，看上去大你十岁八岁的，让别人羡慕你找了个小老头。"

朱聪盈来劲了，揪住祖康，"说话算话，你留胡子一定酷，留，留来看看。"

3

冯时在南安市考察了一段时间,觉得这个城市的房地产业欣欣向荣,但二手房产交易和租赁业务却缺乏秩序,他决定开一家房屋置换租赁公司,将这根链条接起来。公司很快注册,名为"广厦"。"广厦"用的是遍地开花的方法来打开场面,在各主要的街道都布有门面,不大,每间也就二三十平方,统一装修,墙面是通透的落地玻璃,从外往里看,清清楚楚看得见里边人的动静。大门外竖有两根大杉木,上边搭个铺着茅草的飞檐,"广厦"二字木匾嵌在飞檐上。这独特的风格,让这利益交换的中介公司变得貌似很斯文。加上报纸上成天打广告,没多少时日,一般老百姓都能说出"广厦"的名来。

西河市的事情没过,冯时很少抛头露面,手下业务员没几个见过老总,唯独做广告这事他亲自出马了。公司开业第一件事是做广告,本来这事吩咐手下人办就行,他特地跑到南安报社去,在报社办公楼上上下下溜了好几回没见着想见的人。他又特地将朱聪盈送他那件衣服带上了,心存侥幸地逮个人问,"这衣服是你们报社一个人忘在我们公司的,你有没有看着眼熟,认出是谁的衣服?"

那人回答说,"太眼熟了,这款风衣是报社社庆的时候发的,每个人都有一件。"

报社有一千多号人呢,冯时悻悻然。

冯时订了《南安日报》,除了看自己登载的广告,他喜欢翻来覆去看那些新闻稿子作者的名字,琢磨当时他碰上的那个女孩叫什么,他登载的广告她会看得见吗?继而又懊恼,看得见又怎样,人家肯定不会放在心上的,谁认识他是谁呢?

冯时万万没有想到,朱聪盈自己会找上门来。

朱聪盈接到好几个电话投诉广厦置换公司有欺诈行为,所以上门来采访。她直奔总经理室,向坐在外间一个女秘书模样的人亮了亮记者证说,"我是南安报社的记者,我要见你们公司的老总。"冯时正在研究《南安日报》上的文章,突然看到朱聪盈走进来,那一刻像是看见海市蜃楼,目光遥远散乱,似乎所见在千里之外。

朱聪盈没认出冯时,虽然事隔不到一年,可当时冯时是一个楚楚可怜,鼻红脸青的小骗子,眼前这人,目光炯炯,气宇轩昂,头发很有风度细碎地灰白,俨然一家大公司的老总,二者气度相去甚远。

朱聪盈开门见山,"你是广厦置换的老总吧,我接到不少投诉,向你了解一些情况。"

冯时拼命将喜悦压下去,平静地请朱聪盈坐到沙发上,从桌上的名片盒拿了一张名片递给朱聪盈,朱聪盈接过去扫了一眼放到面前的茶几上,看样子没有回敬一张名片的打算。

冯时说,"小姐真是南安报社的记者?"

朱聪盈心想难道怀疑我是假冒的不成,从包里掏出记者证冷冰冰地递给冯时。冯时不客气地打开记者证,终于在上面看到"朱聪盈"这三个字。他笑眯眯地将记者证还给朱聪盈说,"朱记者,得罪了,我不是怀疑你,我只是想知道你的名字而已。"

朱聪盈没想到眼前这个男人会说出这样轻浮的话来,她当然不知道这是大大的实话。她板下脸,拿出一支录音笔说,"下面我们说的话我都会录下来作为资料,请冯总注意你的说话风格。"

冯时对客户们的投诉是心里有数的,有的卖家收到房款不及时,而有些买家又没有按时拿到房子。这其中的主要原因是公司需要大量的资金周转来发展其他业务——搜罗市内滞销的一些低价楼盘,然后再将这些楼盘包装推销出去。公司的业务人员就玩儿了花样,找借口和客户说当时签订的买卖合同有些条款不明晰,要再签补充协议,反反复复用这种方法来拖延时间,将客户的钱拿去付那些低价楼盘的首期按揭。这些内情冯时当然不可能向朱聪盈明说，他把投诉的客户资料调出来，认认真真地向朱聪盈解释为什么合同不能按时正常履行的原因。

冯时的解释表面上是说得过去的，不过，朱聪盈早认定这人是个奸商，避重就轻，利用客户对合同条款的认识不清来钻空子。她说，"冯总，你的解释和客户投诉的方方面面都会在我的稿子里客观地表达出来，老百姓看了自有公断，另外，这些情况我也要报到房产局和工商局去。"

"我给你解释这么半天你还要写？这样的稿子如果发出去，我们广厦的名声不就给毁了？朱记者你能不能再认真考虑一下？"冯时想不到朱聪盈这么固执。

"这是我的工作，我们的报纸要给老百姓一个说话的地方，如果你们真的行得正，自然是不应该怕的。"

"可不可以不写，你提什么要求我都答应你。"冯时此时可怜巴巴的神情和他当时在平林车站是一模一样的。

朱聪盈猛然间觉得面前这个人很面熟，愣了几秒钟，到底还是没有认出来，头发一甩，昂着高傲的头离开冯时的办公室。

朱聪盈走后，冯时的手指头像只啄木鸟一样在办公桌上敲打，和朱聪盈的第一次重逢弄得如此剑拔弩张，这影响他的心情，可公司的事情总是重要的，他给报社广告部主任打了电话，说明情况，表达了公司计划每年在报纸上投放几十万的广告，不希望有损他们名声的稿子登出来的意思。虽然得了广告部主任的承诺，他还是高兴不起来，把几个业务经理叫上来训了一通，让他们尽快把所欠的款项给客户到位。

朱聪盈写的稿子未能发出来，上面将原因明明白白告诉她了，报社犯不着为了一些投诉而得罪一个长期广告客户。

朱聪盈为这事怄气，到钟主任那里发牢骚，"报社怎么能为了一点儿经济利益,置事实于不顾呢？"

钟明的脑袋依依不舍地从电脑上的扑克牌上转过来对着朱聪盈说,"等你当了领导你也会这样办报的,你想想,大家每个月拿的奖金都是来自广告,少一些谁都不舒服,可少登这样一篇稿子有多少人不舒服呢？"

连主任都这么说,朱聪盈算是体会到什么叫细胳膊拧不过大象腿了,正生闷气,冯时的电话来了,"朱记者,晚上我想请你吃个饭,算是赔罪。"这电话简直是送上门来让朱聪盈出气的,"我不和奸商吃饭。"她说完把电话狠狠挂上,一口恶气出尽。

冯时耳朵震响,他没有生气,反倒笑了起来,虽然他对女人不太了解,但朱聪盈是他想象中的那一类女孩子,美丽、勇敢、善良。

朱聪盈这一头却是这样定义冯时的,唯利是图、无耻、下流。晚上她已经和黎金土说好了出去看电影,是新引进的一个国外大片,这段时间他们各忙各的,聚一起的时间很少。朱聪盈经常说,"黎金土,我们哪像谈恋爱呀？我们像老夫老妻。"

朱聪盈对现在的电影大多是失望的,她宁愿两人坐一块儿说说话,或者什么也不说,只要待在一块儿就好。可男人陪女人总觉得一定要有某种形式,例如下咖啡馆、逛街、唱歌跳舞、开车兜风,这是误解女人了。她觉得花力气去解释这些说不清道不明的感觉,还不如看一场电影算了。

朱聪盈在办公室里把稿子写完,还没有接到黎金土的电话,这说明黎金土还在事务所忙着。她给他打了一个电话过去,果然,黎金土说,"今晚上可能看不成电影了,手头上的案子还缺些证据,得马上补上,后天要开庭了。"

朱聪盈干脆到事务所去陪黎金土加班。黎金土研究官司的时候是离不了烟的。一只手翻书或动笔,另一只手上始终夹着一支烟,办公室里烟雾缭绕。朱聪盈看着心疼,她劝过黎金土戒烟,黎金土说了,"其他都好说，唯独这一桩事情办不到，戒了什么事都做不成，我抽烟就好比有人喝咖啡提神，喝酒壮胆，是有功效的。"

时间一长朱聪盈渐渐喜欢闻烟的味道了，黎金土的每一根头发丝里都有烟味，她能不喜欢吗？她喜欢静静地陪着黎金土，女人陪着自己的男人，即使不说一句话，即使各做各的事情，守着心里就踏实了。黎金土的每一个动作都让她牵挂，皱眉头意味着碰上难关了，手头上飞快地书写意味着找到思路了。

朱聪盈这一陪，陪到半夜，黎金土把文件夹重重合上，将手头上的半支烟深吸一口摁灭在烟灰缸里说，"好了，现在对这个官司我有十成的把握了。"

朱聪盈泡了一杯西洋参递过去，"亏我还是跑法制这条线的，一点儿也帮不上你，看你好辛苦。"

"等你跑时间长了，认识的人多了，有大把用得着你的机会。"

"我可能没这本事，动动笔头还行。"

"这也不错呀，等我这个官司打赢了，你肯定能写出一篇很精彩的文章，那也算是帮我的大忙了。"

"想法不错，以后我可以多从你这里取素材，你打官司，我写文章。"

"我有个建议，你可以在你们部门的版面上开一个律师问答专栏，回答读者提出的有关法律条规方面的咨询，我替你打这份工。"

"这不是要增加你的工作量？你已经够忙了。"

"从另一方面说这可以增加我的知名度。"

"这会不会让人感觉有利用报社的版面，吹捧自家人的嫌疑？"

"这算什么，放心吧，我很快会成为一名大律师，到时候是别人求着我开专栏热线。"

"想不到你也臭美得很呢。"

4

《南安日报》连日登载一则奇怪的广告，广告是广厦置换公司打的，占半个版面，火红的大标题"一件风衣的故事"，内文则讲述一个故事。这种"文学性的广告"很少见，连朱聪盈的眼球也被吸引了。

> 一个寒冷的冬天，我穿着单薄的衬衣和凉鞋哆哆嗦嗦挤在陌生的人堆里讨生活，为一碗热饭，一碗热汤我可以牺牲任何东西，人格、尊严或者其他⋯⋯是你递给我一件风衣，告诉我穿上它，穿上它就不冷了，那一天我的身体温暖了，我的灵魂也温暖了。我永远记住那一天，我会在余生里做温暖人的事业。安得广厦千万间，大庇天下寒士俱欢颜。

相同的广告发布到第四天，这个似是而非的"故事"不经意地拨动了朱聪盈的某根记忆神经，很多事情哗的一下敞亮了。她总算明白过来为什么觉着广厦置换公司的冯总面熟了，也难怪他嘴里会吐些没轻没重的话，原来他们之间有过一段故事呢——一件风衣的故事，怪文艺，怪浪漫的。朱聪盈趴在桌子上想了半天，想不起当时怎么轻率地把自己的风衣给了这人，自己钱包里还装着这人送的五枚铜钱呢。现在这人看起来很强势，短短一年时间，从一个小骗子变成了一个公司老总，除了可疑，再看不出有半点值得同情的地方。他现在发布这个广告是什么意思呢？为了感谢她？应该不纯粹是为了打广告。

下班的时候朱聪盈在大院里碰到冯时，本想装着看不见，可冯时迎了上来，大声地叫"朱记者"，她只好点点头。

冯时说，"我刚才在你们的广告部谈业务。"

"总经理亲自跑腿,手下的人干什么去了?"

"我亲自走一趟是想看看能不能碰上你。"

"哦,有什么事吗?"朱聪盈有理由怀疑这人专门是候着她的,既然他敢出招,她就接招,谁怕谁呀。

"我是想跟你解释一下,你写的那篇关于我们公司的稿子发不出来是因为我跟你们广告部打了招呼。"

"这我早就知道了,你今天就是想来告诉我你在报社手眼通天?"

"你误解我的意思了,其实你那篇稿子发不发关系不大,因为你的目的已经达到了,所有应该付给客户的钱和该过户的房子我们公司全部将手续办好了,不信你可以打电话回访向你们投诉的客户。"

"是吗,那我替客户们谢谢你了。"朱聪盈的口气全是嘲讽。

"不,不,该说谢的人我,为了能当面感谢你,我等了快一年了,你看了我们公司登出来的广告没有?"

朱聪盈故意说,"没有,什么广告?我从来不看广告,即使是我们报纸登的广告。"

冯时急了,站到朱聪盈跟前,"你再看看我,难道一点印象也没有?"

"怎么没印象,我们前个星期不是刚见过吗?"

冯时很失望地从手提包里掏出一件风衣,在朱聪盈面前抖开,嘴里嘟囔着,"朱大记者是贵人多忘事,做了好事不留名呀,我可从来没有忘记你赠衣之情,连我的公司都取名叫'广厦'了,认出来了吧,这件衣服是你送我的。"

"你的文学水平好像挺高的嘛,你的公司取名广厦和我有什么关系,又不叫做聪盈公司。"

"拿朱聪盈做我们公司的名字太可惜了,这应该是个幼儿园的名字,家长们一定喜欢将小孩送进去。"

"过分了,冯总,取笑我幼儿园水平呢?"

"没文化的人是我，我哪敢取笑你拿笔杆子的人，现在是吃晚饭的时间，你赏我个面子，我们在附近找一家餐馆，随便吃一点儿，我一是谢恩，二是赔礼道歉。"

朱聪盈嘴上想拒绝，但拗不过好奇心，她太想知道冯时是怎样在一年时间里"抖"起来的。"好啊，吃你一顿也不会把你吃穷了。"

他们进了附近的一间川菜馆。等菜的工夫，朱聪盈装作不经意地说，"一年时间你变化很大呀，你的头发是染的，还是真的白了？"

"真的白了，操心的事情太多。"

"是不是有什么奇遇？"

"奇遇？"冯时明白朱聪盈这话的意思，以前他是个小骗子，现在摇身一变了。他笑着说，"奇遇从你送的那件风衣开始，其实碰到你的那天我刚从牢里出来——你不害怕吧？我是个坐过牢的人。"

朱聪盈说，"看样子你不像个杀人犯，我怕什么？"

"你确实用不着害怕，我不是个坏人，是冤枉进去的，我不骗你，要骗你我就不会告诉你我坐过牢了。虽然是冤枉进去的，在里面我学到不少东西，有好有坏，例如玩魔术，玩得还不差，以后会玩得更好，更大。"

"你跟谁说话都这么老实吗？"

"当然不是，我已经习惯跟别人说假话了，但在你这里，我敢用性命担保，永远说真话。"

"我看这句就不是真的，要不你玩个魔术给我瞧瞧，是真会假会。"

"没问题，我送你那五枚铜钱带着了吗？"

那五枚铜钱朱聪盈确实一直随身带着，就搁在钱包里，因为她偶然听来钱包里搁上几枚老钱币可以养钱包，也就是能招财进宝的意思。冯时这么一问，她本来不想说实话，好像她有多么看重那几个铜板似的，可考虑到其中一枚铜板值点钱，没准人家现在是想索回了，自己不能贪小便宜。她从钱包里将五枚铜钱掏出来，放到冯时的面前说，

"一直替我养钱包呢。"

冯时眼睛亮了，朱聪盈能马上掏出钱币来够让他兴奋好一阵子了，他有理由相信她对它们的重视，也许还可以往前推演为爱屋及乌。冯时将钱币拿到手里，左右翻飞的手将五枚铜钱变出来又变没了，变没了又变出来。"想不到我还有这一手吧？"他得意洋洋地说。

朱聪盈看得过瘾，菜上来了也让服务员搁一边，她拽住冯时的手，看那些钱币究竟躲在那根指头底下。

冯时玩了好几把停下手，把钱币搁到朱聪盈的面前说，"表演结束，收起来吧。"

"物归原主。"朱聪盈把钱币推给冯时。

"不能不要的，不然有些好运气会溜走的，包括财运。"

宁可信其有，不可信其无。朱聪盈犹豫后还是把铜板收进钱包，"你这么说我就不客气，我替你保管了，你的魔术玩得还不错，赶上专业水平了。"

冯时说，"说出来你可能不相信，我从小的最大理想是当一个魔术师，我曾经四处求师，吃了不少苦头，甚至把自己弄到监狱里蹲了一年半。不过，我现在总算明白，在这现实生活中我处处可以学到魔术，玩魔术也不一定要到舞台上表演。你刚才问我这一年来是不是有什么奇遇，我的奇遇就是在牢里学会了如何在生活中玩魔术。"

朱聪盈说，"听不懂，太深奥了，像哲学家说的话。"

"也许以后你会有机会明白的。那你能告诉我，你的理想是什么，就是当个记者吗？"

"当记者是主业，我还有一个理想是开一家高档的西餐厅，所有上那吃饭的男士得穿衬衣西装打领带，女士得穿漂亮的晚礼服，里面有喷泉和鲜花，还有乐队演出。我呢，就坐在吧台里，亲自给他们调制不同口味的鸡尾酒。"

"听起来档次够高的，我都想上这样的地方去吃一餐。我没你那么高档的想法,我想等我挣够了钱,专门去学学专业的魔术,搞一场自己的魔术表演,那灯光一打,音乐一响,两个美女从箱子里蹦出来,想想,多刺激。"

"呵,到时候我一定买票去观看,你不用送票。"

两人聊得上路,冯时笑眯眯地说,"聪盈,以后我就叫你聪盈了,你现在不把我看做个奸商了吧?"

朱聪盈也笑眯眯地说,"无商不奸,你既然走了这条路又何必在乎别人的看法呢?"

冯时说,"别人怎么看我无所谓,我只在乎你的意见。"

朱聪盈说,"那也不错,我就是你的镜子了。"

冯时的手机响了,看那号码,他的表情立马温柔了几分。"正在吃,吃完就去看你。想吃榴莲酥?我给你打包回去。"通完电话,冯时招手让服务员打包一份榴莲酥。

朱聪盈笑着问,"女朋友的电话?"

"不,不是,我没女朋友,是我妹妹,她身体不好,住省立医院做治疗,等会儿我去看她。"

朱聪盈听是祖康所在的省立医院额外关心,"你妹妹得了什么病?"

"下肢瘫痪,现在在做康复性治疗。"

朱聪盈说,"等会儿我陪你走一趟吧,我有个弟弟就在省立医院,而且是个骨科大夫,熟人好办事,我给你介绍一下。"

两人吃完饭就直奔省立医院。他俩走进病房,朱聪盈一眼看到祖康正在用艾条给一个年轻的女孩薰灸足部。她说,"咦,祖康,又加班呀。"

祖康没想到朱聪盈到这里来,有些吃惊,再看她身边的男士更吃惊了,好在他做医生的本能是面不改色心不跳。"睡前帮病人用艾条薰足部,可以安神,活络。"

冯时倒是问朱聪盈，"你俩认识？"

朱聪盈冲祖康挤挤眼睛，"认识，认识二十多年了。"

"二十多年，那不是打出娘胎就认识了？"

朱聪盈咯咯笑，"就这么回事，他是我弟弟，我还想介绍你们认识呢，没想撞一块儿了。"

"早知道你们是一家人我就不用操这么多心了。"冯时说。

祖康手上的动作不停，"别听她乱说，她姓朱，我姓祖，不是一家人，我可不敢有这么个姐姐。"

叶认真被冷在一边耐不住了，手舞足蹈叫起来，"冯时哥，快把榴莲酥给我。"

冯时将盒子递过去，"怎么样，这些天有没有感觉好一些？"

叶认真没有回答冯时的问题，眼睛骨碌碌盯着朱聪盈问，"你是和这位姐姐一起在外面吃的饭？"

祖康也看着他们两人，这个问题他也很想问，奇怪他们怎么认识走到一块儿。

冯时说，"来，我介绍一下，这是朱聪盈朱记者，这是叶认真，我的小妹子。"

朱聪盈这才听出来，敢情这个女孩不是冯时的亲妹妹，就像祖康不是她的亲弟弟。

叶认真一听说朱聪盈是记者，马上来劲儿了，"朱记者，你采访过明星吗？"

"没有，我不跑娱乐线。"

叶认真皱起眉头，"那多没意思，如果我当记者我就要专门采访明星。"

冯时笑了，"孩子话，那是狗仔队。"

大家坐着聊了一会儿，除了叶认真嘴巴不停，剩下三个人好像说不到一块儿。朱聪盈首先提出要走了，本不让冯时送，冯时还是追出门来。上了车，朱聪盈问冯时，"你妹妹的腿是怎么坏的？"

冯时说，"跳楼摔坏的，为了一个有妇之夫，那时她太年轻，没有什么辨别能力和社会经验，像一个小孩子，得不到东西就大哭大闹。她爸爸是我的牢友，我答应过他替他照顾认真的。祖医生主动承担了整个治疗计划，我原来还嫌他年轻，现在看起来还是有些效果的，今晚知道你和他是老相识，我更放心了。"

"他确实是个好医生，相信他没错的。"

叶认真看冯时追着朱聪盈出门，心里有点想法了，她啃着榴莲酥对祖康说，"那个朱姐姐长得这么好看，你和她认识这么多年为什么不追她？"

祖康笑了，"女孩子有这么容易追吗？"

"我看冯时哥挺喜欢她的，如果你不追就晚了。"叶认真嘴里怂着祖康，自己心里也不是滋味，她可不愿意她的冯时哥喜欢上别的女人，那样她就不会是最重要的了。

祖康说，"我看你挺喜欢冯时的吧？"

"我当然喜欢他，我和他非亲非故，是我爸托他照顾我的，也不知道他为什么这么听我爸的话，为我的事一点儿也不省力气，如果我健健康康的，我一定嫁他。"

祖康开始心不在焉起来，朱聪盈怎么会认识冯时，这俩人看起来是八竿子打不着的？冯时倒是一个劲敌呢，连叶认真都惦记着治好腿要嫁给他。

5

冯时租住的是一套临江的房子，在大厦顶楼，26层。从大露台上几乎可以俯瞰整个南安市。

近处是寂静的江水，远处是热闹的市区，他很多时候一个人坐在露台上，喝杯热茶，吹吹风，闭目静思。在牢里他学会了静思，他没有什么朋友，他庆幸这一习惯让他耐得住孤独和寂寞，让他把浅薄的人生经历一点点加厚。每天在外奔忙归来，他静下来消化和沉淀，他要在这个纷繁复杂的世界中找到他的舞台，他的舞台大多隐藏在那些本应该环环相扣，却又脱节松散的地方。从高高的楼往下看，江水是静止的，只有一片银光，他希望修炼如这江水，悄默声息地流动，因为静，敏锐地捕捉所有的动态。这要修上多少年呢？像叶叔，也还有死穴，叶认真就是。他一定也有他的死穴。

喝下壶里最后一口茶，冯时拨通了朱聪盈的手机，"明天周末，看起来天气也不错，出去走走怎么样？"

朱聪盈那边尚在沉吟，冯时又加了一句，"我想带上叶认真，你要不要叫上祖医生？"

朱聪盈本来是要拒绝的，她的业余时间最想和黎金土在一起，可听冯时说带上叶认真，那个天真却不幸的女孩子，她应承下来了。

四人一起前往市郊一处新开发的农家乐景点。这里有果园、菜园、鱼塘，来玩儿的人可以尽取所需，自己上园子里择菜，塘里钓鱼，再抓上一两只满山跑的土鸡。大家玩得挺开心，冯时坚持亲自下厨做菜，他在餐馆干过好几年，手脚麻利，那边油下锅，这边洗洗切切不耽误。祖康只有抱着手观看的份儿，看那些个色香味俱全的菜出锅，心里有点嫉妒，炒得一手好菜也蛮能讨女孩子的欢心呢，自己这方面太欠缺了。"冯时，看你像是专门练过呀？"

冯时说，"我二十岁就给餐馆打小工，干了好几年。"

"是吗？那你没上大学？"

"中专读了一年就出来混世界了，比不得你们。"

"三百六十行，行行出状元，你现在干得也很好啊。"

朱聪盈和叶认真两位女士乐得清闲，在一边坐着聊天。叶认真最感兴趣的是朱聪盈是怎么认识冯时的,现在有男朋友没有。朱聪盈顾左右而言他,轻轻巧巧把话题绕回叶认真身上。和冯时待一块儿久了,叶认真天真开朗的性格又回来了,在朱聪盈的"诱导"下,两片红唇叽叽地把自己过去那段惊天地泣鬼神,搭上两条腿的爱情说出来,骂自己是个笨蛋,让那些臭男人都见鬼去。朱聪盈听得心惊胆战,对叶认真是又怜又惜,拍拍她的脑袋说,"宝贝,早点儿站起来,你这么漂亮的女孩子机会多的是。"

冯时将菜上桌,将两位女士招呼过来,叶认真咕咕吞口水,摇着轮椅坐到自己最喜欢吃的菜跟前。朱聪盈也说光闻着味就知道十分的好吃了。她知道祖康没有这手艺,故意问,"祖医生,哪道菜是您做的?"

祖康大大方方地说,"全是冯大哥做的,我插不上手,有机会得跟他学学手艺,朱小姐你这方面好像也要好好学学呵。"

叶认真说,"朱姐姐不用学,她写稿子这么厉害,嫁个会做饭的男人就行了,比如我冯大哥就不错。"

朱聪盈正想着怎么再损上祖康两句,防不到叶认真突然冒出这样的话来,不好当场驳她,打了冯时的脸,只好干笑陪着。

祖康听这话,心里老大不乐意,看朱聪盈脸上笑得勉强算是有点安慰。

吃完饭,大家一块儿到果园子里找了一棵浓密的树,在树荫下聊天。冯时是一屁股坐到草地上,朱聪盈也是一屁股坐到地上。祖康一把把朱聪盈拉起来,将自己头上的太阳帽扔地上说,"垫点东西,这么潮的地你也敢坐,就不怕老了跟你妈妈一样到处喊疼。"

朱聪盈说,"坐什么也不能坐你的帽子呀,我妈说了,帽子是不能随便给人坐的,不然就让人骑在头上了。"

祖康说,"骑就骑吧,我早习惯了。"

朱聪盈一屁股坐上去说,"你大方,我也不客气了。"

冯时一直注意祖康的举动,心想这小伙子喜欢朱聪盈呢,看得出是个细心的人，脾气也好。

冯时建议大家轮流表演节目，他率先表演魔术。朱聪盈是见识过的，祖康和叶认真是第一次观看，两人都好奇得很。这次冯时的道具不是铜板了，看得出有备而来，几枝绢花从他的袖子里、衣领里变出来，递给朱聪盈和叶认真，后来还变出一支点着的烟递给祖康。

祖康摆摆手说不会，冯时把烟叼嘴上拍拍祖康的肩膀说，"好男人。"

朱聪盈说，"你的本事见长了，是不是拜了师傅？"

冯时说，"我的师傅是书本，我买了一些这方面的书，学了不少手段，如果这有道具，可以给你们玩出更精彩的节目，留点悬念也好，以后还有机会给你们表演。下面该轮到谁了？"

叶认真嚷着到我了。她给大家唱了一首时下最流行的歌曲，几分神似。冯时使劲鼓掌，"太好听了，哥以后要捧你做歌星。"

朱聪盈也说，"不错，不错，你开演唱会的时候，姐姐我一定当狗仔队去捧你，不信捧不红你。"

祖康给大家朗读了一首诗歌。朱聪盈不忘揶揄，"太有濮存昕的味道了。"

轮到朱聪盈出节目了，她说我这人文艺细胞很少，推辞着不演。其他人那里放过她，她眼见推辞不过就说，"我说一个笑话吧。"祖康说，"这要把大家逗笑了才行。"朱聪盈翻了一个白眼，"能把你笑傻。"

她想起很多很多年前从报纸上看到的一个笑话，有点颜色的，顾不了这么多了，说了。大意是有一人到西班牙去观看斗牛赛，随便在附近的餐馆享用一道菜——据说是用死伤在赛场上的斗牛睾丸为原料，一大盆子，他觉得美味无比，第二年便带了全家人来吃这道菜，没想到这次上来的只有一小碟，此人大怒，招来侍者询问，侍者答，没办法，今年是牛赢了。

笑话说完，四周寂静，朱聪盈发现大家的表情比先前更为严肃。叶认真是听不懂，动脑筋在想这笑话到底有什么可笑的。祖康装作听不懂,装模作样喝矿泉水。冯时是吃惊斯斯文文的朱聪盈怎能说这种带色的笑话,一下不敢确定是不是该笑,憋着。

朱聪盈叹了一口气,"看来我的节目彻底失败了。"

祖康说,"重新表演一个。"

朱聪盈说,"你想得美。"

冯时突然哈哈地笑起来说,"绝。"

朱聪盈说,"有人笑就算数了。"

祖康抬手看表说,"你不表演我要带叶认真回医院了,还有治疗项目。"朱聪盈巴不得早散了,"要散大家一起散了。"

冯时看大势已去,也不再坚持留大家,先送了祖康和叶认真回到医院,再送朱聪盈。"聪盈,现在时间还早,我带你去一个地方,很值得一看。"朱聪盈一直在等黎金土的电话,看晚上有什么活动,黎金土的电话始终没打进来,她百无聊赖随冯时走了。

车子开往城南,临近郊区有一大片杂草丛生的荒地。冯时的车子停在荒地的一小草坡上。"这片荒地我要买下来,我要在上面建起楼房。"

朱聪盈说,"给人做中介不满足,还要卖自己盖的房子?"

"我想把事业在南安做起来,以后就把这里当家了。"

"我相信你能行,你的身上有奇迹。"这时朱聪盈的手机响了,是黎金土来的电话,说晚上要和一个当事人见面,明天也要准备材料,这个周末没时间与她见面了。挂了电话朱聪盈的心情暗下来,好不容易等到周末,两个人见面还这么难。

冯时说,"怎么突然不高兴了?"

朱聪盈说,"你们男人是不是把事业看得比什么都重?"

"不能这么说,可没有事业的男人女人会喜欢吗?"冯时说。

"女人习惯把男人看得太重,而男人最终都会把事业放在第一位,就好比你,雄心勃勃的,如果你的女朋友不让你做这些事,让你多陪陪她,你会听她的吗?你肯定会说男人是不可能没有事业的,可以陪你一阵子,绝对不是一辈子。所以,在家里守候的总是女人。"朱聪盈不知不觉把自己的感受说出来,像她和黎金土,两人即便在一起,谈得最多的也是他的工作。

看朱聪盈不太开心,冯时的豪气顿生,"聪盈,说出来你可能不信,我来南安有一部分原因是为你,我是找你来了,你给我的风衣上面打着《南安日报》的字样呢。你在平林车站将风衣递给我的那个时候,我觉得你就是个仙女,衣服还没上身,我全身上下就暖洋洋的,从来没有人无缘无故地对我这么好,这么些年我得到最多的是白眼和嘲笑。如果,如果你能接受我这个人,我发誓,你得到的会是我的全部,我不会让你有一丝怨气,我会让你成为天底下最幸福的女人……"

朱聪盈想不到自己的牢骚引出冯时这番话来,尴尬得要一头扎进草丛里,她赶紧截住冯时滔滔不绝的话头,"冯时,你千万别误会,那个时候,我没有什么想法,如果碰上另外一个人我也会那样做的,我们都应该帮助有困难的人,对不对?而且,现在我已经有男朋友了。"

冯时一点儿不难过,微笑着说,"你没有结婚,我都应该是有机会的对不对?"他学朱聪盈的语气。

"你这么说以后我都不知道怎么面对你了。"

"放心吧,只要你真的感到幸福快乐,我绝对不会打扰你。"

朱聪盈沉默了。

6

冯时面对镜子,里面那个人头发六四分,整齐地贴着脑袋,眼睛大,嘴巴小,男子汉气概略显不足,特别是那双眼睛,怎么看都像女人的,又黑又水灵。冯时严肃表情,试图让自己显得威武些,他从抽屉里拿出一副眼镜架鼻梁上,再翻出一顶帽子扣脑袋上。他这么打扮不是为了约会,约会一定坦荡荡本色上场了,眼下他是要去微服私访,虽说公司里没几个人认识他,他认为还是这么露脸合宜。

他开着车子先往最繁华的朝阳街走,在街两边的店铺当中有一家装修很独特,用黄灿灿的茅草做屋檐,一左一右两根原木大柱上挂着"广厦房屋置换公司"的大招牌,有点儿杜甫草堂的意思。这是公司策划部的创意。冯时招了几个学经济和管理的大学生,替他出了不少好点子。在南安市,房屋租赁置换长期处于一种散兵游勇的状态,他的广厦置换可以说是以一种专业的态势迅速铺开,几条繁华的街道上都有店面,店面不大,讲求的是一种四处开花的连锁效应。他从这些大学生身上学到不少东西,他很注意提升自己,自己学历低,不可能事事通晓,事事想得周全,得不停地从别人身上学习。

店面里坐了四个衣着齐整的年轻人,各人桌前一台电脑,男的西装革履,领带白衬衫,女的淡妆套装裙。冯时走进店里,立时有一人站起来迎他,"先生,请问有什么可以帮到你吗?"

"我有一套房改房想出手,想来咨询一下价钱。"

"你请坐。"

冯时刚坐下,又有一人捧着一杯茶上来,"先生请喝茶。"

先前那位青年已经拿好记事本和笔,做好记录的准备。"先生,你可以把你那套房的详细情况给我说一说吗?"

从这家店里出来,冯时对手下办事的能力感到满意,驱车往另一条街的店面去。几家店面看完他把经理叫来,谈了感受,了解最近市面上的行情。经理说总体上发展还不错,但是广厦的业务发展起来后,一些人看有利可图,类似的公司又冒出了几家。有些听说还是挂靠到房产局下面的,那样的招牌背景,显得比他们硬气。

冯时说,"我们也可以挂靠,不就是交一些管理费嘛,人家会收的。现在我有一个打算,想弄块地来做做,听说南安市有朝青山区发展的规划,我想拿下一块地,不论以后怎样,有块地在手里总不是坏事。"

经理问,"看来你是想在南安大展手脚了?"

"南安这地方不错,我想长待。"冯时说这话的时候脑子里想的是朱聪盈,隐约觉得这是他说出这番话的真正理由。

冯时决定请青山区的区长吃饭。这个层面上的官虽然官位不高,架子也还是在那摆着的。冯时花钱铺关系,拐着弯儿将领导请到了。他打了一个电话给朱聪盈,希望朱聪盈作陪。朱聪盈晚上虽然没事,但这类饭局她是想也不想,扯个借口回绝了。说实话,在她心里始终有一种优越感,她一个省报记者,有知识有文化有地位,而冯时不过是一个市井商人,何况,他还对她那样表白过了,两人还是保持点儿距离比较好。

冯时听朱聪盈说没空,还坚持邀请,"你什么时候忙完就什么时候过来,这种场合我需要你过来帮帮我。"

"我真没空,再说了我也帮不了你什么,不好意思。"朱聪盈想冯时把她当成什么了,花瓶?

朱聪盈满口回绝令冯时很不痛快,在他潜意识中下决心在南安做正经事业有一部分原因是为了她,她应该支持配合,可人家一点儿不领情,自己自作多情了。

没有朱聪盈参加的饭局气氛照样火热。青山区区长是个爽快人,和冯时聊得合拍,最后反客为主,连连举杯敬酒,小心谨慎的冯时在强大的攻势下喝得头大舌头大,两人抱成一团,头顶头,脸贴脸,像好得不能再好的兄弟。

送走区长冯时在路边打开车窗吹凉风,酒意尚浓,心里的不痛快翻上来,他掏出手机拨打朱聪盈的电话。朱聪盈这时候已经睡下,不情不愿地接了电话,听冯时的声音就知道这家伙喝高了,说话是扯着嗓子在喊,音量控制不住。

"朱聪盈,你老实告诉我今天晚上为什么不来,你以为自己是一个记者,我是一个小平民,怕跟我在一起降低你的档次是吗?"

"你想得太多了。"

"你就是这么想的,想不到你也这么俗气!"

朱聪盈失了耐性,"算你说对了吧,我们确实不是一路人,以后少往来。"

冯时一下噎住,朱聪盈把电话挂了。冯时想想不服气,再重拨电话。朱聪盈不接,他就一直拨。朱聪盈只能接了,"你怎么这样,我都睡了。"

"睡了也要听,你这样对我不行,我是喜欢你,但你不能骄傲。知道今晚上我为什么要叫上你吗?我是想得到那块地,拿下来后在南安站稳脚跟,天天都能看见你。"

"我跟你说过我有男朋友的,你不要胡思乱想。"

"朱聪盈,我告诉你,在这个世界上不会有人比我更爱你,你等着瞧吧,我跟你说的都是真心话。那块地你也有份,你不是说要开一间高档的西餐厅,让进去的男人都穿西装打领带,所有的女人都穿礼服吗?这西餐厅也在这地面上起,你喜欢怎么弄就怎么弄。我就想让你开开心心的,做你想做的事情,在平林车站遇上你,我就这么想了,我一定要对这个女人好……"

朱聪盈皱着眉头听,她可不喜欢一个喝了酒发酒疯的男人,尽管这人说了一大堆貌似动情的话,她怎么都觉得是流氓无赖的行径。父亲、祖康、黎金土,她周围的男人都是温文尔雅的知识分子,没有一个人会这样行事,她对冯时先前积累起来的一些好感彻底灭了。

冯时自顾自地说得起劲,也不管朱聪盈那一边在不在听,后来连朱聪盈把电话挂了他也不知道,他也不知道自己是怎么回到家的。第二天早上醒来,他发现自己躺在靠门边的沙发上,头痛欲裂,想来昨晚上是没有力气走进几步之遥的卧室了。记忆一点点恢复,他记起昨晚上和朱聪盈好像通过电话,具体说什么不记得了,但肯定有的话说得不怎么好听。

他懊恼至极,思索弥补之法,想不出个所以然。枯躺到下午,他起身跟往常一样下楼去买报纸,老规矩,一份《南安日报》,一份《南安晚报》。两报风格不同,前者像通俗唱法,后者像民族唱法。

报纸上的消息无论大小他都认真看,叶叔叮嘱过,报纸是了解世情最重要的窗口,是必读物。先看《南安日报》,第一版上有他熟悉的名字,朱聪盈写的是一个会议报道,套路写法乏善可陈,他还是认真地看完每一个字。就在朱聪盈这篇报道的下面有一则用黑框框起来的通缉令,附有两张画像。冯时一时间心脏收缩,手脚发凉。

报纸上登载的公安部门通缉的两个人犯,一个叫刘书明,另一个叫杨喜,杨喜是冯时当时对外用的假名。冯时离开西河之前安排刘书明先行离开,如果顺利刘书明早该离境到越南了。真正让冯时心惊的是刘书明是富达公司的总经理刘有信的真名,不知道是哪个环节出了问题,真名都给查出来了?

刘书明不是西河当地人,当地人对他的底细不了解,冯时当时用刘书明前前后后都考虑遍了。冯时在幕后,刘书明站前台。他俩不接受任何采访,不照相,不录音,甚至亲笔字也少留。报纸上面的画像估计是一些见过他们面的人回忆的,画得不太像。

冯时用一张外地手机卡给陈谋打电话,陈谋这里他也不是完全放心。电话还是打得通的,听清是冯时的声音,陈谋就明白这电话是为何而来了。"知道刘有信被通缉了?""是啊,看报纸上登了,那边情况到底怎样?""我和一批富达卡会员被叫去问过好几回话,没问出什么,你们两个的情况是刘有信的一个老情人向警方透露的,好在那个女人不知道你的真实姓名。""这家伙还有情人?他要是被逮我们都会有危险。""他是个老滑头,应该早出境了,即使他被逮,对你的情况应该也说不上什么,不用太担心。"

陈谋的安慰没起什么作用,冯时的心情陡然昏暗。这杳无音讯的刘书明始终是一把在头顶上悬着的剑，纵然他不了解他的真实姓名与身份，可认识他这张脸，也许哪一天就在路上撞上了，谁敢说没这种可能呢。

来南安以后他几乎没想过在西河的事情，一心一意盘算着在南安安居乐业，此刻他为自己的盲目乐观汗颜不已。当初选择这种生活方式，就应该知道安稳的日子对他来说是一种奢望，老天爷想赏给他就给他，他没有半点儿决定权，就像玩魔术，变出来的鱼不是凭空得来的，是事先准备好了，只是让那鱼从一个地方位移到一个地方，以合适的方式出现而已。是朱聪盈这个姑娘让他暂时性智障，让他痴心妄想了。

他还后怕了，他曾那么大胆地向她表白，求爱，这爱他哪里给得起？他的爱必然像按揭买房，首期轻轻松松付了，每月的按揭遥遥无期，说不上哪天供应断了，爱人流离失所，他毁的会是两个人。

冯时与自己争战数日，悲壮妥协，适合自己的只能是流水一样的生活，流到哪算哪，爱依旧可以，付出去永远别盼着有回报。

祖康帮他更快地下了决心。祖康告诉他国外有一种新出的仪器，对治疗叶认真这类因脊柱受伤下肢瘫痪的病人效果明显，他已经打报告让院里购买了，不过，院里不一定会批这个单子，因为仪器比较贵。冯时问，"这仪器要花多少钱？"祖康说，"差不多一百万美金。"冯时说，"你告诉医院，我赞助三百万人民币，目前我手上没有这么多现钱，给我一点儿时间我去筹。"祖康说，"太好了，如果有你这笔赞助，估计院里会考虑这个计划的。"

冯时把八间广厦置换的门店全抵押出去，连手头上所有现钱凑一块儿付给医院两百万。有了这些钱打底，祖康的申请报告医院很快批复，开始着手订购的事。

钱还有缺口，冯时决定启动一个早些时候看准的项目。这项目的最早策划应该说是在牢里，是叶叔提供的多条思路中的一条，在西河市弄"富达卡"的时候，冯时一直留意找个合适的地方落实这个项目，那时候他经常离开西河到北方去找合伙人，找到的几个各有各的路数，后来他在南安舍不得挪窝，计划一度搁浅。现在是时候了。他走得干净利落，把叶认真交给祖康，买了飞机票当即登机。

坐到飞机上，冯时闪过一个与朱聪盈有关的念头——他离开南安，她会不会想念他呢？结果太过渺茫，他闭上眼睛不再自寻烦恼。

冯时的离开还是让朱聪盈感觉到了一些变化，以前他天天有电话过来，有时还不止一个，有事没事聊上一阵子，让她都有些习惯了。现在声音没了，人更不见踪影，虎头蛇尾，不消说是吃了瘪感觉没啥盼头，懒得再浪费时间了。这世上的男人多是急功近利的，哪还有恒久、忍耐与执着呀？好在她对他没有任何想法。

第四章

1

黎金土代理的自认为有十成把握的官司输了。他事先准备很充分,证据和各方面的材料都很齐全,法院的最后判决却是当头一棒,再一次将一种观念强加于他——人的作用大于法,法院偏袒被告。黎金土的猜测也不是没有道理,被告的姐夫在省里担任要职,施加影响很有可能。

黎金土也再一次感到无限的悲哀,这是他无法向外人诉说的悲哀,一个人的出身往往注定了你能走多远,再强争也是白费劲。他一点儿不像在朱聪盈的采访中说的那么无私,坦荡,相反的,他有私,有求,他无时不想如何能出人头地,在这一片天地打出名声。努力了这么些年,赤手空拳,燕子衔泥,口口心血,来不得半点儿懈怠。他努力拓展与上层的联系,但这种联系不是想攀就攀得上的,他始终是在门边徘徊,在很多场合他要赔小心、赔笑脸、赔不是,甚至给人塞好处。这些他怎么能跟外人说呢?即便是女朋友朱聪盈,一个在城市长大的女孩子,能理解这种从底层向上攀援的苦处吗?她偶尔会流露出不食人间烟火的清高,一丁点儿就能让人自尊无存。

他更热爱香烟了，吸烟能让他放松，沉静，能让他工作时心无旁骛。只要不见客，手里的烟一支接一支，很多时候他是无意识的，什么时候点烟，什么时候吸完，他没有概念，只有当烟盒变成一只空壳，他捏扁它，扔进垃圾篓，才略微意识到又一层污黄的焦油附在他的肺壁上了。若人生成功，这一点儿污黄又算什么？这代价他是付得起的。

朱聪盈知道黎金土的官司输了，听他口气不像太难过，最多是一件事情了结了。只不过他整个人精神状态看上去不好，脸色泛黄，嘴唇发乌，这定是香烟作怪。她自作主张把他办公室的香烟全收罗走，没料到捅了马蜂窝。黎金土四下翻不出烟，拍桌子踢椅子，"烦人，把我的烟拿来！"

"少抽一点儿，对身体不好，你现在牙齿发黑，脸色发黄，人家一看就知道是个烟鬼，我劝你还是戒了。"

黎金土气急败坏，"你管得也太宽了，你不要处心积虑改造我好不好？知不知道男人最烦这样的女人！"他似乎没对她说过这么重的话，委屈的泪水在她眼里打转。他是律师，知道所有言语的后果，他也知道凡事都有第一次，有第一次便有第二次，为将来更从容，他不需要服软。"这几天我忙，要集中精力做事，你不要过来了。"

朱聪盈的泪流下来，"好吧，你忙，我走。"

黎金土屁股不挪，眼皮不抬，任你来去自由。反倒是朱聪盈回到家里坐立不安，看书半天没翻一页，看电视不知道放的什么，一开始她是气黎金土的态度，再后来是担心他的心情和身体，挨到临睡前，给他发了一条信息："放宽心，一切会好起来的。"

黎金土没在加班，朱聪盈离开后他也坐不住了，邀了一个朋友去酒吧喝酒，酒一杯杯下肚，牢骚一口口吐出来，吐到后来他突然又觉得这种发泄实在无聊，没解决任何实质性问题不说，还把脑袋弄得晕乎乎的。他买单离开酒吧，朱聪盈的短信息正好到来，他看过顺手删了，这种不痛不痒的关心对他有什么用？

朱聪盈等不到回复，一夜没睡好。第二天她出差外地跟一个调研组采访，几天跑十来个点儿，忙忙碌碌麻麻木木也顾不上和黎金土联系，她也在憋口气呢——黎金土你就这么牛？这次你不先低头，别想我再睬你。

采访任务结束当天，朱聪盈收到黎金土一个短信息，说他想她了，这人立马鲜活，干巴多日的脸如雨后花儿绽放，嘴角边挂上抑制不住的笑容。梁蕴忍不住调侃，"谁偷了我们朱聪盈小姐的心，谈恋爱了？"朱聪盈舍不得否认，说，"你怎么看出来的？"梁蕴说，"有事没事一会儿哭丧着脸，一会又乐癫得跟中了奖似的，除了谈恋爱没别的。是哪个小伙子有这么好的命？"朱聪盈说，"你认识的，就是前次我做专访的律师黎金土。"梁蕴说，"哟，那我还是拐了弯的媒人呢。"

朱聪盈的心思早已经飞回南安，整个采访组要第二天才返程，她一分钟也待不住了，会议一结束马上赶到汽车站找车往回赶。黎金土说到车站接她她不让，她先回宿舍洗漱打扮一番，让黎金土的车子在报社门口等着。

朱聪盈仪态万千地走出宿舍门没几步，突然眼前一花，人倒地上了。过路人赶紧招呼着送医院，医院检查的结果是暂时性脑供血不足，休息几天就好了。

在医院里吊着丹参液，朱聪盈狠狠睡了两天，把一段时间来缺的觉一块儿补了。这种小打小闹的事情，她历来是不向家里汇报的，怕父母担心，只给伍姨打了个电话，说自己在医院里休养，跟父母说是出差未回。伍姨马上叫唤起来，"好好躺着，我过来看你。"朱聪盈说，"不用过来了，我只是缺觉而已，睡几顿饱觉就好了。"

伍姨人还没到，祖康提着一兜水果先到了，做他妈妈的先遣部队。祖康很严肃地说，"怎么进了我的地盘也不说一声。"

朱聪盈笑了，"哦，忘了这是你的地头了，不好意思。"

祖康说，"我刚才看过你的病历，没什么大问题，不过得好好休息，另外，进来了就别急着出去，好好把身体检查一遍，做记者的没几个生活有规律，身体早晚要出问题。"

朱聪盈惦记叶认真，"认真的治疗有些起色吗？"

祖康说，"毕竟是两年的旧伤了，需要时间，现在的方法是给她将一些陈旧的组织破坏掉，刺激新的细胞重新生长，治疗还是有效果的。另外有一种仪器对治疗这种旧伤很有用，冯时给医院赞助三百万买这种仪器，这两天货应该到了。"

朱聪盈说，"哦，冯时好大的手笔，我有一段时间没见着他了，他经常来看认真吧？"

"听叶认真说他好像到外地做生意，去了好些日子了。他倒是经常给我电话，每次都说不要在乎钱，尽量给叶认真用最好的，好像我们都是奔着钱去了。"

"人跟人想的不一样，他也是担心他妹子。"

说话间黎金土进来了，他是给朱聪盈送饭来的，本来朱聪盈说要订医院的饭，黎金土说不行，要给她做好吃的，有营养的，朱聪盈就由他了。

这是祖康和黎金土第一次见面。朱聪盈跟黎金土介绍说，"这是祖康，本院骨科大夫，我的——好朋友。"这一次，朱聪盈没有说是弟弟之类的，算是在黎金土面前给祖康一点面子。

她又向祖康介绍说，"这是黎金土，律师。"尽管没有说明她和黎金土的关系，但她相信祖康一定看得出来的，这个时间能给她送饭的人还能是什么人呢？

祖康跟黎金土握了握手，离开前他将朱聪盈病床的尾部稍微调高了，"躺着的时候将床脚调高一点，有助于血回流心脏。"

黎金土看着祖康的背影消失，转过来跟朱聪盈说，"这小伙子挺细心的，很体贴你嘛。"

"我们一起长大，两家好得跟一家似的，他比我小七个月，从小就被我欺负，我一直叫他小弟弟，刚才是怕他难堪，没说他是我弟弟。"

"你怕他难堪，说明他不喜欢你把他当弟弟不是？"

"好了，就算是他喜欢我，也没什么不好的，有对手才有忧患意识，看你还敢对我不好？"

黎金土举起手中的提兜，"这就是忧患意识弄的，以后再也不敢惹你生气了，一生气就晕倒给我瞧瞧，为这餐饭，我忙了好一阵呢。"他打开保温饭盒，"这是清补凉炖鸡汤，这是炒菜，让你爽口又利身。"

炒菜是酸豆角西红柿炒小鱼籽，朱聪盈跟黎金土说过很爱吃，黎金土倒是记住了。黎金土说，"这菜我只是看过我妈做，从来没有亲自弄过，你尝尝看对不对口味。"

朱聪盈先喝汤，再吃菜，两样都很对胃口。她忍不住说，"以后我们家你干脆管理家务算了，我挣钱养家。"

黎金土笑了，从餐纸盒里扯出一张纸，将朱聪盈流到下巴的汁水擦去，又拿了另一张纸轻轻地塞到她的下巴底下垫好。黎金土永远不知道，他这个动作朱聪盈会记上一辈子。也许他替朱聪盈做过很多事情，可仍然比不上这样一个细小的动作。人是个体的，每天都在做着自己的事情，可这样的一个动作，让朱聪盈能真切具体地感觉到，眼前这个男人爱她疼她，这比掏出十万八万地放在眼前更能说明问题。即便在以后不再有爱的日子，她也能确定他们一定爱过。

女人大多是这样了。

朱聪盈在医院里住了五天出院了。她能感觉那个官司失利后黎金土的情绪始终没有完全调整过来，赶上一个公共假日，她提议出去玩玩。黎金土这边想的是应该陪陪聪盈了，平时忙得跟条狗似的，也没忙出个头绪，倒不如放放手，就把一桩正在谈着的官司推掉了。

到哪里去呢？两人费了一番脑筋，朱聪盈说，"金土，去你家吧，看看你父母。"黎金土对朱聪盈这个提议很意外也很满意。他的父母在几百公里外的农村，朱聪盈这个城市小姐能主动提出去看他们不容易，再说他也有一年多没回家了，带着女朋友去见见老人一定能让他们高兴。

一大早坐班车坐到黄昏，又转了一趟乡村小巴士，黎金土家住的村子到了。从公路往山边走两三里路，黎金土指着一幢崭露红瓦顶的小白楼，"那就是我家。"这幢三层的小白楼鹤立鸡群，村子里大多还是砖瓦房，楼房不多。黎金土前些年赚到的第一笔大钱就拿来修了这幢房子，他妹妹仗着这套房子招了上门女婿，家里不算冷清。

黎金土说，"一楼是爸妈住的，二楼是妹妹和妹夫住的，三楼是留给我的。"

朱聪盈笑了，"你一年也不回来一趟，还霸着一层楼呢。"

黎金土一进村子整个人活了，在这生他养他的地方，他像吸了地气一般容光焕发神采飞扬，这种神气是朱聪盈前所未见的。他大声爽朗地和来往的村民打招呼，这个是三叔，那个是大舅，时不时停脚驻足用他们的方言聊起天来，朱聪盈在一旁听得云里雾里。连蹦跳在菜地里的一条黄狗，黎金土也能叫出名来，唤一声"老癫"，那狗立即摇头摆尾迎上来。黎金土说，"这是靠村口大树脚吴四公家的狗。"

黎金土的父母都是老实巴交的农民，话不多，用自家地里种的菜，河里打来的鱼招待儿子和准媳妇。晚上来访的人陡然多起来，连村长也来了，屋门大敞，客厅里满满地坐着人。来人大多有事，在他们眼里黎金土在省会出头露脸的，能耐比一个县长大多了。村长说起和隔壁村共同开发的一个风景点的纠纷，原先是订有合同的，能分到总收入的14%，可至今只拿到8%，剩下的人家说什么也不给了。黎金土当场用手机给县里一个副县长拨了电话，比较严肃地将情况说明了，对方答复很客气，答应明天马上过问此事。黎金土说，"明天我上县里请你们吃饭。"对方说，"哪用你请？我代表县里请你这个大律师。"

一个年轻小伙则是为一辆没有上牌的拖拉机在县里超载被扣了，要罚款，请黎金土出面帮把他拖拉机拿回来。朱聪盈听着好笑，这种小事情也好意思来麻烦人，黎金土不烦死才怪。奇怪的是，黎金土一点儿没烦，像平时听当事人陈述一样严肃认真，听罢又是一个电话打出去，找到一个什么交通局的，人家也答应马上过问这事。

这么聊着到了半夜人才渐渐散去。朱聪盈说，"金土，早知道你回家来有这么一大堆事情等着你，我就不让你回来了，连个拖拉机罚款也要你出头，你哪里是来休息，是来加班的。"

黎金土说，"这你就不懂了，我们这一大家族的没有几个人在外面做事，我不给他们出头谁给他们出头？"

"你明天真的要上县里去和什么县长吃饭？"

"回家来对这里的父母官一定不能小瞧了，他们上省城去我也从来没有怠慢过，保持这种友好的关系不是为了我个人，我又不在这发展，说到底是为了亲戚朋友。唉，说多了你也不懂，你生在城里头哪里懂得农村疾苦呀？"

朱聪盈看得出黎金土很享受替一大家子人办事，也许只有这样他的价值才能充分地体现，男人嘛，大多有这种以天下为己任的心。她理解，她不会因为这小瞧他，反而更心疼他。

朱聪盈喜欢和黎金土的母亲和妹妹下地干活，有时是种菜，有时是喂猪，她以前哪干过这些活？眼下做起来新鲜得很，还不让别人插手呢。有一种在水田里生长的慈姑，切成片，用五花肉焖炒，吃起来又甜又粉，她每天都下田里去采一些，吃个没厌。

几天农活干下来，朱聪盈的小手又红又糙，她得意洋洋地将手亮给黎金土看，"我不仅拿得起笔头，还拿得起锄头，这样优秀的女人很少吧？"

黎金土摸着她的手说，"岂止很少，在我看来只有一个。"

朱聪盈开心得咧开嘴哈哈大笑，"以后我们每年都回来过年好不好？这里像世外桃源。"

黎金土说，"做了农村人的老婆，光回来过年不行，还经常要回来劳动。"

朱聪盈说，"我还巴不得呢，能在这里养老更好，天天可以呼吸新鲜空气，还有那么好吃的慈姑。"

黎金土说，"这要求容易办到，等我们老得走不动了就搬回来。"

乡村的夜晚安静、清甜，两人沿着村庄的小路往山边走，村庄昏暗的灯光渐渐淹没在树影里，弯弯曲曲的山路还是看得清的，借助的是天上的月光。有一座小石头山，很矮，两人不到五分钟爬到顶上，找了一块光滑的大石头坐下。朱聪盈靠在黎金土的怀里。黎金土亲吻她清凉的面庞说，"再这样待上一个星期，我的斗志就没了，什么都不想干了。"

朱聪盈说，"又想你的工作了吧？我就知道你放不下。"

"这种休闲对我来说太奢侈了，你知道干劲松下来容易，鼓起来难，我现在哪敢松劲儿呀？"

朱聪盈的电话突然响起来，她看也不看摁掉了。黎金土说，"你不怕是有什么要紧的事？"

"没什么事情会比我俩单独待在一起更重要。"

两人搂得更紧了。

电话还是执着地响着，黎金土说接吧，朱聪盈只好接了，对方并不说话，沉默着。她喂了好几声，不见答应就挂了，"真是怪事，好像专来搞破坏一样"，她说。

电话那头是冯时，此时他也在一座山上，山上有一家茶庄，周围种满了菊花，所以叫做菊园。空气里尽是菊花的香味。因为下着雨，就他一个客人，他的心情被雨润得出奇的孤清，他突然非常非常想跟朱聪盈说会儿话，在电话拨通的那一刻，他意识到她的身边有人，应该是她说的男朋友吧，他打扰了她，所以沉默了。

在北方这个陌生的城市里他没有一个能说得上话的人,每天应付各色的人纯粹是在演戏,目的只有一个,让别人把口袋里的钱掏出来。明天还得继续演呢,他实在是有点累了,他向服务员招手说,"买单。"

2

电大法律班的课程黎金土上了好几年,这学期他不想再接,一是因为事情多,二是上课的报酬也不高。但他一提出不上,学校教务处的秘书就给他打电话了,说他的课同学们反映很好,一定还要请他上这门课,又把课酬提高了一个档次。黎金土耐不住软磨硬磨,只好答应。

班上的学生大都是有工作的,来读电大无非是为了混个文凭,这种课不用上得太认真,太认真也没有多大用处。黎金土主要是上经济法,着重于案例分析,这算是比较实用的,学生还有点兴趣。一早上连上三节课,黎金土有律师的基本功,嗓子不痛,声音洪亮,分析有理有据。他一心二用,看到坐在第一排一个长相一般,气质成熟,衣着时髦的姑娘频频点头,听得认真,手上还勤快地记笔记。

下课后,黎金土直接到停车场取车准备回办公室。车子刚发动,听到一辆车子在后面摁喇叭,他疑惑地盯着后视镜,那辆车子缓缓地开到旁边,车窗摇下,露出一张脸,是刚才坐在前排的姑娘。姑娘说,"黎律师,可以请你喝杯茶吗?有些事想请教你。"

这个时间吃午饭稍早,回办公室也做不了什么事,但黎金土还是说,"有什么事你直接问好了,不用破费。"

姑娘说,"我们公司的办公室离学校不远,黎律师赏个脸去坐坐吧。"

黎金土不好再推辞,点头示意姑娘在前面带路。他尾随姑娘的车子到达一家叫盛利的房地产公司楼下,姑娘走在前头领黎金土上楼。

前面的人短裙摇曳，香风飘浮，高跟鞋将脚下的地板敲得嗒嗒响，黎金土下意识深吸了几口气。他们穿过长长的走廊，在一间挂着总经理牌子的办公室门前停住了，推开门，办公室相当宽敞明亮，宽大的办公桌，肥大的皮沙发。一扇屏风，隔着红木的茶几，上面摆了整套茶具，靠阳台一侧还有一台跑步机。姑娘说，"黎律师请坐。"

黎金土说，"你是做房地产的？大老板了，失敬。"

姑娘说，"小打小闹弄着玩儿的。"

黎金土说，"你这间办公室对空间的浪费充分体现做房产的优势了。"

姑娘笑了笑，"黎律师，我倒是对你的办公室好奇呢，有机会要请我去参观参观，我从没进过律师事务所。"

"趁早打消这念头，看过以后你会觉得我这个律师做得窝囊了。"

"您太谦虚了。"说话间，一个女秘书模样的人敲门进来先叫了"孟总"，然后又转向黎金土说，"您好。"

姑娘说，"帮我们泡点儿茶，就泡我刚从云南带回来的普洱吧。"

女秘书点点头，开始在茶几上忙开了。

姑娘递给黎金土一张名片说，"正式自我介绍一下，我叫孟子勤。您的大名我早听说了，省报上还开有你的专栏呢，年轻有为的律师。"

黎金土例行公事扫一眼名片，孟子勤的头衔是盛利房地产公司总经理，以黎金土的经验，现在门类庞杂的"总"太多，也不稀罕。他将名片收起来，然后回赠自己的一张名片说，"孟总才是年轻有为，做房地产不容易。"

"是不太容易，我这个公司刚成立不久，我想请黎律师帮帮忙，做我们的法律顾问，报酬按比一般行规高 30% 来算怎么样？"

女秘书的茶泡好了，给孟子勤和黎金土各斟了一杯。黎金土端起茶杯喝了一口，不急不慢地说，"好茶。孟总这么抬举我，我是却之不恭呀，不过，南安市这么多的律师，你怎么会想到找我呢？"

"前段时间你刚打的那场官司,我去旁听了,那场你辩得很精彩,其实照你提供的证据,我认为你的代理人应该赢这场官司。"

这个官司是黎金土的心头之痛,信心百倍的却败了,眼下孟子勤翻旧案,面对这么个红颜知己,他抛开顾忌,义愤填膺地发表了一通对法院裁决的批评。

孟子勤皱着眉头说,"我也有同感,还和我爸爸争论了一番,他说有些案子确实不能说判得很公正,可方方面面牵涉到的关系太多,得平衡好。"

"你爸爸也是干我们这行的?"

"是啊,他干了一辈子,他叫孟乐山。"

黎金土手上的茶杯晃了晃,孟乐山是本市高院的院长。他鲁莽了,在院长千金面前发了一通措辞严厉的言论,太不明智。毕竟是做律师的,这种场面总算还应付得来,他接着说,"院长要主持大局,他也有许多为难之处。"

孟子勤给黎金土的杯里加满茶水,"你现在接的案子多吗?如果接得来,我有很多客户可以介绍给你的。"

黎金土哪里还敢劳烦人家院长千金,连声说,"谢谢,谢谢,事务所的业务还行,不麻烦了。"说完他找一个借口告辞了。

几天后他收到孟子勤送来的聘书及盛利房地产公司的资料,惊喜未定又有孟子勤介绍的好几个客户上门联系,基本都是公司的老总,同样是要聘黎金土当法律顾问。几个合作协议签下来黎金土坐不住了,亲自登门感谢孟子勤,空手不好上门,想送件礼物,到商场转了好几圈挑了一件首饰,是条镶细钻的金手链,同样款式的首饰他买过一条送朱聪盈过生日,朱聪盈夸他好眼光,他决定把这好眼光再用一次。

孟子勤见黎金土上门很是高兴,把礼物当场打开,像朱聪盈一样夸赞手链很漂亮,当着黎金土的面就带到右手腕上。黎金土窥见孟子勤的左手腕上戴有一只金手镯,那上面镶的钻光芒四射,一看就知道价钱档次要比他新送这条手链高好几倍了。他自嘲说,"不值钱的东西,不好意思。"

孟子勤瞥了黎金土一眼说,"我可是第一次收男同胞送的首饰呢。"这话有些暧昧,黎金土当然不敢意会,换了恭维的语气,"看得出,孟总是个独立的女性。"

孟子勤不乐意了,"叫我孟总,我们还这么生分吗?我可不打算再叫你黎律师了,我叫你金土,怎么称呼我你看着办吧。"

"那好,我叫你子勤。"

孟子勤笑了,"金土,今天你来得正是时候,我还打算联系你呢。我一个好朋友有个官司要打,这个案子涉案金额几千万,你如果打赢了得再送我一件首饰,要比这条手链更贵重才行。"

经济案件是所有律师都乐意去接的,因为利润丰厚。黎金土心想,这么多好事送上门来,我是不是碰上贵人了?他说,"谢谢你信得过我,我一定替你朋友把案子处理好,真打赢了,别说是一件首饰了,你想要什么就给你买什么。"

孟子勤说,"一言为定。"

3

叶认真让祖康捎话给朱聪盈,希望朱聪盈来看看她,和她说说话。这个请求朱聪盈没法子拒绝。她和冯时即使成不了朋友,这个坐在轮椅上的姑娘还是让人怜惜的。她特地带了两盒榴莲酥,她记得叶认真喜欢吃这东西。

看到朱聪盈,叶认真拍打轮椅扶手嗔道,"聪盈姐,你怎么不来看我呢?我想给你打电话,又怕影响你工作,我一个人待在医院里,想找个说话的人也没有,好可怜哦。"

朱聪盈说,"我确实挺忙的,对不起妹妹了,以后有空多过来陪陪你。"

叶认真说,"你和冯时哥有联系吗?他出去半年多了,给祖医生的电话比给我的多,也不给我联系方式,他联系我行,我联系不上他,可恶。"

"嗯,我们没联系,听说他捐了三百万给医院买进口仪器,你哥对你真好,好好安心治病才算是对得起他呢。"

叶认真皱着眉头不开心,"聪盈姐,我实在是有点担心,你说冯时哥在外边到底靠什么挣钱呢?也没看见他做什么大生意啊?"

朱聪盈乐了,"你放心吧,我第一次碰上他的时候他大冬天的还穿一件短袖 T 恤呢,可现在人家干得有声有色,像变魔术一样,你还傻乎乎地看着他的右手,他的左手已经给你变一束花出来了。"

"是吗?我怕他——"叶认真心里想的没敢和朱聪盈说出来,她觉得冯时和她爸爸之间有着一种说不清的联系,"可能我是多心了,也没什么。"

"你别替他操心,专心治你的腿。"

叶认真点点头说,"聪盈姐,我看得出冯时哥喜欢你的,你和他好吧,这样他就不会老往外跑了。"

叶认真的直率让朱聪盈吃不消,"你怎么会这么想呢,我们太不可能了,我和他不是一类人,走不到一块儿的。"

"不是一类人?你嫌他没有你这样高的文凭?"

"不全是,怎么跟你说呢,我和他很难说到一块儿去,我们的生活轨迹就像两条平行线吧。"

叶认真不高兴了,"你和冯时哥是平行线?冯时哥虽然没有读过大学,但他懂感情,负责任,是一个好男人,如果有一天我真能站起来,我一定要嫁给他,我和他要交叉,不,我们得重叠!"

朱聪盈说，"哟，脾气还挺大，我可没说你哥半句坏话，你一定能站起来的，好妹子。"

叶认真叹了一口气，"看来你是真的不喜欢冯时哥，那你会不会选祖医生呢？我觉得他也很喜欢你。"

"我们太熟了，像姐姐和弟弟，知道吗，我们像一家人。"

叶认真说，"我觉得你们好假，爱就爱了，还像一家人的爱？"

祖康从外面进来，正好赶上听了一个尾巴，什么姐姐弟弟的，两个女人见他进来，齐齐将话头打住。"一定说我坏话了，你们的表情这么难看"，祖康抱着手说。

朱聪盈说，"别自作多情了，我在和认真说我休假的见闻呢。"

"到什么好地方玩了？"

"那地方是个世外桃源，以后有机会带你们去走走，这段时间辛苦你照顾认真妹妹，我有空好好请你一顿。"

"别老拿吃来吊人，要吃你一顿恐怕要等到老。"

朱聪盈笑着说，"你激我也没用。伍姨她还好吧？我给她买了些东西，改天送你家去。"

"她天天念你，我还以为你的耳朵早烧熟了。"

"你们给认真订的仪器管用吗？"

"效果不错呀。叶认真，你没有让朱记者看看你的腿？"

"对了，聪盈姐，我忘了告诉你了，我腿上的这个部位有些知觉了。"叶认真在腿上掐了一把。

"真的？冯时知道了一定很高兴。"

"我是想告诉他呀，上哪儿找他去？"叶认真又不高兴了。

祖康说，"我也有个把月没有接到他的电话了。"

其实，他们不知道他们最近每天都在接触有关冯时的消息。电视上、报纸上披露了一桩大案，一个诈骗团伙，成员不到 5 人，对外谎称其关系上达中央，下有政府人员入股，破天荒地炮制出造价 1.6 个亿的建筑工程——"北方金通商务大酒店"。与此同时，该团伙伪造政府相关文件，租住楼房办公，招募建筑公司投标，使全国三十多家建筑企业纷纷陷入其精心设计的圈套，骗取各类款项达一千多万，而为首的诈骗犯在事发前逃跑，落网的同案犯竟然不知道他的任何线索……

他们当然无法想象消息中所说的诈骗团伙的首脑就是冯时。

这半年来冯时每天都像是在打仗，而隐藏身份是他最上心的事，他从未在人前透露底细，这比弄钱重要。和西河市那一役相比，这一场才是真正的大战、恶战，好几回他像是被逼到悬崖边上，没路可走了，他选择往下一跳，他跳得那么勇敢、坚决、毫无杂念，观望的人群齐刷刷伸出手去，他们选择相信他，把他拉了回来，他没死，于是他成功了。

冯时想，如果换做是叶叔处在他的位置上也不过如此了，这场魔术表演玩儿得不敢说是绝后至少是空前的了。那一群自以为聪明谨慎的人顺着他的手势看到的全是唾手可得的利，谁会想到那都是幻影呢。这世上只要还存在着贪念，他就有活路。

事情了结，钱分了，几个合伙人各自跑路，冯时没有直接回南安，往东跑到福建再往西兜到西藏转了一个大圈儿。他成天待在宾馆里不出门，吃东西叫的都是外卖，除了关注报纸电视上的新闻，他的另一件事就是睡觉，这半年多他没睡过一个好觉，脑汁都快熬干了。

两个多月后有另一桩更吸引大众眼球的案子出来，媒体风向全对准此案，这像一场大雪把原先下过的那一场覆盖了，冯时想他可以回家了。

日葵涉的案子在媒体上绝迹，他的位置上也不过如此了。为了感谢叶叔点拨！冯时返回南安第一件事当然是去看叶认真。他提了一个满满的手提袋，里面全是吃食，各地的特产，他每到一处，把给叶认真买特色小吃当做到此一游的纪念品。

叶认真不在病房，护士说三床请假三个钟头到外面吃晚饭。冯时有些吃惊，叶认真能有什么朋友？护士又多了一句嘴，"是祖医生带出去的,说是给三床过生日。"冯时暗暗说惭愧,偷偷给祖康打了个电话,打听了地点,买了礼物奔过去。

冯时在饭馆一露面,把包厢里面的人全给"震住"了。大半年不见,他彻底换了个形象。这形象变化的惊人效果不是他有意为之的。单说他那一头白发吧,做事时为避免显眼,染成黑的了,完事后不想顶着一头假黑发,剃了秃瓢,每天看着光秃秃的脑袋不习惯,又留了胡子,腮帮嘴唇下巴全留着,黑麻麻一片,一张嘴倒成了万黑丛中一点红。身材也大发了,既然是扮成有项目的大爷,天天有人宴请,平时没事都待房子里,再加上这两个多月避风头也是吃吃睡睡,两条腿难得活动活动,那肚子撑起一面鼓,头脸也肿大了。

祖康没跟大家说冯时要来,是冯时让保的密,为给叶认真一个惊喜。进包厢冯时先得惊喜了,不单是祖康给叶认真过生日,在场的还有朱聪盈及一位生脸男人。这大半年里他经常有给朱聪盈电话的念头,有时电话已经拨通,最后还是掐了。他也想过回到南安如何再与她相遇,想不到这么遇上了。见了面,他心里叹气,他还是这么喜欢她,刚才心咣当一下就是证明。

叶认真不管三七二十一咧开嘴就哭,"哥,你怎么变得这么丑?想死我了。"

冯时尴尬地瞥了朱聪盈他们一眼说,"又长一岁了,不小了,还动不动张大嘴嚎,也不怕别人笑。"

叶认真抹一把眼睛,撑着拐杖从轮椅上站起来,拖着腿在地上移动,"哥,怎么样,很棒吧?祖医生说了,我进步很快。"

"嗯,不错,不错,我得好好感谢祖医生,还要感谢朱记者来看你。"冯时说着向祖康伸出手,握了握,再向朱聪盈伸出手说,"谢谢了。"他也向黎金土伸出手去,"您好,我叫冯时,怎么称呼?"

朱聪盈说,"他是我男朋友,黎金土,做律师的。"又转向黎金土说,"冯时是大老板哦,南安街上的广厦置换都是他的。"

黎金土和冯时两只手握到一块儿,同声说,"幸会幸会。"

祖康说,"黎律师昨天刚打赢了一个大官司,今天是他做东请大家吃饭。"

黎金土谦虚地笑笑说,"不是什么大官司,大家高兴聚聚。"

近一段时间在孟子勤的帮忙下,黎金土接了几单业务,其中一桩经济案子更是让他好好赚了一笔。所以,今天听朱聪盈他们说要给个朋友过生日,他很豪气地说他来买单。

冯时在叶认真的身边坐下,位置正好与黎金土面对面。他重新打量了黎金土一番,从外形上比是胜过他了,从职业上来比他应该连坐在这里说话的机会都没有了,见到朱聪盈的喜悦被一种酸溜溜的感觉纠缠着。"让黎律师破费了,下次我请大家。律师这个职业好啊,我一直羡慕做律师的人,首先得有好学识,有好口才,还要有好的人际关系,你说做人如果这三个条件都具备了,能不是人精吗?"

"哪里,哪里,我们这碗饭不好吃,混来混去也就个小律师,我倒是羡慕你们做生意的,自由自在。"

"黎律师太谦虚了,听说做律师的很能控制自己的情感,类似无情,黎律师,这样怎么修炼呢?"冯时问。

黎金土感觉这问题问得不是太友善,有点儿像调侃了,看冯时的神情,好像很认真,求知欲很强。"我觉得我们和正常人一样啊,你怎么会有这种感觉呢?"

冯时说,"肯定是有区别的,比如我杀了人请你当律师,别管我有多穷凶极恶你还不是得千方百计替我开脱?难道你会帮着受害的一方说话?"

黎金土心想这些商人就是简单粗暴,要跟他认真讨论这些问题真是自贬身价了。他转动桌上的转盘,把榴莲酥对着叶认真,"听说这是你最爱吃的,快,趁热多吃几个。"

冯时见黎金土不回答他的问题,知道对方是不屑于与他理论,虽然是自己挑的头儿，对方的傲慢却让他很不舒服，更认定这样不谦和的人无情是一定的了。

朱聪盈冰雪聪明，明白因果，举杯邀冯时，"今天叶认真是小寿星，我们一起来为她庆祝吧。"

4

报社贴出告示，朱聪盈和赵琼住着的宿舍楼经鉴定为危房，马上要拆。因为楼里住的都是未婚的年轻人，报社主张大家先自行找其他宿舍楼的同事合并，实在安排不下的报社再统一安排。

报社大院里有不少套房住着未婚职工，基本上是三五个人合住一套，都自成格局了，如果再加一个人进去，说实话谁也不太乐意。朱聪盈没办法，挨个去打听哪一户的房子比较宽敞，还可以容纳她。问了好几户都支支吾吾，明显是不乐意，她索性不问了，等报社强制性安排。

朱聪盈把这事和黎金土说了，黎金土以为朱聪盈是提示他要买房子，心里不痛快，觉得这姑娘挺有心计。他这段时间收入是增加了不少，但他有想法要将事务所扩大，这样一来手上的钱还有很大的缺口呢。"亲爱的，过两年我一定为你买一套大房子，你喜欢看书，我给你专门准备一间大书房，眼下我手里存的钱还不敢动，准备用来扩大事务所，再找几个合作伙伴。"

朱聪盈委屈地说，"我没想让你买房呀。"

黎金土说，"我就知道找了一个通情达理的老婆，跟我受苦了。"他亲了她两口，又趴到电脑跟前整理资料了。

黎金土所有心思都在事务所里，朱聪盈估计指不上他什么，也怕影响他，这种乱七八糟的家务事自己解决算了。

赵琼比朱聪盈要急，她的家当多，如果分不到一间独立的卧室根本没办法装得下。她也出去打听了，结果不比朱聪盈乐观。她每天坐在客厅里感叹，"算了，出去租房子住算了，胜天早让我搬出去，可我觉得住大院里上班方便，不愿搬，现在不搬也不行了。"

吴胜天勤快地找房子，赵琼开始收拾行李，做好搬家的准备，偏偏这时候吴胜天闹出一桩大事来。

吴胜天导游做得好好的，可能觉得女朋友是报社的，自己也要显一下笔头功夫，闲下来无事提笔做文章，在《南安报纸》旅游版上发表了一篇名为《导游十宗罪》的大作。这文章可了不得，揭露旅游行业导游赚钱的种种黑幕，举了大量实例。这篇文章朱聪盈也看到了，心想吴胜天胆子够大，敢揭自己的短，不过她没想到后来事态竟然发展到无法控制的地步。

文章出来，一石激起千层浪，四方热议，群情激愤，差点颠覆了全省市的整个导游行业，这是吴胜天本人也始料未及的。老百姓看了文章得到启发，原先参加过旅游团受蒙蔽的觉醒过来了，投诉的投诉，上告的上告。而正在参加和准备参加旅游的人们都有了思想准备，以这篇文章为参考，理所当然地将各种框框套到导游身上，游客和导游的冲突事件一时间多有发生。于是，省有关部门领导不得不出来说话，发表意见表示要严厉整顿旅游行业的不规范行规。

吴胜天被同行当做是吃饱了撑的脑子烧坏了自绝后路的蠢货骚包。有一天他回单位，突然天上飞降一块板砖，把他当场砸晕在地，单位无一人上前相助，最后还是前来报旅游团的游客打电话把他送进医院。

朱聪盈觉得有必要帮吴胜天一把，以报社评论员的身份写了一篇文章支持吴胜天，效果不明显，吴胜天还是在单位待不下去辞职了。

赵琼在宿舍里发疯地砸东西，那些打包好的行李首当其冲遭殃，球一样踢来踢去，朱聪盈从声音中可以判断有不少物品已经"残废"了，想起以前捡过赵琼一台影碟机，她暗暗祷告赵琼的怒火赶快熄灭，她也不想捡什么便宜了。

吴胜天像儿子一样被赵琼指着鼻子骂，"你脑子里面想什么？当英雄？出风头？就凭你？当炮灰去死吧！从今天开始我们一刀两断，我还想多活两天。天啊，你让人砸砖，我不会让人泼硫酸吧？认识你算是倒了八辈子的霉了……"

吴胜天从来没有回过一句嘴，每天送上门来讨骂。

朱聪盈听不下去了，劝赵琼，"你这样对他太过了，一个大男人被你骂得背都驼了，饶了他这回吧，我保证他再也不敢了。"

赵琼说，"你保证，你凭什么保证？不行，我一定要和他断了，我怎么可以和这样幼稚的人生活一辈子？太可怕了。"

朱聪盈说，"从做人方面来说，吴胜天的做法没有任何问题，他是一个有良心、正直的人，他不过说了真话。"

赵琼说，"狗屁，你会说这样的真话吗？你们出去采访拿红包你会写出来吗？"

朱聪盈瞠目结舌，从此对赵琼生出一种敬畏。她想这一对冤家也不是第一次吵了，没准很快又会和好的。可有一天赵琼搬家了，来帮忙搬家的是一个中年人，朱聪盈从未见过此人，她东张西望寻找吴胜天。赵琼说，"这是林树人教授，我的男朋友。"

朱聪盈不找吴胜天了，她目不转睛地盯着林教授。林教授笑伸出手说，"你是朱聪盈吧，我听赵琼说过的，你写得一手好文章，名记者，佩服。"

朱聪盈也是凡人，听到好话心旷神怡，给林树人教授第一印象打九十分。

赵琼只搬了一些很简单的个人用品，大部分东西给朱聪盈留下了，她说，"用得着的你就用，用不了的帮我扔垃圾堆去。树人帮我在外面租了一套房子，让我先住着。他是省里从国外引进的人才，在省立大学当博导，年薪百万呢，学校给他分了一套大公寓，等装修好了，我们就结婚。"

听到这些,朱聪盈不由地为吴胜天揪心,竞争对手来势汹汹。"我看林教授年纪好像大了些。"

赵琼说,"他离过一次婚,大我十六岁,这样正好,老男人疼老婆,省得我成天担心有年轻妹妹勾引他。"

"你的高见吓人啊,我不敢苟同,你真的和吴胜天分了?"

"分了就分了,还有假的,哎,说真话不会有人像吴胜天那样爱我顺我了,可惜他不是理想的结婚对象。我现在总算深刻领悟为什么书上老说结婚的人不一定是你最爱的人或者最爱你的人。"

朱聪盈说,"这就是你的不对了,领悟了为什么还要这样走?别放弃吴胜天,他现在一定很需要你。"

赵琼说,"我这是帮助他长大,没准他以后还会感激我。"

朱聪盈说,"太残忍了,我一定会和我爱的人结婚,不离不弃。"

赵琼笑笑,拍拍朱聪盈的肩膀说,"祝你成功。"

吴胜天特地跑来找朱聪盈当说客。朱聪盈看这小伙子,短短的一个月时间脱了形,走路肩膀一耸一耸的,下巴尖得可以犁地。吴胜天说,"赵琼不愿意见我,也不接我的电话,你能不能帮我劝一劝她,我是真心爱她的。"

朱聪盈说,"我会再劝劝她的,但我没有把握,你也放宽心,我觉得你写那篇文章没有错,你是不是很后悔?"

"我从来不认为我有错,但为了爱情,有些东西必须让步。"

朱聪盈忧心地点了点头,他的感受她理解,很多时候她也一样。

报社在安排宿舍的问题上实在没办法,每人补助两百元,让无房户到外面租房。朱聪盈满世界打听了好一阵,也没打听到有靠近报社租金又便宜的房子,没办法只好走进广厦置换登记资料,预交了中介费。

走进广厦朱聪盈自然而然想到冯时,她不知道冯时此时正看她。

冯时在一墙之隔的办公室里坐着,那墙是玻璃的,挂着竖条帘子。朱聪盈进来的时候,他一眼看到,心脏收缩,一个念头上来,朱聪盈来找他的。这是不可能的,他马上又否定了自己的想法。

他没有出去见她,等她走后才出去问业务员她的来意。

广厦果然是专业的中介,第二天就通知朱聪盈去看房。第一套备选的房子在报社后门,两居室,原先是个单身女人住着,干净雅致,朱聪盈很喜欢,只是租金太贵了。第二套是个单间,一楼,要上公厕,还不如原先在报社住的危房,不过房租很便宜,报社的补助再补点就可以租下来。朱聪盈想自己大多时间是在办公室呆着,这房子只不过是用来睡觉的,能住就行,于是她定下要这间单间。

合同签好不到两个小时,广厦打电话来通知朱聪盈那房她租不了了,因为租户不打算出租了,十二分的道歉,并让朱聪盈再去看另一处出租房。朱聪盈暗暗叹自己倒霉,这种事竟然落到她头上来了。她打起精神再去看房。业务员领她去看的房子比她看过的第一套房子还好,高层建筑,叫什么白领单身公寓,精装修,家具齐全。

朱聪盈问业务员,"房租不低吧?"

业务员说,"你原先要租的那套房子一个月租金三百,这套是四百五,只多了一百五。"

朱聪盈捂住嘴巴说,"不会吧,附近像这样的房子都要差不多一千块钱一个月呢,这怎么这么便宜?"

那业务员真诚地说,"就是这个价。"

朱聪盈狐疑地在房里转来转去,这里敲敲那里看看,突然转身对业务员说,"你老实告诉我,这房里是不是出过什么事情,例如死过人?"朱聪盈自己吓自己,说完忍不住打了个冷战。

业务员笑着说,"你的想象力太丰富了吧,怎么可能呢,这房子地段好,阳光足,多少人想租还租不到呢。"

这么一说朱聪盈的疑心更重了,"算了,我还是另看一家吧,你们这些跑业务的,嘴巴都能说。"

说话间业务员的手机响了,他跟对方说话的声音压得很低,朱聪盈竖起耳朵还是能听到"她见太便宜了,怀疑这屋子不干净"这样的话,突然,业务员把手机递给朱聪盈说,"我们老板和你说话。"

"聪盈,我是冯时,这房子挺好的,是一个客户抵押在我公司的,租多少由我说了算,没有任何问题,你租下吧,相信我。"

朱聪盈说,"你知道我要租房子?原来那房子租不了不会是你特意安排的吧?"

"算是吧,你原先看中那房子条件太次了,一楼,潮乎乎的,对面又是菜市,一天到晚闹哄哄,你搞文字工作的,工作和休息都需要安静。"

朱聪盈说,"现在这房子当然是好了,可你不会帮我添钱吧?那我可不会租的。"

冯时说,"朱记者,你不要怕欠我人情,我不会让你还,更不会让你以身相许的。我们是朋友,好朋友算不上,普通朋友算得上吧,总比大街上路过的陌生人关系要好一些吧。"

冯时这么一说,朱聪盈不好意思了,"好吧,那我就租了。"

准备搬家的前一天朱聪盈通知黎金土,黎金土说不巧第二天已经约了人谈事,让朱聪盈自己打电话找搬家公司。朱聪盈一连找了好几家,有的说要提前三天预约,没有人手,有的则打听她有多少家什,估计油水不多就打哈哈说搬的时候再说。她好不容易定下一家,过了预定时间差不多两个小时才现身,显然是个临时组合,小货车司机雇几个搬运工。原先说好一车货250元,朱聪盈估摸着一车能运完她的家当,可那些搬运工很会装车,床和电脑桌往上一堆,车子看着就满了。搬运工叉着手说,"装不下了,要运两车才行。"朱聪盈说,"你们应该合理布局,那些小件的东西到处都可以塞。"那几人说,"最合理就是这样了,要不你自己来整理?"

朱聪盈哪里会吃这种哑巴亏,狠骂了几句,还拿出报社记者的身份来吓唬人说,"我要投诉你们这家搬家公司。"

那几人都是无业游民,根本不吃这套,看朱聪盈凶狠,他们干脆把东西从车上卸下来,"我们不干了,我们怕你告。"老天爷也来凑热闹,淅淅沥沥下起雨来。朱聪盈叫嚷着扑上去抢救她的被子,她的电脑。那几个人抱着手,嬉皮笑脸看朱聪盈笑话,等着她来求他们。朱聪盈倔得很,坚决不遂他们的愿,挥手让他们全滚蛋。

她的全部家当沐浴在雨中。此时她怨黎金土,如果他在,她不会这么狼狈和无助。她噙着眼泪打电话向冯时求助,他有公司有员工,来帮忙应该不是难事。冯时听朱聪盈话里带了哭腔,匆忙找了车子赶过来。

一辆车子就将朱聪盈的所有家具装完了,运到目的地,冯时先跳下车,朱聪盈看他把她厨房里的东西,一只电饭锅,一只下面条的小钢锅抱在怀里,好像是什么宝贝一样,他还变魔术般地变出一袋米和一筐菜,带着这些东西兴冲冲拉着朱聪盈进屋,让其他人在门外候着。

冯时点燃煤气灶烧上水,插电煮上饭,才拍拍手招呼大家进门,"开门大吉,这家有吃有喝的罗。"手下人笑嘻嘻扛着东西一拥而入。有个小伙子说,"冯总搞迷信。"这人头上马上挨了另外一个人一巴掌,"这是进新屋的规矩,第一天进屋一定要生火做饭,日子才过得平安。"

朱聪盈微笑看着冯时,原来的一些芥蒂云消雾散。这世上的人有许多种,需要时间去认识。

东西搬好,冯时招呼大家留在屋里吃入伙饭,一帮人乐颠颠地将那些菜洗了做好,摆了满满一桌,还有人出去买了酒,朱聪盈也喝了几口,感觉很过瘾。

稍晚大家陆续告辞,剩下冯时和朱聪盈两个面对面。

朱聪盈说,"这半年你到底跑哪去了?听叶认真的口气是怕你去贩毒走私呢。"

冯时说，"我哪有那种本事，我呀，做个江湖艺人，到处卖艺，有人看的地方我就停下来演一出，没人看我就往前走。"

朱聪盈说，"玩你的魔术？"

冯时说，"是在玩魔术。"

朱聪盈说，"瞎说，没一句真话。"

冯时说，"我跟你说过，我和你说的每一句话都是真的。最近这一趟出去收获还不错，可以歇一阵子。"

"这阵子我也干得不错哦，有两篇新闻稿拿了省级新闻一等奖，在《南安日报》的年轻人当中我是第一个获得这份荣誉呢，一下子拿了两个奖。"

"下一步争取拿个全国的大奖，预祝你能在这间屋子里写出更好的稿子。"冯时举起杯子。

朱聪盈也举起杯子，"祝你魔术越玩儿越大，下次变架飞机出来！"

各人都在朝着自己的奋斗方向努力，两个重新言归于好的朋友，心领神会地看着对方笑了。

冯时走后，朱聪盈开始收拾零碎的东西，弄到下午六七点才算理清爽。虽然只是一间套房，但装修有品位，粉绿色的墙，落地大飘窗，原来的住户还种有一株三角梅，正赶上花季，红了一片。朱聪盈把书桌安放在飘窗前，冲了一杯咖啡坐下，捡一本书翻了翻，感觉十分的好。可惜她拨打黎金土的手机，仍是关机的状态，变成独乐乐了。

黎金土这个时间还在应酬，他已经喝得差不多了。今天他不是约人谈事，而是陪孟子勤上街买东西。这天是孟子勤的父亲也就是孟院长的生日，孟子勤要弄个家宴为父亲祝寿。除了在外面点的酒水菜肴，家里还要备上一些东西，孟子勤特地约黎金土一起去采购。这种差事落到黎金土身上，着实让他有点受宠若惊，为了专心陪孟子勤，他一出门就将手机关了。

孟子勤说父亲喜欢吃龙眼，听说附近郊县有新下来的龙眼，他们一路驱车前往,变相郊游一般,走了不少村寨,让人从园子里新摘了一箩筐龙眼,还买了两只土鸡和一条野生花鱼。

这家宴能参加的都不是一般人,孟院长几位重要的下属都到场了,还有个别市里的领导。黎金土站在孟子勤身边,沾光一样和这些他平日少见的领导都握了手,那些领导对他也客气得很,除了把他递去的名片郑重地收进口袋,还交待说,"有什么事情尽管打电话,要不让子勤转告一声。"

上桌前孟子勤凑到黎金土耳边说,"你帮我爸爸挡酒,他一高兴就乱喝。"

黎金土得了这圣旨,保镖似的紧跟孟院长,替孟院长扎扎实实地挡了好几大杯白酒。孟院长在他肩膀上狠狠地拍了拍,"年轻人,不错,不错。"

朱聪盈搬进新家五天以后,黎金土终于腾出时间来参观她的闺房。

朱聪盈添了两张摇椅,买了一台录放机,这些都是为了黎金土预备的。忙了一天下来,让他坐在摇椅上慢悠悠地晃,听着歌,吃她做的饭菜。

黎金土进屋来果然马上躺到摇椅上说,"累死了,忙了一天。"

朱聪盈刚把音乐打开,黎金土说,"关了吧,头痛。"朱聪盈就关了。她把研制了一个下午的双皮奶端上去说,"尝一尝双皮奶,我在外面吃了感觉味道很好,特地回家来学做的。"

黎金土吃一口马上放下,"甜得恶心,吃不惯。"

朱聪盈说,"我试过很好吃的,你再吃一口。"她舀一匙,送到他嘴边。

黎金土不耐烦地推了推,朱聪盈手上的碗掉到地上,碗碎了,奶汁四处飞溅。他也没料到,起身要收拾残局,朱聪盈淡淡地说,"我来吧。"

黎金土尾随着朱聪盈,朱聪盈把碎片扫进垃圾筐说,"垃圾满了,我去倒。"

黎金土说,"我去。"

朱聪盈说，"累了你就休息吧。"

黎金土听到门锁上的声音，他在屋子里转了转。屋子布置得像一只温暖的鸟窠，他们的合影嵌在相框里点缀每一个角落。这里没有他的半分功劳，他在她搬家的当天去别人家扮演了一个类似于男朋友的角色。饭桌上搁着好几碗不成形的双皮奶，她给他的那碗也许是唯一做成功的一碗，却让他洒了。愧意涌上他的心头，他身上一定出了问题。

朱聪盈拎着垃圾袋走进电梯，泪水无声地顺着脸颊流下来。她可以忍受他对事业的投入，却不能忍受他对她的轻视。

黎金土把那几碗双皮奶全吃进肚子，朱聪盈进门，他迎上去把她揽入怀里，"双皮奶很好吃，对不起，是我不好，什么都帮不上你，还总是惹你不高兴。"

看着桌上几只空碗，黎金土嘴角边上白色的奶昔，朱聪盈的怨怼灰飞烟灭。"你就不怕吃坏肚子？"

"坏了你就顾不上生气了。"

两人亲密地拥坐在沙发上看电视，黎金土的手机响了，是孟子勤的，约他出去喝咖啡。当着朱聪盈的面，黎金土公事公办地说，"太晚了，有事情明天再说。"孟子勤很执着，"不，我今天晚上就要见你，无论多晚我都等你。"黎金土搂着朱聪盈的手松了。朱聪盈敏感地转动身子说，"又有事？"黎金土说，"一个人想让我代理个案子，约见面谈谈。""那赶紧去吧。"朱聪盈通情达理地劝他。

临出门，黎金土搂着朱聪盈说，"对不起。"朱聪盈说，"你已经把对不起吃进肚子里了。"他跟她说对不起当然不是因为那只打翻的双皮奶，他怀着负罪感深夜赴会孟子勤。

孟子勤新剪了个发型，她翘着手指拨弄头发说，"我的新发型怎么样？"

黎金土突然有一种厌烦，从温柔乡里被揪出来欣赏一种并不十分赏心悦目的搔首弄姿,如果她不姓孟,他简直就要脱口而出——"不怎么样"。要命的是她姓孟,他得用赞许的目光去看,用惊喜的口吻来说,"很不错,特别适合你的气质。"

孟子勤似乎有点难为情地娇笑,"今天我爸问我们的事了。"

"问我们什么了?"

"他问我和你是不是朋友关系。"

这几天黎金土和孟子勤一起吃了几回宴席,次次有高官在场,人家都把他们当成一对。黎金土担心是孟院长听到了什么风言风语,赶紧说,"你跟他老人家解释一下,别让他操心。"

"我爸才不是这个意思,他想知道我是不是和你好了,我答他说是好了。"孟子勤说到这故意停住了,拿眼睛看黎金土。

黎金土干笑两声,"别拿我开心了,我一个平民百姓,怎么敢高攀?"

"我如果要找有钱有势的不用等到现在,我只想找一个让我佩服的人。"

"你有自己的事业,家庭背景又好,能让你佩服的人很难找吧?"

"你就是呀。"

黎金土摆摆手,"你又来了,以后不要再说这种话。我生在农村,小时候吃了很多苦,都说男孩子多吃苦,长大能顶天立地,女孩子多疼爱长大能招人怜惜,你看,我们是两种人的样板。"

"这也是我喜欢你的原因,我喜欢你经历过的苦难,因为我没有,你会教给我另一种生活,我不是娇生惯养的姑娘。"孟子勤说着动情地靠上黎金土的肩膀。

黎金土任凭这颗芳香的脑袋靠在自己肩膀上,一动不动。他自始至终没有提到朱聪盈,他没有对她说自己有女朋友,这本来是最好的最有力的拒绝。他叹了一口气说,"傻姑娘。"

孟子勤抬起头说,"明天和我一起去见爸爸吧,他想了解你现在做的工作,他会给你许多好的建议。我做房地产生意一点儿不遂爸爸的愿,你们倒是可以有很多话说。"

黎金土闻着那带着香味的发丝,恍惚间答了一句,"子勤,请你给我一点时间。"

5

朱聪盈和赵琼不住一块儿以后,反而经常凑在一起,平时午餐约好在报社餐厅一块儿吃,边吃边聊。

在赵琼的口里只谈现在的林树人,从来不提吴胜天。赵琼整个妆容穿着和以前的风格有较大变化,平时上班高跟鞋少穿了,改穿平底休闲鞋,裙子少穿了,改穿T恤牛仔裤,但凡是正式的场合,例如新闻发布会或吃宴请,却是浓妆盛服,鹤立鸡群。从装扮风格的变化,朱聪盈对她那位林教授的西化程度有一定的了解。因为同情弱者的缘故,朱聪盈一直对林教授抱敬而远之的态度,和他说话一般局限于意识形态讨论,关于中美关系的问题讨论得最多,即便吃了林树之请的两三顿西餐,朱聪盈这种态度也无法修正过来。

赵琼很快派了结婚请柬,喜宴在一家名声很大的五星级酒店举行。

朱聪盈拿着请柬赴约,被接待的人员按名单安排到亲友席就坐,报社也有很多同事来参加,独朱聪盈一人享受此殊荣,她终于相信赵琼真把她当好友了,她怀疑她得此殊荣是因为她见证了她生命中最重要的两个男人。

整个婚礼现场被布置得高贵浪漫,到处是簇团的鲜花,花只有两种颜色,红色和白色。正面墙上播放一对新人"成长"的短片,把双方从小至今的照片按阶段映出来,解说词生动有趣,逗得宾客笑声一片。

新郎新娘双方亲友不少,加上同事,四十桌宴席座无虚席。新郎黑色西服,稳重儒雅,新娘白色婚纱,美丽脱俗。新娘由父亲牵着手送到新郎的手中,两位新人配合着结婚进行曲一步步庄严地走到台上。证婚人是林教授特地从国外请来的洋人,用地道的英语在台上主持婚礼,虽然台下的人十有八九听得不太明白,但察言观色是会的,听洋人说话的声调往上去就鼓掌,看洋人露出故作幽默的笑容跟着笑哈哈地鼓掌。

当林树之给赵琼套上戒指,献上热吻,赵琼热泪盈眶,睫毛膏黑糊糊一片也不在乎,"感谢树人给我这样一个隆重的婚礼,我相信我是这世上最幸福的女人。"

这么盛大的婚礼朱聪盈只有在电视上看过,她从来也没有憧憬过自己要有这样一个婚礼。她想她和黎金土是不会有这样一个婚礼的,她选择黎金土就是选择了另一种生活,她不羡慕别人,也不想让别人来羡慕。

台上新郎新娘互相赞美一起亲热给大家看的时候,朱聪盈的目光不经意地被前方侧门闪现的一个人影吸引过去。吴胜天,除了吴胜天,这个世上没有另外一个男人会在这种时刻如此失魂落魄鬼鬼祟祟地偷窥别人的婚礼。朱聪盈拿起提包靠着墙边走,趁人不注意溜出门。

吴胜天见有人出来,以极快的速度穿过走廊,拐了一个弯。朱聪盈只好将他的名字叫出来,"吴胜天"!

那个已经拐了弯的身子一步步退回来,"还是让你看到了,我以为所有的人眼睛只盯着台上的新人。"吴胜天的脸上布满悲愤,绝望的悲愤。

这个不幸的人,失去工作还失去爱人。朱聪盈的目光突然被吴胜天手上的东西灼到,那手上拎着一只黑糊糊油腻腻的塑料瓶,另一只手上捏着一只打火机,假如她没有猜错,这人在今夜是抱着一个疯狂的念头跑到这里来的。她不想再刺激他,却必须说真话。"你也看到,赵琼很幸福,让她幸福不也是你的愿望吗？"

"她说过永远爱我,会和我结婚的！她这是背叛！"

"这个世上有许多无奈的事情,如愿的人只是少数,我们都还很年轻,拿挣钱的事来说吧,现在亏掉了一百万,挣回来的机会很多,等到六十岁亏掉一百万,回本的机会就少了。胜天,不要把自己逼到绝路上,不值得。"

"你没有资格和我说这种话,你和她是一路货！"

"好吧,那你刚才为什么不把火点着,把手上的东西砸向他们？把他们毁了之后你是不是也打算一起同归于尽？那明天我就可以在报纸上写一条新闻:某男在前女友的婚宴上行凶泄愤,因爱生恨,喜宴变葬礼,这也就是你人生的总结了。"

吴胜天眼中的戾气慢慢淡了,"朱聪盈,跟我说实话,你觉得我还有希望吗,真的还有机会赚得回来吗？"

朱聪盈毫不迟疑地点了点头。

第五章

1

李巧去得很突然,是洗澡的时候滑倒,脑袋磕到马桶上磕坏的,没留下一句话。

李巧年轻时身体就不好,朱聪盈这个孝顺女儿一参加工作就让她关了裁缝铺子在家养着。她的生活简单有序,每天早上到公园和一群年龄相仿的妇女跳舞、聊天,然后买菜回家做饭,眼见着身体一天比一天壮实,幸福晚年刚拉开序幕,人突然没了。

朱行知的生活虽然过得平淡,但从未有过大的挫折,老伴老伴,老来失伴,这打击让他变成一只在狂雨暴雨中迷失方向的羔羊。朱聪盈都怵回家,回家本来是要陪父亲说话解闷,可问他十句答不了一句,眼睛直勾勾地盯着电视,也不知看进去没有,要不就在房子里转来转去,嘴里嗫嚅的话只有他自己听得见,有时又关在房间里翻箱倒柜,弄得灰尘扑扑。朱行知只是无法相信帮他做了一辈子衣服的女人不在了,他认为她是去买菜,要不就是去公园跳舞了,终究会回来的。

李巧的父亲早年是城里小有名气的裁缝,外号李剪刀,开的裁缝

120

店叫李家衣铺。女承父业,李巧初中毕业没考上高中留在铺子里帮忙,头几年她只能做车工,裁剪的活在一旁看着,照纸样操练。李巧担大梁裁的第一套西服是为朱行知做的,这有着历史意义。

朱行知是从山沟里走出来的读书人,大学毕业后分配到市电影公司做宣传,画些海报,写点文字,介绍要上映的新电影。他在工作半年后决定为自己裁一身西装,在文化单位上班,没有一套出得了台面的行头很不方便。朱知行在百货大楼剪了一块深灰色的料子直奔李家衣铺。李家衣铺的手工好,他也早有耳闻,单位里不少人的衣服都是在李家铺子做的,连局长的西服也是在李家衣铺做出来的。

朱行知走进李家铺子,看到一个姑娘在熨衣服。姑娘长得高高瘦瘦,很清秀,但脸色青白,感觉大病初愈的样子。姑娘没有主动打招呼,手上的活不停,冲他笑了笑。朱行知左右看看确定没有其他人,拿着布料朝姑娘扬了扬说,"我想裁套西装。"

李巧放下熨斗,接过布料抖开来看,对朱行知说,"你穿这颜色老气了。"

原先选布料的时候朱行知就感觉布料有些老气,是卖布的阿姨说年轻人穿这颜色稳重,才替他下了决心。朱行知脸上尽是懊恼之色,"真是老气了,那可怎么办?"

"我给你在式样上出点花样,破破老气,式样往猎装上靠怎么样?"李巧轻描淡写,胸有成竹。

朱行知不懂得猎装和西装结合是个什么样,嘴里连声说"好"。

李巧拿起软尺给朱行知量身。李巧和朱行知几乎一般高,量腰的时候,李巧说,"腰部帮你收紧一点。"朱行知少有机会和一个大姑娘挨得这么近,李巧说话的气息喷到他脸上,他闻到一股淡淡的中药味,这姑娘原来是生着病的,难怪脸色青青白白。朱行知看木案上堆着高高一叠布料,忍不住关心一句,"店里就你一个人,李剪刀师傅呢?"

"你不相信我的手艺？"姑娘扬扬眉毛。

"不,不,我没这个意思,我是觉得一个人干这么多活太辛苦了。"朱行知慌忙解释。

"靠手艺吃饭是要辛苦一些,比不了你们坐办公室的。"量完身,记录下数据,姑娘给朱行知开出取衣凭据,十天后取衣服,裁剪费八元,下面签名是李巧,朱行知知道姑娘的芳名了。

李巧给朱行知裁了一件风格独特的西装,可以说在本市独一无二,是李巧小试牛刀,初生牛犊不怕虎的杰作。那身西装不像一般西装那般中规中矩,腰收瘦了,前后两幅面在腰边开有小衩,口袋做成有袢扣的明袋。朱行知穿上这身衣服整个人更挺拔了,文弱书生增添几分英姿飒爽的气质。这身衣服还给朱行知带来诸多荣誉,例如,有不少姑娘小伙来借他的衣服当样板,姑娘当然也是给男朋友借的,他们都跑到李家铺子要求裁一样的。朱行知感到骄傲却又不太情愿,因为这一来,他独一无二的优势就不存在了。让他欣慰的是,李巧拒绝了所有请求,理由是各人气质不同,裁一样的衣服是不合适的。

在朱行知眼里,李巧无疑是一个心灵手巧的姑娘,她能把一块布料缝制成一件合身并突显人精神面貌的衣服,这里面也具有艺术家的某种特质。朱行知特地向别人借布票,又买了两块布上李家衣铺,让李巧量身裁剪。在等待料子变成成品的过程中,他每天跑一趟衣铺,后来他兜里揣着电影票,终于有一天大胆掏出来,带李巧看电影去了。那段时间李家衣铺时常早早关门,朱行知李巧关系进展神速,三个月后领了结婚证。结婚后,朱行知在电影公司宿舍大院分到一套房子,李巧就近在同一条街上开了一家裁缝店,取名小李衣铺,而原先李家衣铺因为李剪刀到外地替儿子看孙子关张了。

朱行知和李巧的结合引起好些议论,主要是说朱行知一个国家干部、大学生,怎么找了个初中文化的小裁缝,不般配。

小李衣铺开张后,李剪刀的许多老主顾都奔李巧来了,活接得多,李巧每天晚上要上铺子加班。家里买了一台电视,晚上朱聪盈看电视父亲总是怂她,"我们去和妈妈一块儿看好不好?"朱聪盈是不愿意上铺子去的,那里面一股子糨糊味,蚊子又多,可她总是受不了父亲小恩小惠的打点,同意了。朱行知喜气洋洋抱着电视走到街上,三四百米的路途,她跟在屁股后头碎步跑,这情形那条街上的人看熟了。有人打招呼说,"老朱,又上铺子?"朱行知点点头。到了铺子,朱聪盈看电视,父亲陪她看,时不时和母亲聊上两句。朱行知还学会了挑裤脚边,有时帮着李巧挑裤脚,熨衣服。一般九点过后朱聪盈开始发困,呵欠一个接一个,躺在一张长条凳上拿父亲的大腿当枕头。等母亲关了铺面,母亲抱着她,父亲抱着电视,一家三口披星戴月打道回府。

这样温馨的画面,在母亲走后朱聪盈经常想起,止不住泪流满面。为了让父亲尽快从忧伤的氛围中解脱出来,她替父亲报名参加夕阳红旅游团,还磨破嘴皮说服旅行社让她这个不是老年人的人随行。什么都弄好了,父亲不愿走,将她带回家的旅游册子摔到地上,"你妈白养你了,她生你,养你,一身是病容易吗?她刚走几天你就要出去玩,你不能好好待着想想她?她看着我们呢……"

朱聪盈给噎得泪光闪闪,憋着一口气冲到伍姨家,咚咚敲门。开门的是祖康,屋里的伍姨也在抹眼泪,祖康他爸爸手叉着腰立在一旁,面红耳赤,嘴角抽搐,好像刚结束了一番激烈的演说,看到朱聪盈,祖康爸爸怒目相向,狠狠哼了一声。朱聪盈怔住了,她从来没见过祖伯伯这种神情,像是恨不得把她吃了。祖康把她拉到小区附近的花园找了一处僻静处坐下。

祖康说,"谁惹你了?"

朱聪盈说,"我爸,我给他报了夕阳红旅游团,他竟然骂我不孝,成天光想着玩,刚才一口气顺不下,现在没什么了,不怪他,他伤心的劲还没过呢。对了,你爸妈怎么了?"

"他们正闹离婚呢。"

"啊,这么严重?你不早说,我得劝劝去。"朱聪盈一听坐不住了。

祖康拉住朱聪盈说,"你夹到中间,他们会吵得更凶离得更快。"

朱聪盈瞪大眼睛,祖康把事情经过说了一遍。原来伍姨这段时间刚办妥退休手续,祖康的爸爸去年退了,就等着伍姨办好手续,两个人一同回原籍老家,祖康的爸爸早些年在老家盖了房子,等着回去养老呢。那地方山清水秀,地价不便宜,能在那养老是福份。伍姨从来没提过反对意见,可临行她反悔了,说是不放心祖康一个人留在当地,要等祖康娶了老婆再走。

祖康的父亲这么多年来也不是看不出一点端倪,一直憋在心里不说,这下嚷嚷开了,"什么放不下祖康,我看你是放不下那个朱行知吧,人家死了老婆你以为你有机会了,等了一辈子,你真是贱呀!"

话说到这份上,伍姨也不怕撕破脸,"我是放心不下他们父女,反正我是要留在这,如果你想走,一个人走好了。"

祖康的父亲说,"好,好得很!离婚,各过各的。"

伍姨想不到丈夫会提出离婚,既然提了,她也不怕,她说,"离吧,早离早清净。"

祖康在一旁越听越急,"爸、妈,你们都什么年纪了,还离婚离婚地嚷,也不怕别人听了笑话。妈,你和爸回老家吧,我又不是小孩子,能照顾自己。"

伍姨说,"你们不用劝我,我不走。"

祖康的父亲说,"祖康,听到了吗?你妈口口声声说是为了你,你说她到底是为了谁?我如果不把这婚离了,我这辈子算稀里糊涂白过了,我忍一辈子了……"

听完祖康的叙说,朱聪盈知道刚才祖伯伯为什么对她怒目横向了,她是他情敌的女儿,也是个小帮凶呢。她问祖康,"伍姨真的决定留下来了吗?"

祖康说,"我看十有八九会留,她就这样一个人,你应该比我清楚。"

朱聪盈想为伍姨表清白却无从说起，说实话她也觉得伍姨残忍，对一个和她生活了三十年的男人的残忍，而对她的父亲却是太仁慈了。她对祖康说，"论私心，我是巴不得你爸和你妈离了，让你妈和我爸在一块。可你爸也不想想，你妈和我们家的感情有二三十年了，要有什么早有了，会等到今天吗？你再劝劝他们两老，都过了大半辈子，离什么婚呢。你也是的，早点结婚让你妈安心不好吗？"

　　祖康说，"要让我爸妈不离婚只有一个办法——你嫁给我。"

　　"什么时候了你还有心情开玩笑，你爸妈白生你这个儿子了。"

　　"我说的是大实话，你是朱行知的女儿，你和你爸爸不一样，你爸不爱我妈，但是你爱她，你是她的安慰，你嫁给我，等于和她成了一家人，她这辈子未了的心愿也算是了了，我说的是不是有道理？"

　　"小老弟，好久没叫你小弟弟不舒服了？你很孝顺嘛，再出这种馊主意我揍你了。"朱聪盈恶狠狠地扬起拳头。

　　祖康表情十二分的严肃，"聪盈，你看我像开玩笑吗？我要娶你不只是为了我爸妈，我喜欢你，难道你没有一点儿感觉？忘了你比我大七个月，让我来照顾你一辈子。"

　　祖康认真地注视着朱聪盈，让她的惶恐一点点加剧，她突然发现这个一直被他"看小"的祖康早已经成为一个男子汉，那么高大魁梧，那么深情无限，她尽量不让自己从石凳上蹦起来。"祖康，你这么说话让我很难为情，我们一起长大，感情很好，可我从来没有往这个方面想，再说我已经有男朋友了，我们在一起不是一天两天了，你见过他的——"

　　"正因为我们一起长大，我相信我比其他男人要了解你，现在你妈妈又不在了，我不放心把你交给别人。"

　　朱聪盈摇摇头，"不，你不了解我，人一长大心思全变了，你还是做我的弟弟吧，我们这辈子的缘分就是姐弟了。"她站起来逃跑一般离开。

　　祖康看着这个仓皇逃离的背影，有些后悔，他是不是太心急了，也许这么一来他们连姐弟之谊也保不住了。但他不愿意像母亲，错失良机，再隐忍二三十年，那不是他要的。他已经错过很多机会，好歹要将这份感情表达出来，让她了解，她即使不接受他也不算不战而败，不至于等到将来去后悔。

2

听到李巧去世的消息，黎金土吃了一惊，也仅此而已，他并没有什么难过，李巧对他来说不过是个陌生人。他依稀记得朱聪盈说过她的母亲是一位出色的裁缝，再好的裁缝在这个社会也不会是上流，他的父亲还是种田的好手呢。他俩好了这么长时间，他从来没有上门见过朱聪盈的父母，有几次过节朱聪盈提出要带他回家，他都找借口推过了。在决定结婚之前，他不打算拜见女方的父母，他烦这些礼数。在他家乡男子有早早订亲的习惯，十一二岁就订下亲事，主要是担心日后讨不到老婆，然后在漫长的日子里，一年年跑准岳父家拜年，一年辛苦，杀头年猪有一半却送准岳父家去了。在他看来穷人家孩子早早订亲是自作自受，早早认岳父母的门没什么好处。

黎金土将车子开到朱家楼下，他没上楼，打了电话让朱聪盈下来，他用这几分钟考虑说什么话来安慰女朋友。朱聪盈下楼来钻进车内，他握着她的手，摸摸她的脑袋说，"亲爱的，别太难过了，父母老了，有一天总是要离我们去的。"

黎金土的表现与朱聪盈需要的差了一大截水准，"她不是你妈妈，你当然不难过，以前让你上家里看看妈妈，你推三推四说忙，你忙得饭不吃觉不睡，哪里挤不出一点儿时间来？好了，现在想见也见不着了，你再也不知道我妈妈是什么样的了。"

黎金土理亏，"是我不好，这几天我什么事也不管了，好好陪陪你。"

朱聪盈说，"算了吧，我可不愿你过后埋怨我耽误你成为南安第一大律师，你该干嘛干嘛去，没你陪不会死人的。"类似的冲话她平时是不会说的，现在是发泄、撒娇，她的伤心、委屈总要有一个消解的去处。

很少看到朱聪盈这样，黎金土一时间也不知道如何应对，正巧孟子勤发了一个短信过来，"我帮你找了一个好地方，正在跟人谈，等我好消息。"

黎金土跟孟子勤说过要扩大律师事务所的事，主要是说合作伙伴不太好找。孟子勤说这事务所的扩大首先要在空间上扩大了，筑巢引凤，这才没几天她就说找到地方了，黎金土心头喜悦，这女子实在是把放在心上，他与朱聪盈的对话顿失耐心，"你今天心情不太好，回去休息吧，等你好些我们再联系。"

朱聪盈盼望的贴心抚慰始终没有得到，她伤心失望，呼地拉开车门跳下车，咚咚跑上楼，多日积累的委屈一下爆发，从她的喉咙呛进胸和肺，一阵酸辣把眼泪逼出，她冲进房间，扑到床上号啕大哭。父亲的脚步声停在门外，他敲响女儿的房门，朱聪盈以为是哭声将父亲招来的，赶紧抹泪收声。

"大白天的关起门来干什么？你也太懒了，出来跟我收拾收拾房间，看你妈妈留下什么话没有？"父亲话说得难听，她不会计较，在母亲去后，这个男人已经变成一个孩子，她会替代母亲的位置，她希望另外一个男人成为她的父亲，她的依靠，可她为什么抓不到他的手？

朱行知每天差不多要把房间翻了个底朝天，他就是不相信老伴一声招呼不打就走了，按照平日老伴的习惯，去哪总会给他留个条子，他想那条子躲在屋子的某个角落，等着他去找呢。

朱聪盈匆匆整理妆容打开房门，看见父亲已经钻到沙发底下去了，两只瘦长的腿露在外头，她的眼泪又溢出来，一个让她惶恐的想法同时蛇蹿上来，"这样下去，父亲不会得老年痴呆症吧？"她不敢再想,低头也钻入沙发底,"爸,这里我来找,你去看看厨房里有没有?"

朱行知说,"我怎么没想到厨房呢?"他从沙发底下钻出来,跑进厨房。

门铃叮咚响起,刚跑进厨房的朱行知以他年龄不相称的神速又跑出来,嘴里竟然叨叨,"怎么没带钥匙?"

朱聪盈从沙发底下探出头,眉头紧锁。

门打开,先看到一只大花篮,一篮白色的玫瑰花。来人说花篮是送给朱聪盈和她家人的。朱行知说,"到底是送给我还是送给我女儿的?送我女儿为什么不送红玫瑰?"

父亲的话是越说越离谱,朱聪盈赶紧爬起来签收花篮。花篮是冯时送的。他是去看叶认真时,从祖康那里知道朱家有丧。附在花篮上的小卡片上写着:请节哀,有什么需要帮忙的一定告诉我。

朱聪盈此时有点心灰意冷,她男朋友对她都不冷不热,她有何能耐接受别人的关心,礼节上她得给冯时一个电话。"冯时,谢谢你,花篮我们收到了。"

冯时听得出那话里还带了哭腔,他说,"聪盈,我知道你一定很难过,如果你愿意可以让我替你分担。我读书不多,但最近正巧读了一本叫《生死书》,上面说死亡其实只是换了另一种形式存在,消亡的只是肉体而已,我觉得很有道理,也许你妈妈已经以另外一种形式再生了,你看不见她,她看得见你。"

朱聪盈说,"把这本书借我看看,如果真能换一种形式存在,趁早让我换个形式吧,我希望成为一粒落到地里的麦子,一粒麦子不落在地里死了,仍旧是一粒;若死了,就结出许多子粒来。"

冯时说,"做一粒麦子,说得真好。"

朱聪盈说,"这是上帝说的,他希望我们人人都做麦子呢。你呢,你希望换哪一种形式?"

冯时说,"只要不再成为人,怎样都好,不过,我们好歹先把这辈子对付过去呀,唉声叹气,愁眉苦脸不能解决任何问题。"

朱聪盈说,"是啊,你可不可以帮我一个忙?"她把声音压低了,"我爸因为我妈的事伤心得有些失常,你有什么办法能让他老人家恢复正常吗?你就是上门来和他谈谈《生死书》也好。"

冯时爽快地应下来,并与朱聪盈计谋这般那般。

冯时穿着一件藏青色的宽松的绸子唐装进入朱家。这衣服他特地跑了好几家百货商店才买到的,作为一位大师,他想应该穿着这样的行头抛头露面才像那么回事。

朱聪盈事先跟父亲说,妈妈突然这么走了,我们应该请个高人来家里看看,也许有什么地方不对。朱行知其他话听不进去,一听这话来了精神,"什么样的高人,能通灵吗?"朱聪盈说,"不太清楚,但我要请的这位大师,听说精通相术风水,道行很高,高官富商争着请,一般人根本没办法请到,我托了好多人情,还得备一个大红包呢。"朱聪盈一本正经地说。朱行知当真了,极力让朱聪盈赶快约人。

在大师上门的日子,朱行知早早穿戴整齐在家里候着。

冯时进门,一袭绸衣飘逸,头发白了大半,几分鹤发童颜状。

朱行知说,"冯大师很年轻哦。"

冯时说,"不年轻了,活了半辈子了,只是这张脸不愿老皱,装点门面。"

朱行知肃然起敬,"学法之人肯定有养生之道。"

冯时说,"其实很简单,顺其自然,凡事不强求。"

朱聪盈听冯时文绉绉的应答十分满意,领着他参观屋子。转到阳台上,冯时指着上面搭建的一个简易灶台说,"灶台安放在阳台是大忌,阳台无根,如长期立灶,主家身弱或财衰。"

朱行知拍着大腿说,"聪盈她妈风湿痛,成天要用热水,她说用蜂窝煤烧水方便省钱,几块煤热一天,阳台通风好,灶就架这了。早知道有这一说，我让她省那几个钱干吗？"

进了卧室，冯时再一指床头上方挂的一幅布画说，"这画颜色深沉，画中有猛兽，必冲撞主人。"

朱行知说，"这画是我们去年去云南旅游的时候买的，床头正好缺点东西就挂上了，哎呀，一定是这幅画作怪，阿巧从云南回来经常喊头疼。"说着他火烧火燎地把画扯下来，胡乱卷成一堆。

朱聪盈担心冯时再指出什么，她家可全乱套了。她冲冯时挤了挤眼睛说，"冯大师，你给我爸相相面，给他一点儿建议吧。"

朱行知抢着说，"你说我和盈盈她妈妈还能见面吗？"

冯时微微一笑，没有直接回答朱行知的问题，"我看朱先生气度不凡，有才有情有义，不过，眉宇纠结，邪气上升，应当多见日光，强壮阳气，对了，今年你的运气在东南方，有空多出去走走，有缘自然相见。"

朱行知听了最后这一句拉着冯大师的手非要问个透彻，可冯大师扬起手腕看表说，"对不起，朱先生，我还有其他约会，今日到此吧。"

朱行知依依不舍客客气气将冯大师送出门，朱聪盈则将人送下楼去。

下了楼，冯时假模假式在额头上抹了一把汗说，"哎呀，这么高深的学问差点要了我的命，再拿腔拿调说下去我马上就要原形毕露了。"

朱聪盈说，"你后面说得好，我最担心我爸爸成天窝在家里变傻了。"

冯时说，"你千万不要受你爸爸影响，他们老了，我们年轻，年轻就是本钱，没什么可愁的。"

朱聪盈说，"谢谢你。"

冯时说，"要谢我就跟我笑一个吧。"

朱聪盈笑着说，"有你这个风水大师帮我趋利避害，我没什么可怕的了。"

3

孟子勤带黎金土去看她选来做事务所的那幢写字楼，叫地王大厦，是这一带城区的地标，高达四十八层，周边商档写字楼商场林立，名副其实的 CBD。黎金土曾经在报纸上看过报道说地王的房卖出了天价，如今他在这天价楼里有点恍惚，往楼下看像得了恐高症，脚下轻飘飘的。孟子勤带他上到二十八楼，两手一摊说，"这一层有五百平方，够用了吗？不够用我们再要一层。"黎金土听这话，脚下飘得更厉害了。

"太大太奢侈了，子勤，你一下把我拔得太高了，我从能力和财力方面都没办法拿下来的，我想还是慢慢来，一点点地做大才好。"

孟子勤说，"慢慢来？你打算花多少年，十年二十年，还是一辈子？"

黎金土说，"工作是美丽的，我以奋斗不息为乐，就把拥有这样规模的事务所当做我的奋斗目标吧。"

孟子勤说，"你好像没有把我算上啊，两个人一起奋斗是不是可以缩短些时间？"

"有些人喜欢不劳而获，我不行，我会感到羞愧。"

"记得小的时候跟爸爸下乡去看他扶贫的人家，那家穷得连屋顶上的瓦都没几块是好的，家里有个女孩和我差不多一般大，叫阿桃，在父亲的资助下才有机会返校读书。父亲对我说如果阿桃考上中专就胜于我考上北大，因为她付出的比我多得多。你不一定要做阿桃，你有条件，树上开花，可以走得更远。起点不同，终点不同，我们得看走过的距离。"

"你比我这个做律师的能说会道，让我怎么说好呢？我经常在想，是谁派孟子勤来扶助我的，她是不是天使在人间？话说回来，这桩人情太大，我欠不起。"

"我们拟个君子协议，你就不用担心欠我什么人情了。"

"什么协议？"

"我算是这个事务所的股东之一，你是大股东，占51%股份，我是小股东，占49%。"

黎金土呵呵笑，"求之不得啊，可按贡献，大股东应当是你才对。"

孟子勤说，"形式而已，这个我们就别争了。"

形式而已？当孟子勤说出股份比例，黎金土脸上是笑，私底下一颗心早翻腾开了，你是院长的千金，即使要占80%我也得双手供上。孟子勤的话实实在在给了他一闷棍，一直以为她帮他是因为喜欢他，现在看来未免自作多情。他想念他的朱聪盈了，起码他能确定她是一心一意对他，不用任何心计的。孟子勤年纪轻轻，却在商场摸爬多年，心思不好琢磨，难道是要利用她父亲的关系设一个点坐地分赃？如果这般，这心思实在可怕。就算她是真的喜欢她，事务所还没弄起来，已经和她休戚相关了，假如有一天他们产生矛盾，合作还能继续下去吗，他会不会是替人做嫁衣裳？黎金土的思维四面八方发散了去。

孟子勤哪里知道她的一句话有这么巨大的效应，仍然兴高采烈地给黎金土介绍屋子结构，大谈自己的装修想法，黎金土可是一个字也没听进去。他只看到她的嘴在动，细长的手指这边指，那边指指。

黎金土的态度应该说是半推半就，写字楼很快租下来，孟子勤让他用心去找合作的律师，装修这些杂事包在她身上。装修是按照孟子勤喜欢的样式来弄的，他不用担心不上档次不够气派，孟子勤每天向他汇报，让他去欣赏一下，他十有八九找借口推了，这马上要拥有整整一层事务所的幸福感他还没找着，兴奋不起来，找合作的律师也不起劲。

孟子勤不是笨蛋，当然看得出来，问他为什么不开心，是不是有什么事情办不下来？

黎金土说，"我这个人就这样，估计中了一千万别人也看不出我开心,我是偷着乐呢。"

孟子勤好像也就相信了,兴致勃勃添置这添置那。黎金土暗暗叹气,这人啊要不是活在同一条生活水平线上,就别指望着人家能设身处地地体味你心中所想。

事务所装修好,孟子勤反过来帮助黎金土物色了几个合作伙伴,黎金土怎么都觉得自己像个傀儡,麻木不仁地接受。孟子勤特地请人看好日子,定下事务所正式开张的日期。

孟子勤计划让她父亲来剪彩,这个计划把黎金土吓了一跳,这可不像孟子勤这么聪明人的干的事。高院院长给一个律师事务所剪彩这会成为一个大新闻,这种关系一摆到明面上,好处是暂时的,坏处是长期潜伏的。黎金土说,"你爸愿意来?"他想一个从官场混过来的人,不应该没有这点风险意识。

孟子勤说,"他就我这么一个女儿,不愿意也得来呀。"

黎金土想着那份和孟子勤签下的协议,牙关一咬,检讨自己的软心肠,这种关系不用白不用,管他将来如何,涸泽而渔涸的也是别人的泽。"你爸能来就太好了,我们的事务所迟早会成为南安第一所,你的功劳最大。"

正远律师事务所挂牌那天,孟院长准时大驾光临,剪彩致辞,让黎金土律师把过去为社会底层人伸张正义的好传统坚持下去,并即兴挥笔提了一幅字:天道酬勤。黎金土小心翼翼将领导的墨宝卷起来,说马上裱了挂到正墙上。

晚上不消说又是一番应酬,黎金土在众人的祝贺声中频频举杯,孟子勤十分低调,以一个朋友的身份和方式向他祝贺,却偷偷附他耳边说,酒席散后他们换地方继续喝。

孟子勤不遗余力,尽心地为黎金土拉拢人际关系不说,还喝得摇摇欲坠满面红光。宴席散后黎金土要送她回家,她坚持要换地方继续喝,她有许多话要和他说。

已经接近半夜，天上还下了雨，黎金土没听她的，把她架上车。

孟子勤歪躺在副驾驶的位置，醉眼蒙胧，"金土，我预感到以后你业务多得接不完，我想见你说不定都要预约了。"

黎金土说，"哪有这么夸张，你是老板，想来事务所，抬抬脚就来了。"

孟子勤说，"你啊，太敏感太自尊。"

黎金土的心揪了一下，刚才那话是不是说得有点刺了？

"你是不是觉得事务所这么弄起来像吃软饭一样？我见过太多生意场和官场中的男人，他们对我一点儿吸引力也没有。你和他们不同，我不知道怎么帮你，想来想去只有这种方式才能帮到你，如果这伤害了你的自尊心，我道歉。"

黎金土仗着自己比对方清醒说，"我是大老板，你是二老板，吃软饭的应该是你才对，我没有这个思想包袱。"

孟子勤突然扑过来抱住黎金土的头颈。雨大路滑，黎金土踩刹车不急，车子冲下路边的灌木防护带，他脑袋撞到方向盘上，自己耳里能听到钝响，眼冒金星，四肢发僵，静卧几分钟才缓过劲来，孟子勤仍是死死地抱着他。黎金土从她的手臂中挣脱出来，检查她是不是完好无损，看上去人完好，却一动不动。他试探性地将手指头伸到她的鼻子下面，孟子勤突然酒气熏天地笑出来，"还有一口气，我没死，你怕我死吗？"

黎金土没好气地推开她，"你发什么疯？刚才我们差一点儿报销了，你还笑得出来。"

孟子勤失控地痴笑，黎金土忍着额头上的伤痛，把车开回正路上，他急着把孟子勤这个烫手山芋送回家。到孟子勤的住处，她说走不动了，让黎金土抱她上楼，要不她就跟他回家。黎金土权衡了一下抱起她，抱着一团不安分的软香热，他的腿也开始发软，送到房门外，自然是进了屋，进了屋自然把人家送到床边，到了床边怀中人玉手一扯，他

134

顺势倒下了。

天上人间,今夕是何年?

事务所挂牌仪式黎金土没让朱聪盈参加,理由是人多嘴杂,他在《南安日报》开有专栏,以后还要多宣传,朱聪盈最好继续潜伏,晚上他们两人再单独庆祝。

朱聪盈记得这话,老老实实等黎金土电话,等到近十一点不见动静才小心翼翼拨黎金土的手机,无人接听,隔半小时再打,仍无人接听,这已经快半夜了,她想是不是出啥事了?呸,呸,也许是醉了。她打车到他的住处,敲门无人应。她坐在家门口等着,看那楼道灯晕晕黄黄,一两只飞蛾左右扑腾,如果是火,早就焚了。她不知不觉睡着了。

黎金土是在天差不多亮的时候离开孟子勤的屋子。他平时睡觉就不太踏实,换了一个陌生的环境,尽管经历了一场耗体力的运动,他还是在短暂的睡眠之后醒来了。孟子勤睡得很香,他决定在她醒来之前离开,这样可以省掉许多口水。

黎金土拖着沉重的脚步走出电梯。门前斜坐着一人,他心一惊,那头枕在膝盖上的姑娘不是朱聪盈又是谁。他把昨晚上和她说好的事忘得一干二净了。他怜惜地抚摸她的头发,她睡得沉,脑袋歪到一边,仍旧睡。他俯下身,把她抱进房间。

朱聪盈睁开迷糊的眼睛,"你回来了,几点了,今天顺利吗?"

黎金土说,"放心,一切都顺利,睡吧。"

朱聪盈哦了一声,又闭上眼睛,发出均匀的呼吸声。黎金土全无睡意,走到阳台上,看着天边灰色的云彩,点燃一支烟。他出轨了,他的身体已经背叛了屋里的那个姑娘,身体走了,心还在吗?他不知道他的心在哪里,不在孟子勤那里,也离开了朱聪盈。

孟子勤的短信在太阳光射到阳台上的时候来了,黎金土打开来读:我希望每天醒来的时候看到你在身边。

4

伍姨到底还是和祖康的父亲离婚了。

伍姨大名伍明丹，和朱行知同一单位，比李巧要早认识朱行知。当年刚分配进单位的朱行知身材挺拔，仪表堂堂，有一种艺术家独特的气质，伍姨一下被吸引住了。当时追求她的人也不少，她却一门心思，盘算着怎么创造机会接近朱行知，只不过一个检票员和一个宣传员打交道的机会不是太多，她一个大姑娘不能做得痕迹太露。朱行知认识李巧三个月便结婚，这个速度打了伍明丹一个措手不及，悔得她的胸口疼了好长一段时间。

伍明丹以跟李巧学裁衣的借口进入朱家。她在大院里也分了一间小单元，她一般晚饭的时间过来，李巧做饭，她帮着择菜洗菜，自己也带点熟菜过来，菜合一块，最后变成三个人吃饭了。

饭桌上朱行知和伍明丹的话比较多，他们是同一个单位的，有共同议论的人和事。李巧这时候显得被孤立了。伍明丹虽说是要跟她学裁衣，可行动上表现不积极，吃完饭，仍是喜欢跟朱行知聊天，看他画的画，还要求他给她写生，带过来的布料搁柜子上没打开过。毕竟是一个年轻漂亮的单身女性跨进自家的大门，和自己老公在一个桌子上吃饭、聊天，李巧再大度也会有些想法。伍明丹走后，她经常忍不住讽刺丈夫两句，"今晚的饭特别好吃吧？什么时候也给我写生一张？你的口才越来越好了嘛……"当然，对着伍明丹，李巧面上是热情的，该招呼的一样不落下，滴水不漏，伍明丹心理上没有障碍，一个星期倒有三四天在朱家混饭了。

李巧从做姑娘起身体就不太好，感冒发烧头晕心慌小毛病不断。伍明丹的父亲是个中医，她从父亲那里拿了方子，往朱家送一包包的草药，其中，以当归、党参这类补药为多。伍明丹还担心李巧不会煎，把好药煎坏了，她亲自担起煎药的任务，在自己房里把一天的药煎好了再送到朱家。李巧不是一个喜欢占别人便宜的人，对伍明丹的这份好心意总觉得受之有愧，进一步又觉着这其实是一个热心肠、没有心计的女人。李巧这样想伍明丹就对了，伍明丹并没有插足的心思，她到朱家来只是因为想见见喜欢的人，对李巧好，那又是爱屋及乌了。

不过有一天李巧还是生伍明丹的气了。那天伍明丹也是在朱家吃饭，吃完饭没立时走，李巧惦记着手头上的活多，先到铺子忙去了。忙了个把钟头，天下起雨来，她担心朱行知忘了晒在阳台上的衣服，匆匆赶回家，她没料到伍明丹还待在家里没走，而且显然是哭过的，两眼通红，朱行知像做错事一样坐在一旁叹着气。李巧想做肚里能撑船的宰相也做不下去了，她从两人中间穿行，冲朱行知吼，"耳朵聋了，发痴了，外面下这么大的雨也听不到，任那衣服淋去？"李巧这一吼，把伍明丹吓了一个激灵，从椅子上跳起来缩腰夹背匆匆告辞。

朱行知解释说，伍明丹是向他征求意见，因为父母逼她相亲，那人在部队上任职，年底要转业了。她对那人不是很满意，可朱行知看了那人的照片和简历，认为人不错，劝她先交往一段时间，通通信，打打电话增进了解。

李巧怀疑地看着丈夫说，"说得好好的，人家为什么哭了？"

朱行知无辜地摊开手，"不知道，我劝着劝着她突然就哭了，我也没说错什么呀。"

李巧冷笑一声，"我看这个伍明丹对你有意思。"

朱行知说，"你胡说什么，我有老婆的人了，她一个姑娘家怎么可能有这种想法。再说了，如果她真的有这种想法，还敢上我们家来，还来得这么频繁？"

"有些事情就是做在明处，别人才不好说什么。"

"伍明丹不是这种有心计的人，凭你今天的态度，人家以后都不敢上门了，一个单位的同事，你让我的面子上怎么过得去？"

李巧说，"不敢，不敢才怪。"

李巧没有说对，伍明丹很长一段时间没有上他们家，弄得李巧像做错了事一般，一到吃晚饭的时间眼睛就忍不住往外睃，希望伍明丹突然出现在门口。

等伍明丹再到朱家来，是半年后送喜糖来了，她终究还是嫁了那个转业回来的军官，在她那方面是有慧剑斩情丝的心思的。那时候，朱聪盈已经在妈妈的肚子里有一个多月了。知道李巧怀了孩子，伍明丹抱住李巧惊喜地叫了起来，兴奋得好像怀孕的人是她。李巧暗暗留意伍明丹的表情，看她不是装的，演员也不会装得这么逼真。李巧说，"这么长时间不到家里来，我们都挺想你的。"

伍明丹恢复了与朱家的联系，又频繁地上家来了。李巧怀朱聪盈的时候贫血加剧，经常晕倒。伍明丹弄到家来的东西更多更稀奇古怪了。每天晚上，路过朱家的人都能闻到香气扑鼻的炖汤味，好事的会伸头进来嚷一句，朱行知，你家炖龙肉呀，这么香？

伍明丹帮着答，"龙肉拿来我们也不换。"

两个女人在各自有了孩子后，她们的亲密关系就由两个孩子来连接了。

李巧在世时，伍明丹一天上朱家几趟没人会往歪里想，她性子活泼、乐于助人，在大家眼里她是朱行知的同事，李巧的好友。现在事情有了令人吃惊的变化，首先是李巧去世了，接着是她离婚了，再看眼下，她一天天围着朱行知转，上家里做饭洗衣拖地板，陪朱行知散步，所有人的口风变了，原来伍明丹早有这颗心呀！他们俩究竟好多久了？这个朱行知还真有女人缘，一人刚去，一个又来……

伍明丹在人前还是和以前一样笑得亲切大方，坦然自若，朱行知则苦着一张脸，对谁也不太理睬，外人看情形又多少为伍明丹担心了——伍明丹你是在和一个死去的人斗呀，斗赢了心里总还有个疙瘩的吧？看看朱行知这张脸就知道了。

朱行知在家里对伍明丹也是一张冷脸，好像他吃的饭菜是自己会上桌的，好像他扔到洗衣机里的衣服是自己会洗干净晾到阳台上的。朱聪盈回家的时候，和伍姨坐一块儿聊聊天，说些家长里短的闲话，说到有趣处呵呵呵笑起来，这时候朱行知最愤怒，无论他正在干什么，为了表示他的愤怒，他会把手头上的东西弄出天大的动静，要不干脆摔门而去，弄得朱聪盈和伍姨面面相觑，噤若寒蝉。

　　冯时到朱家看过风水后，这种情况才开始有所变化。朱行知按冯时批点过的重新安排家里的摆设，折腾好几天，再又拿着一张本市地图研究，究竟东南方向上有什么特殊的地方。他的手指在地图上指指点点，突然发现李巧生前经常去跳舞的人民公园就在东南方向上。晚上吃了晚饭，他背着手出门了。伍明丹在厨房收拾碗筷，伸头出来问，"你上哪？"朱行知说，"公园。"伍明丹松了一口气，她还担心老朱忌讳去李巧生前经常待的地方，这说明他的心放开了。

　　人民公园离家有二三百米远，是开放式的街心公园，这里人多得出乎朱行知的意料，唱歌的，跳舞的，更多是散步的，兜着圈子甩手走。按以前的老观念，公园应该是个鸟多人少的地方。朱行知心头泛上一丝懊恼，妻子天天到公园来，自己怎么就没有想过陪她一道看看呢？他停下来看一群中年妇女跳舞，女人们的腰肢虽然粗壮些，扭起来照样绰约有致，把节奏拿捏得很准，想象过去他的妻子也这样快乐地跳着，他的心情激动起来。

　　在一处灯光打得特别亮，搭了为业余歌手提供的简陋舞台，有胆量的跳上台拿起话筒就唱上一曲，听众都很宽容，一律以热烈的掌声捧场。朱行知经过的时候正在唱一首《红梅花儿开》，歌者有点功底，歌声响彻半个公园，这是一首他喜欢的老歌。他站在人群边上，偶尔踮起脚尖往里探头。明晃晃的灯光下，他发现台上唱歌的女人很像自己的一位大学同学，但他不相信这个同学敢在大庭广众之下唱歌，因为这同学以前是以腼腆出了名的，他和她曾是一个小组的，每次有什么活动需要当众发言,这个女同学都是死活不张口,也不管给不给自己的小组拖后腿。这样一个人朱行知当然特别有印象了。

朱行知自己第二天晚上又上公园去了,他说他想一个人出去走走,伍明丹放心回家了,只要朱行知乐意出门走动她就放心。这次他去得早,听了好几首歌昨晚上唱歌的女人才上台,听有人介绍说是翟女士,这下他确认是自己的同学了,他那个女同学就姓翟,这个姓并不普遍。翟同学唱完《洪湖水浪打浪》,朱行知在现场花五块钱买了一束塑料花送上去。

朱行知和翟同学相认了,大学的时候他们关系一般,可相隔近三十年今日一见分外喜悦。他请翟同学到公园附近的茶馆坐坐,互相说些近况,原来翟女士这些年一直在外地工作,因为丈夫去世了,退休后儿子把她接过来养老。

朱行知问翟同学怎么会想到上公园来唱歌,翟同学说,"以前年轻的时候想唱歌不好意思开口,现在老都老了,没什么顾忌,想唱就唱,这么唱着,我还唱出点明星的感觉来了。"朱行知说,"是啊,我看你在台上这么一站,是有明星的风范,你的观念跟得上这个时代,我没有什么进步。"翟同学说,"老同学,赶紧的,现在干什么都还不算晚。"

和翟同学联系上以后,翟同学提出搞一次同学聚会,朱行知积极响应。他们的同学分散在各个县市,他开始不停地给人打电话,敲定一个日期后,他和翟同学开始印制信函寄出。同学聚会弄得很成功,翟同学和他分别被封为同学会会长和副会长。朱行知和一些老同学在聚会之后重新拾起联系,互相勤快走动,笑颜又回到脸上。

他时不时和朱聪盈提起冯时,"你请来的那个大师确实是有本事啊,高人,如果再能请到他就好了。"朱聪盈偷笑,"爸,能见上一次已经是缘分了。"

一个周末朱行知交待朱聪盈一定要回家吃饭,朱聪盈回到家里,看到翟阿姨主厨,父亲陪着翟女士的孙子玩,父亲乐呵呵地被那小朋友踢来撞去,那一会儿,她感觉有一点不对劲,又想起伍姨好像很久没上家里来。她跟父亲说,"我打电话叫伍姨过来一块儿吃饭吧,好久不见了。"

父亲淡淡地说,"今晚我们自己家人吃,不叫外人了。"

不叫外人?朱聪盈疑窦重重。翟阿姨携孙子离开后父亲终于和朱聪盈摊牌,他不正眼看她,干净利落,言简意赅,"我打算和翟玉香重新组织家庭。"

虽然有预感,听父亲出言,朱聪盈还是心惊。父亲六十不到,脸上没有几条皱纹,白头发也是象征性地在鬓角支了几根,近些日子,他的气色更好了,红润的皮肤比小伙子还细腻。朱聪盈的吃惊不是因为母亲去世的时间不长,只是想不到父亲心肠如此坚硬,他的心里有伍姨吗?他知道伍姨为他付出了多少吗?朱聪盈冲口而出,"不行,我不同意。"

轮到父亲吃惊地看着她了,"你不同意?前几天我在梦里见你妈了,和她说了这事,她都同意了。再说了,这事也是天意,那个冯大师也说过,我的运气会在东南方向上转变,我就是在东南方向上的公园和翟玉香重逢的。"

听父亲这么一说,朱聪盈差点忍不住倒出冯时是冒牌大师的事。"妈同意了也不行,爸,我不是反对你再婚,可你要选好对象。这些年是谁一直在帮衬我们这个家,你很清楚,伍姨究竟对你怎样你更应该心里有数,她为我们这个家付出的东西太多了,你竟然放着一个这么好的女人不要,几个月工夫就和另外一个女人好上了,你说,你的良心过得去吗,你让伍姨又怎么过得去?"

她这番话说出来父亲十分平静淡然,显然有备而来,好像早已预料到她会有这一番说辞。他说,"我这一辈子只爱你母亲一个人,你母亲生前最忌讳的人就是伍明丹,她一直担心我和伍姨好,你说我能让她在地底下不安生吗?"

父亲的话当然是狡辩了，母亲不是那种小心眼的人，伍姨对母亲的好也是没说的。"你如果真要照顾妈的感受应该打光棍，别再有另娶的念头。"这话说出来朱聪盈觉得重了，可为了伍姨她必须得说。

"我和翟玉香只是重新组织一个家庭，互相做个伴，没有太多的感情东西牵扯在里面，要是和伍明丹这能分得清吗？我自己的感情我清楚，你不要再多说了。"朱行知站起来走进自己的房间关上门。

朱聪盈绞尽脑汁想法让父亲回心转意，她想来想去只有请冯时扮大师再出一回场，大师说的话父亲十有八九还是要听的。朱聪盈联系上冯时，将父亲、母亲、伍姨和翟玉香的纠纠葛葛阐述了个大概，让冯时想办法成全父亲和伍姨，把翟玉香踢出局。

冯时连连摇头，朱聪盈以为是自己的表述不太清楚，把意图又重复了一遍。冯时说，"聪盈，这忙我帮不了你。"

"你只需跟我爸说他跟伍明丹才是一对，这有什么难的？"

冯时说，"你别忘了，我不是真正的大师，我没法预知将来，我这么去和你父亲说对他太不公平了。你以前托我是为了让你爸走出阴影，现在他走出来了，你又想让他朝你引的路上走。聪盈，这不可能，他是成年人，他有自己的思想，我们这样做太孩子气了，听我的，顺其自然吧。"

朱聪盈说，"那伍姨怎么办？"

冯时说，"不要用你我的心去度量别人，伍姨这个人我虽然不认识，听你说的，我感觉几十年下来，她应该已经足够从容。"

朱聪盈不太相信冯时的话，可她不能勉强人家再替她当风水先生了。

父亲和翟玉香很快领了结婚证，还请同学们聚了一场，相当于结婚请客。顺理成章的，翟玉香搬进朱家。朱聪盈不可能不与这个女人打交道，她还得客客气气地叫这个女人阿姨。她想也背叛伍姨了，她连给伍姨打一个电话的勇气都没有。

朱聪盈往医院去探叶认真,其实是为了等祖康。自从祖康前次大胆表白,他们很长时间没碰面了。

祖康见到朱聪盈,知道她的来意。朱聪盈难开口,他先说了,"我妈刚去桂林玩儿了一趟回来,精神状态还不错,现在每天早上跟人学打太极拳。"

朱聪盈带着疑问说,"真的吗,别是撑着吧?"

祖康说,"我听我妈说你父亲需要有人照顾,那个女人年轻,身体也好,又是父亲的老同学,两个人有共同语言,会过得好的。"

朱聪盈的泪水流下来,"祖康,我觉得你妈妈好傻,替我跟她说一声对不起。"

祖康说,"她认命,她的信念是一个人的地老天荒。爱与不爱是一种选择,无所谓对错,他们之间没有背叛,不用道歉。"祖康说的也是自己的心声,爱与不爱是一种选择,他希望朱聪盈不因为拒绝而与他有隔阂。学中医这些年把他的品性也修炼出来了,他既不多情也不无情,更不会因情伤身。

一个人的地老天荒,这样一句话让朱聪盈失去几个晚上的睡眠。她问自己,如果有一天黎金土不再爱她,她会不会这般执着和从容?她想在她这里是困难的,困难如修行。

朱聪盈拿这个问题去问黎金土,"你相信地老天荒吗?"

黎金土嬉皮笑脸地说,"好妹妹,有一句话好像说地老天荒只是一种传说。"

朱聪盈愤怒了,"你自己做不到,别人未必不能。"

有关朱父的罗曼史黎金土也耳闻一些,知道朱聪盈是有感而发,顺着她,"别生气,给你放放音乐,听听你最爱的《最浪漫的事》。"

背靠着背坐在地毯上,听听音乐聊聊愿望,你希望我越来越温柔,我希望你放我在心上,你说想送我个浪漫的梦想,谢谢我带你找到天堂,哪怕用一辈子才能完成,只要我讲你就记住不忘,我能想到最浪漫的事,就是和你一起慢慢变老,一路上收藏点点滴滴的欢笑,留到以后坐着摇椅慢慢聊……

朱聪盈在音乐中慢慢平静,头渐渐靠在黎金土的肩上,"想不想和我一起变老?"

听这些歌黎金土觉得自己也儿女情长起来,"我保证和你一起变老。"

"你发誓。"

"我发誓。"

5

叶认真两条腿上渐渐有了力气,能够离开轮椅,借助于拐杖走路了。祖康让她办出院手续,说到这一步,多要靠自己的锻炼来恢复,再定时到医院来做治疗。

冯时把叶认真接出院,住了几天后,他问叶认真要不要和他一起去探叶叔的监。

叶认真说,"是该去见爸爸了。"她对父亲的成见,因为冯时的开导早已云淡风轻,私下里还就盼着能见上父亲一面呢。

一天的路程,叶认真见到了父亲,冯时也见到了几年未见的叶叔。他们有过约定,无紧要事不联系,不联系证明一切平安,三年来他只给叶叔发过一封信说接到叶认真了。

在冯时的眼里,叶叔比几年前老了许多,眼睛下面挂着沉重的眼袋,那里面不知装了多少对他们的想念和期待呢。冯时不需要和叶叔说什么,他们互相点点头。叶叔指指头发,意思是他们一样顶着白发了。

在叶认真的眼里,她的父亲更苍老了。前一次见到的父亲还是一个英俊的男人,现在只有一个糟老头子,她的眼泪止不住地流。"爸,我已经不用坐轮椅了,我是拄着拐杖来看你的。"

叶叔双眼通红,"好,好,听你冯时哥的话,好好过日子,你过得好,爸爸就没有什么牵挂了。"

在回南安的路上,叶认真已经在算下一次来看父亲的时间了,她说,"我争取下一次来的时候,连拐杖都不用了,要用也最多用一只。"

冯时笑着说,"下一次来,你自己能来就证明你行了。"

叶认真说,"那没什么大不了的,下一次我自己来。"

冯时说,"这就对了,你要学会照顾自己,等我把你姑妈接来了,你还要照顾她老人家,以后有什么事情找祖医生和朱聪盈,他们会帮你的。"

叶认真皱起眉头说,"怎么,你又要出门?"

冯时说,"我窝在南安好长一段时间了,不出去走走这心里面像被猫抓一样,躁得很。"

叶认真说,"冯时哥,你应该结婚了,结了婚这种感觉就不会有了,有这种感觉是因为一个人太孤独,我以前也有过。"

冯时拍拍叶认真的脑袋说,"小丫头,懂得还不少嘛,结婚我就免了,别害了人家姑娘。"

叶认真差点就说,"冯时哥,等我腿好了我嫁给你。"这话她吃到肚子里了,他应该有更好的选择,她曾经爱过不该爱的人,把爱情和身体挥霍了。"冯时哥,谁能嫁给你是她的福气,你一定会对她很好很好。"

冯时说,"爱一个人不一定要把她娶回家,只要让她感觉到你是依靠就够了,这种感觉很好,很轻松。"

"是吗?"叶认真想这也是她要抵达的境界呢。

冯时用叶认真的名字买了一幢房子,再把叶认真的姑妈从西河市接过来,姑侄俩住一块儿互相照应。他将"广厦置换"也过到叶认真名下，让她也有事情做，与外人打交道。叶认真知道冯时的苦心，报名读了工商管理的函授，说要替冯时将"广厦置换"打造成品牌，自己也要做个成功的女企业家。

以前离开南安是有目的地，有计划的，这次走，没有目的地，没有计划，冯时不知道自己会往哪里去，什么时候会再回南安。叶认真这边一切安排好了，他放不下的只有朱聪盈了。他在大街上走着，茫无目的，心里想着这个人，脚步自然而然朝报社的方向迈进，到了大门口他不进去，坐在一边看着。

进出报社大门的人很多，没能出示证件的不让进，骑自行车的要下车，出租车不能入内，小轿车要领出入证。他像看蚂蚁搬家，看人流和车流。天上落下毛毛细雨，他不为所动，头发上积起一层水珠。朱聪盈从外边采访回来，坐的是的士，她下车一眼看见冯时，冯时的目光似乎放得很远，她走到跟前他也没有反应。她走过去，举伞遮住冯时的头顶，"下雨了。"冯时的眼睛从朱聪盈的脚往上移，看到一张他最想见的脸，如在梦里。

"你在这里等人？"朱聪盈说。

冯时说，"我在等下雨，看样子你又得送我一把伞了。"

他们两人站到大门的门槛下。他说，"要不要到对面的咖啡馆坐坐？"

她说，"我马上要赶个稿子，改天吧。"

他将一个手机号码写给她，"记住，这个号码只有你知道，不要告诉任何人，包括叶认真。"

她手上拿着电话号码，蹙起眉头说，"怎么了，你又要离开南安？"

他说，"你读万卷书，我行万里路，出去走走，长长见识。"

她说，"去多久？"

他说，"随意了。"

她心中有不舍，却不能说什么，她摆摆手说"再见"，把雨伞交到他

146

手上，"给你，我两步就进大楼了。"

他不推辞接过来。

两人朝着不同的方向前进。

6

赵琼打电话告诉朱聪盈她怀孕了，听赵琼的声音，兴奋得像要飞起来。

朱聪盈说，"真的是好消息，我很久没有听到好消息了，你不是说要等玩儿够了享受够了再要孩子吗，怎么改变主意了？"

赵琼说，"小家伙不声不响地来了，我们都没想到，不过，我高兴，老公也高兴。以前你不知道我有多讨厌小孩子，现在看到哪个小孩儿我都觉得可爱得不得了。"

"转性了，值得祝贺呀，做好当肥婆的准备没有？"

"腰上胖了一圈，给你打电话就是让你陪我上街买衣服，我要买一堆漂亮的孕妇装。"

"知道你爱臭美，这种时候也不会放过机会。"

赵琼说，"我要当个辣妈，等过些日子肚子显了，我还要拍写真去。"

朱聪盈说，"你尽管折腾吧。"

她们说好碰头的地点是浩天广场，这里有一个婴孕用品超市。赵琼现身时，朱聪盈注意盯她小腹那块地方看，平平的。朱聪盈说，"怎么一点看不出来呀？"赵琼说，"才三个月，到第四个月开始才能看出来了呢。"

第一次进这地方购物朱聪盈算是长见识了，原来一个小屁孩儿有这么多东西要买。赵琼本来主要目标是孕妇装，看了那些个童装，童鞋,摸来摸去爱不释手,恨不得马上把这些东西全买回去。还是朱聪盈劝她,慢慢来,日子长着呢,隔三岔五来挑一挑,新货是不断上架的,不然到时又后悔,总算把很多东西从赵琼的手上夺下来。

朱聪盈看着一套小衣服实在可爱,买了下来,说是提前送给赵琼的。照以往惯例,两人逛完街要在外面大吃一顿的,可赵琼说要回家,说是不敢吃外面的东西,要赶回去喝婆婆熬的汤。朱聪盈说,"你太幸福了,婆婆现在就侍候上了。"赵琼说,"我老公是独子,一听说我怀孕,婆婆昨天连夜赶来,今早上交待了一大堆注意事项,生怕我出错了,像今天上街,要不是我说有人陪我,她一定要跟着来的。"

赵琼大包小包挤上的士,朝朱聪盈挥手说拜拜,朱聪盈也挥手说拜拜。

朱聪盈走在街上,百无聊赖,感慨万千,同宿舍住过的好朋友,一个嫁了名仕,有了喜,一个踏步不前,住单身公寓,无人问婚。兴许是无聊过了头,她突然冒出一个古怪的念头,这念头让她激动不已,她拨通黎金土的电话,让他马上来和她汇合,她有非常重要的事情要和他说。

黎金土商量说能不能晚点,他还有事。此时孟子勤正坐他办公室,等他一块儿吃晚饭呢。朱聪盈说,"不行,马上过来,一分钟也不能迟到。"

朱聪盈很少这么"悍",黎金土只得同意。挂了电话他跟孟子勤说,"一帮老乡聚会,一定要我参加。"孟子勤说,"我一起去。"黎金土说,"一群大老粗,个个说话不分男女,不分老少,你去干吗?"孟子勤说,"那你早去早回,我在家等你。"

黎金土赶到大街上把朱聪盈接上,朱聪盈跳上车第一句话是,"赵琼怀孕了,今天我陪她上街买衣服了。"

黎金土气结,"你就是要告诉我这个呀,电话里不能说吗?我事情很多的。"

朱聪盈说,"如果我也怀孕了,怎么办?"

黎金土不耐烦地，"那就生下来，有什么好说的。"

"生下来，就这么简单？"朱聪盈对黎金土的态度很不满。

"你们女人就喜欢假设，然后又为假设的结果来来回回自寻烦恼，我做律师是不会假设的，只讲真凭实据。"黎金土耐着性子。

朱聪盈说，"我真的怀孕了。"

黎金土脸上浮起嘲笑的神情，这表情一现，将朱聪盈彻底惹毛了。"除了工作你还有什么事会放在心上？你到底是不是人啊？"

朱聪盈大义凛然，昂首挺胸神圣不可侵犯。难道是真的？黎金土慢条斯理点燃一支烟，"说说看，你有什么打算？"

如果说黎金土刚才的态度朱聪盈还可以原谅，现在的态度她就没办法原谅了——将问题推到她这里，试探她的态度。"我有什么打算？看来你不想要这个孩子。"

黎金土说，"我工作刚有起色，分不了心，要了孩子，你一个人辛苦，我也于心不忍，再等两年吧……"

朱聪盈不想听黎金土说下去了，她打开车门跳下车，踩着高跟鞋飞一般地跑，自哀自怜地想，如果肚子里有个孩子，路一滑，摔到地上流掉，让他一辈子后悔去吧，一个女人爱一个男人的最高境界就是为他生儿育女，男人不知道吗？

黎金土吃惊于朱聪盈奔跑的速度，这哪里像一个怀了孕的女人！不要出什么事才好。他拨打她的手机，对方不接，拨了五六次，终于有人接听了，劈头盖脸过来一句，"放心吧，我没怀孕，骗你的。"

这来来去去的让黎金土抓狂不已，他也没什么心情去见孟子勤了，开车到超市买了几罐啤酒，一条烟，回自己的窝。没什么地方比自己的窝更舒适了，躺在沙发上，音乐打开，抽烟喝酒无人干涉。这些无中生有的女人啊，把给男人找累当乐趣。

他上网随意搜索文章，在搜索条里，有意无意地敲下：如何甩掉一个女人。哗哗成千上万相关条目弹出来，让他吃惊不小，看来这是个公共难题。在众多经验教训中,黎金土比较欣赏一位网友提供的方法,一是说自己有病,什么肝硬化、心脏病、性功能障碍都可以,二是说自己生意失败了,破产了,欠了别人一大笔钱。撰文者说,百分之九十的女性,在这两重压力之下,最终会理性离开,让男人落得个全身而退。

黎金土把这篇文章看了两遍,他认为这两种方法具有较大的合理性,他决定选其一加以学习实践。最关键应当是如何用,以何种方式恰如其分地表达出来,毕竟用在朱聪盈这样一个知识分子女性身上的方法必须是文明的,至少看起来是文明的。

他要拿朱聪盈当试验的小白鼠,如果朱聪盈经得住考验,那没说的,这样的老婆上哪找去?经不起验证也好,他不需要解释,不需要有良心上的拷问,自然而然将她甩了。目前他和孟子勤在工作和生活两方面配合得很默契,尽管孟子勤不是他心中佳偶,他也不指望孟子勤把他当"结果",可她一旦发现他"劈腿",这种默契的关系肯定要有变化,眼下一切皆呈上升趋势,他当然不愿意有任何变化。

作为一名律师,黎金土是将理论转化为实践的高手。他先是在空间上疏远朱聪盈,有电话,有问候却几乎不在一起。即使在一起也如正人君子,彬彬有礼,杜绝亲密。朱聪盈心中虽有疑问,也不好意思出口询问。终于,某天,两人激情冲动,亲热相拥,关键时刻黎金土推开美人怀抱,在朱聪盈责怪的目光下,他的脑袋一点点垂下,"别碰我,我脏。"然后他点燃一根烟,"我染上性病了,还不知道能不能治好。"

这招果然杀伤力超强,朱聪盈顿时花容失色,"怎么会这样?"

黎金土说,"前个月我和朋友出去喝酒,他们都叫了小姐,我也随了大家——总之是我对不起你,我们分手吧。"他垂头丧气,还带点儿无赖,一副任凭朱聪盈宰割的模样。

朱聪盈如他预想的那般行为了——惊讶、愤怒、痛骂、伤心、痛哭,经历完这几种情绪,她两眼红肿地从床上爬起来,环顾左右,黎金土不知道什么时候已经离开了。

黎金土关了手机,直接到孟子勤那里去,接上孟子勤,按原先约好的到郊外过周末。

朱聪盈把自己关在房里,不吃不喝不睡,摆在她面前的就两条路:放弃或坚守。

泪水渐渐冲淡她的怨怒,明摆着的,她舍不下黎金土,既然舍不了就要给对方出路。她说服自己,没有一桩爱情美玉无瑕,偶然的过失也不会是蚁穴长堤。这样的自我说服很软弱,但她开始担心起黎金土的心情和压力,她给他电话,发现对方手机关机,这更让她担忧,在她的想象中黎金土已经悔得离自宫不远了。

她不断地给他发短信,"你是我的男人,无论如何我会陪你渡过难关,我们永远在一起,你跟我发过誓的,我们要一起慢慢变老……"

黎金土这个被宽恕的男人还不知道他的罪已经被赦免。度假山庄的夜晚空气清凉,上空的月亮也比城市的更亮更圆。他和孟子勤躺在宽大的阳台上晒月亮。他刚点燃一支烟,她说,"不准抽烟,这里空气全是草香,别污染了。"

黎金土叼着烟走进卫生间,把手机打开,短信一条条进来,全是朱聪盈的。他一条条删掉,好像身上什么东西也一点点删掉了。孟子勤跟着也进了卫生间,看他额上布满了细碎的汗珠,"咦,这天气凉快得很,你怎么这么多汗?"

黎金土说,"知道我身体不行了吧?"

孟子勤翻翻白眼,"神经病。"

第六章

1

报纸上刊登了省里公开招聘副厅级干部的通知,没多久上上下下传说钟明报考了最热门的经贸部门一职。有的人说考试是考不倒钟明的,无论是笔试还是面试,他不会输给别人;也有的人说钟明考上了也是白搭,因为明摆着他作风问题这个关不好过,如果能过早当上报社副社长,早就是副厅级了,这种污点是要跟人一辈子的。

朱聪盈真心希望钟明主任竞到这个职位,遂了升职的心愿。她担心他再受打击,和梁蕴的感情会生变故。另一消息又迅速传来,梁蕴在这当口高调复婚,并积极办理工作调动手续,准备调往夫君工作之地。朱聪盈听到消息第一个反应是梁蕴为成全钟明,还没等她上门去探问,梁蕴电话先来,约她到报社附近的餐馆吃午饭。

梁蕴不是为自己的事来找朱聪盈的,在她眼里朱聪盈是一个经历浅显的小女生,像她妹妹甚至女儿,情感之事不可能对话。昨天晚上她参加了公安系统的一个联欢会,在晚会上不经意见到黎金土律师,刚想上前打招呼,却看见孟院长的千金孟子勤揽着黎金土,两人虽说没有当众搂搂抱抱,但交头接耳,笑语欢言,举止亲密,看上去像足一对情人。

梁蕴当即避开他俩,整晚密切观察。据她察言观色,这两人关系不一般,那些前去拍孟院长千金马屁的人,连带着拍起黎金土的马屁,恭敬得很。黎金土充其量不过是个中级水准的律师,无职无权,难道所有人都傻了不成?这些人可都是人精呐。所以她没敢耽搁,第二天找朱聪盈来了。

朱聪盈准时赴约,还带了一罐自己腌制的酸豆角,让梁蕴尝尝她的手艺。梁蕴说,"这是桂北的特产,你是桂西人,怎么学会做这东西了?"

朱聪盈说,"金土爱吃这东西,我学着做,自己也吃出味来了。"

"哦——"梁蕴嚼着酸豆角,琢磨着如何开口谈昨晚上的事。

朱聪盈也不问梁蕴为什么约她出来吃饭,她一肚子话要问梁蕴呢。梁蕴大大方方,朱聪盈问什么她答什么。她承认和丈夫复婚了,调往丈夫工作地的事情也落实了。朱聪盈说,"你在报社干得这么好,到那个小地方去,哪有用武之地,你是为了钟明吧,他为什么不能为你放弃这点功名利禄?"

梁蕴淡然一笑,"我不需要他为我牺牲任何东西,无论如何,我们曾经深爱过对方,我也只能为他做到这步了。"

朱聪盈心里想,要走就走到底,才不枉苦爱一场,今日这般修补漏洞,又何必当初呢?"你们将来有什么打算?"

"将来的事谁说得准,听天由命吧。"梁蕴很轻松地笑笑,"不说我的事了,没意思,你和那个律师怎么样了?"

"还能怎么样,他那个人不浪漫,没情调,整天忙得跟陀螺转似的,乏善可陈。"朱聪盈轻描淡写,她怎么好意思在这个时候显摆和黎金土的恩爱呢,再说各家还有各家难念的一本经呢。黎金土经历那一事,状态一直不太好,对她好像很愧疚,甚至都有躲她的意思。

"没有多少幸福是经得起推敲的",梁蕴叹了一口气,"昨晚我在公安系统的联欢会上见到黎金土了。"

"他是跟我说过要去参加一个联欢会,哎,他应酬多得很,也是没有办法,在外办事事事得求人啊。"

"你认识孟子勤吗?"

"不认识。"

"她是高院院长的女儿,我看她和黎金土好像很熟络,你小心一点,也可能是我多心了……"梁蕴狠狠心说了。

朱聪盈脸上仍然带着笑,"我回去审审他。"

菜上来,两人各怀心事,草草吃上几口,相互告辞了。

回到办公室对着电脑朱聪盈脑袋里头吵吵哄哄,要炸开一般。刚才梁蕴那番话差点把她打晕了,她的修养让她强忍住不动声色。梁蕴不是个大惊小怪的人,没有把握不会跑来跟她说事,她强烈预感梁蕴说的不是猜想,而是实际。她仔细回想这段时间与黎金土的交往,蛛丝马迹水印般洇出来——黎金土的电话少了,她不打过去,他不会打过来;两人见面少了,他还经常爽约,脾气也不好;他的事务所搬了新地方,从来没让她去过;更可怕的是,他说染上了性病,也许就是一桩天大的谎言——

想到这朱聪盈生生打了一个冷战,她不愿再发掘什么蛛丝马迹了,这些一定和那个高院院长的女儿孟子勤有关联,黎金土把和她在一起的时间用在这个女人身上了,黎金土的耐心和爱心也分到这个女人身上了。她怎么可以麻木到这种地步,需要别人的提醒才发现真相,难道她的敏感全给了报纸上的文字?

朱聪盈感到痛心和羞耻,她一遍遍告诫自己:"朱聪盈,你是个有自尊、有文化的女人,你不能哭哭啼啼,吵吵闹闹,该放手时需放手,这是大智慧。"她的指导经验大多是从书本上看来的,潜移默化到身体里一部分,另一部分则是强迫自己接受的。

外来的经验始终压不住自身的想法,她焦躁不安,欲哭无泪,熬到

154

下班时间,忍不住拨了黎金土的电话,"金土,晚上我们一起吃饭好吗？我做酸豆角焖小鱼干。"

"今晚不行,事务所这边有一大堆东西要整理呢。"

朱聪盈通过114查到"正远律师事务所"的具体地址,她到花店买了一盆鸿运当头,送花是她找上门去的理由。

下了的士,她抱着一盆花站在高高的地王大厦跟前。大厦的钢玻璃墙面闪着幽蓝的光,显示它的尊贵和与众不同。这个名气远扬的楼盘作为本市的地标式建筑,当初开盘创下本市楼盘的最高价位,黎金土在这块黄金地有自己的事务所,一定开心坏了,没有人会不开心,傻子也知道开心。

上到二十八楼,电梯门打开,"正远律师事务所"的金色招牌跃入眼帘。朱聪盈走到门口轻轻敲了敲,一个身着白衬衣,系着领带的帅气小伙子出来开门,"您找谁？"

"请问黎律师在吗？"

"他刚下楼,你没碰上吗？"

朱聪盈摇摇头,"没碰上,我是他朋友,挂牌的时候我没空到场祝贺,来给他送盆花。"

小伙子接过朱聪盈递过来的花说,"谢谢。"

朱聪盈说,"我可以参观一下你们的办公室吗？"小伙子迟疑了一下,点点头。

事务所足足占了一层楼,仅接待室就有百把平方米,室内一律是高档的红木家具,相当气派。正面墙上有高院院长的亲笔书法条幅:天道酬勤。朱聪盈怎么看都觉得这个"勤"字特别刺眼。从东南西北各个方向的窗户向往眺望,风景各异,有江景、有公园、有繁华的街道。黎金土好大的手笔,看来他的合作伙伴不简单呢。各间办公室的门关着,无法看到里面的摆设,朱聪盈转了一圈儿离开了。

黎金土和孟子勤是一起应酬去了,和事务所新加盟的几位律师聚餐,庆祝并预祝以后事业兴旺。

第二天黎金土上班看到自己办公室的茶几上放了一盆鸿运当头,本来上面已经搁了一盆兰花,是孟子勤亲自从家里搬来的,两盆花挤一块儿看上去特别别扭。黎金土叫了秘书进来,"小杨,这盆花为什么放在这?茶几又不是专门来摆花的。"

秘书说,"忘了跟你说了,这盆花是昨天下午你离开后一位姓朱的小姐亲自送来的,我一下不知道放哪好,就搁茶几上了。"

黎金土说,"亲自送来的?行了,那就搁茶几上吧。嗯,那个朱小姐待的时间长吗,她说什么没有?"

秘书说,"她没说什么,就待了一小会儿,参观了接待室。"

"啊,从哪里弄这么一盆花?大红大绿,俗不可耐,杨秘书,把它拿到阳台上去吧。"孟子勤风风火火嚷嚷着走进办公室,一屁股坐在沙发上。

杨秘书捧起花盆往外走,顺手把门掩上。

黎金土盯着桌上的一个圆形水印,花盆留下的。"怎么来这么早,不是说好午饭时间碰头?"

孟子勤扑上去抱住黎金土亲了一口,"从昨晚到现在我们已经有九个小时没见面了,我能不来吗?我就在这等你。"

黎金土说,"你要这么粘乎,我什么都不用干了,只有等着吃软饭了。"

"嫌我烦人?我掐你,我掐你……"

腻歪了一阵子,孟子勤还是走了,说是不打扰他了,要他挣大钱来养她。

办公室清静下来,黎金土继续想朱聪盈的事,凭他对她的了解,她上门来扑了一个空应当会给他电话,她没打,这说明她心里藏事了,是发觉什么了吗?他拿起电话,给她拨了过去。"你昨天下午到我事务所来怎么也不提前给我个电话?我和事务所里的几个新同事一起聚餐去了，对了，我看到你给我送的花了，放在我办公室的茶几上呢，今晚上我没什么事，我们去吃麻辣火锅？"

听上去没破绽，朱聪盈应下约会。

吃饭不过是个由头，饭后的交流才是主食。黎金土先起头，"昨天你去我事务所看了觉得怎么样，给点儿意见？"

朱聪盈说，"不错啊，像五星级饭店。"

黎金土说，"怎么听上去像讽刺？为了把事务所弄起来，我背债几十万，不知什么时候才能还清，压力大啊！"

"债主是孟子勤吧？"朱聪盈问得漫不经心。

"是啊，她是最大的债主。"黎金土答得不慌不忙。

"她可真看好你。"

"我和她是合作关系，我们签有协议的，天下没有免费的午餐。"

"你不觉得这样很危险？"她指的是他与孟子勤的关系。

"风险与利润同在，我愿意冒险。"他故意曲解她的意思。

朱聪盈不想再说什么了，黎金土的立场很清楚地摆给她，他和孟子勤的关系是合理的，他不会改变什么，更不会妥协。

2

冯时在这家农家乐休闲山庄已经逗留了近十天。

离开南安他以旅游者的身份来安排自己的生活，没有目的地，走到哪算哪。有时住的是小旅馆，有时住的是五星级大饭店，合心意的地方可以住上一个月，不喜欢的当天走人，瞅准机会顺便做点"小买卖"，玩一玩，调剂调剂。

前个月他晃荡到一处有名的"茶都"，那地方茶好，前来做生意的茶商很多，冯时硬是生生讹了人家二三百斤茶叶，留了一些自饮，剩下的低价转手了；半个月前他为一家五星级宾馆谈了一个赞助活动，免费住店一个星期，那活动却永远没有下文；一星期前他将租来的一辆车子给卖了。他像染了酒瘾，时不时要喝上那么一口润润喉。以前玩的都是大单的，要详细策划，周密布局，参与者众，反倒不如现在这般信手拈来，自得其乐。

冯时喜欢这家农家乐休闲山庄够"土"，吃的饭是柴火烧的，洗澡是在山后边的天然温泉池里，白天可以爬山，晚上可以下田捉黄鳝。他更喜欢观察来这里玩的人。每天来来往往百把号人，旅行社的、单位的、一大家子的、驴友、夫妻、情人……他闲着没事琢磨这些人的来历，再通过搭讪这类手段来印证自己的判断，基本上猜个八九不离十。

冯时特别关注的这一对应该是情人，两人年纪相仿，二十来岁。女的尽管戴了低檐帽，宽边墨镜，仍然看得出眼睛很大，皮肤很白，头发很黑，冯时都忍不住多看了好几眼，他奇怪这么漂亮的姑娘为什么要遮遮掩掩呢，难不成是大明星？男的高大英俊，肌肉厚实，有款有型。这一对璧人吸引了许多人的目光。女的好似怕羞，进了房就很少出门，男的则活跃得很，跟冯时一样上山下河，精力过人。

这对男女住进来的第二天晚上，冯时偶然间撞破了一桩秘密。

他们住的是木楼，窗户对着后山。冯时早上起得早，晚上睡得晚。他晚饭过后心血来潮爬到后山上，这后山几乎没有路，每走一步两手都得攀着石头或树枝，爬到小半山腰上他没往上爬，找了一处稍开阔的地方坐下歇息，看着月亮升到中天。从高处往下看，能看得见下边木楼各房里透出的灯光，有的窗子没拉上帘子，有人影晃动。突然间，冯时瞥见一个黑影鬼鬼祟祟趴在岩石上，看样子是有偷窥癖。

冯时来了兴致，打算吓唬吓唬这龌龊之人。他慢慢潜下山，在离那黑影几尺远的树丛里猫住，顺着黑影窥探的方向，他看到了那一对璧人的亲热表演,洞开的窗户像一块屏幕,两人估计不到后山上有人,肆无忌惮地上演肉搏。黑影手中有微弱亮光在闪,是摄像机。冯时在地上摸了一块石头,石头飞出去,砸到那人背上。那人摸摸后背,转头往山上看,看不到什么,却能感觉到被人发现,赶紧站起来往山下走。那人回头一瞬间,借着月光,冯时看到一张熟悉的脸,任义来,他打死也想不到在这荒郊野外遭遇任义来。

当年最后一别是任义来从南安下广东,说是去讨老婆,还是冯时去送的火车。五六年未谋面,任义来一如既往的瘦,没有几两肉的脸上多的是狠劲和阴沉。

既然是任义来,那就不止是偷窥这么简单了。冯时预感到他这次农家乐之旅又可以玩儿一把了。

他快步追赶任义来。等任义来感觉到有人在身后追的时候,冯时已经追上来了。冯时说,"任哥,慢点走。"听来人叫出他的名字,任义来吃惊地回转头,他看不清是何人。那人上前来搂住他的肩膀说,"任哥,是我,冯时,你是没变,我头发都白尽了,难怪你认不出。"

任义来肩膀颤了颤,在黑暗中努力分辨眼前这张脸,"冯时,真是你,你怎么会在这里?"

冯时说,"我找你找得好辛苦哟,好不容易这才找到了。"

任义来心里一阵哆嗦,"兄弟,前些年我是迫不得已才把你套进去的,我欠人钱,还不上就要被砍,没法子,算我欠你的,我也一直觉得对不起你,现在既然碰上了,你容我把手上的事做完了,我连本带利地还你。"

"任哥你别急,我开玩笑的,今天我只是偶然碰上任哥,不是算账来的,兄弟就是兄弟,过去的事情不必再提了。不过,你今天录下来的东西得交给我。"

"兄弟,为拿到这东西我们费了好几个月的工夫,里面表演的那位也是我的兄弟呢,拿到好处你那份儿我不会少你的。"

"任哥,我也是受人所托,不然这荒郊野外的我上这儿来干吗?这东西我留不下来,以后也不能再混了。"冯时虚张声势,想套任义来的底细。

任义来说,"难道是李娉老公派你来的,她老公已经发现她在外面鬼混了?"

李娉一定是那女的了,冯时心里发笑,点点头。

任义来吐了一口唾沫,"他妈的,她老公怎么发现了,本来想拿这带子去唬她弄些钱,这不白忙一场了?"

冯时说,"你以为人家老公是吃素的?说实话,你这带子好在没拿去交易,真拿去了,你的麻烦就大了。人家要除奸夫淫妇,能让你掺和着起哄?肯定一并收拾了。"

任义来半信半疑,"她老公如果不想让丑事张扬,也该给我一点儿封口费,他一个黑矿主,花点小钱算什么。"

冯时掏出随身携带的一把匕首,抢了个圈儿,刀光在黑夜中闪闪发亮,他嘿嘿笑,"刚才如果不是认出你是任哥,这把刀早在你身上找地方落脚了。我坐了两年牢,时间不长,可这心肠硬是在牢里练硬了,不然人家也不会找我出头干这破事。"

任义来也是出来混的,腰上也藏有类似的一把匕首,可面对冯时,他一点儿拔刀的勇气也没有,不仅因为他以前亏欠冯时的,还因为他确实从冯时的身上感觉到了那股"狠"。他又粗鲁地往地上吐了一口唾沫,把录像带从机子里取出来递给冯时。冯时接过来说,"谢谢任哥。"

任义来说,"不谢,不谢,难得有机会还你的人情,我们两兄弟好久不见,找个地方喝两杯去?"

冯时晃动手上的录像带说,"这事我还要收尾呢,闲不下来,任哥你最好走远点,和谁也别提这事,免得牵扯不清。"

处理?任义来脑子里闪过好几个可怕的念头,嘴上说"后会有期",脚步不停窜进黑夜里。

这半道上截来的东西让冯时小赚了一笔,那漂亮女人是老板养的小蜜,她将自己的秘密买下来花了代价,不过,这事瞒了下来,她就有机会翻本,这账她会算。

　　冯时没觉着太高兴,遇上任义来让他感到凡事冥冥中注定,欠的终究要还。

　　冯时很少做梦,需要考虑的事情放在清醒的状态下考虑,闭上眼睛只做一件事——睡觉,自然不会日有所思,夜有所梦。

　　但这梦是清晰的,像放电影一样:他坐在一辆火车上,看着窗外的景色,突然密封的窗玻璃上贴上来一张脸,朱聪盈披头散发,满脸是泪,不停地拍打窗子,一张一合的嘴里说着什么,冯时一个字也听不到。他手指撬窗,指甲盖顶翻了,窗子也没能拉开半分。朱聪盈那张绝望的脸像一片树叶,从窗子上被风刮没了。冯时吓得大叫,把自己喊醒了,他看墙上的钟,正是午夜。

　　他坐在黑暗中呼呼喘气,心脏吊桶般上下晃荡。他试着拨打朱聪盈的手机,手机竟然没关机。冯时第一句话是,"聪盈,你还好吧?"

　　朱聪盈说,"好啊,我在看书。"

　　冯时松了一口气,"我刚刚做了一个不好的梦,梦到你了。"

　　朱聪盈说,"梦都是反的,我在你梦里怎么了?"

　　冯时说,"没什么,听到你声音就好了,你早点休息吧,很晚了。"

　　朱聪盈说,"陪我聊聊天吧,我睡不着。"

　　冯时说,"好啊,聊聊,对付睡不着觉我有好方法,是一个和尚教我的。首先平躺在床上,把手搁在肚脐眼儿上,然后缓缓地吸气,呼气,注意力放在手的起伏上,不一会儿肯定睡着。"

　　"哪个庙里的和尚教你的?"

　　"五台山,我在那里住过半个月,一个高僧传了我这个大法。"

　　朱聪盈呵呵笑,"那我一定试试。"

　　"还有一种运动也挺适合你的,游泳,这种运动不用找对手,不用人陪同,自得其乐,很放松的,我烦闷的时候会去游上一小时,回到家身子又软又累,头碰上枕头就睡着了。"

朱聪盈说,"我还是散散步行了,我以前每天晚上都在报社大院走上几十分钟,很长一段时间没有走了。"

冯时说,"那就散步吧,这也是一个好习惯。"

朱聪盈说,"好了,不说我了,你在外面一切都好吗?"

"很好,做我想做的事,自由自在。"

"那就好,我要试试吐纳功了,晚安。"

"晚安。"

朱聪盈没有操练什么吐纳功,她穿好衣服,走到楼下,月光很淡,水汽清凉,整个小区没睡的只有她和保安了。她忍不住要想黎金土这个时候是不是睡下了,在睡之前他有没有想到他,或者他和那个叫孟子勤的在一起?

黎金土确实是和孟子勤在一起,这两人有一个显著的共同点,都是夜猫子,愈夜愈精神。他们依偎着欣赏一部讲述律师生活的片子,美国的。黎金土说,"这样的律师做起来才有意思。"孟子勤说,"你只会比他更好。"

3

大周末的没什么事,朱聪盈先到健身中心游了一个小时的泳,然后再到超市买菜准备自己做饭吃。

超市里乱哄哄的,大家都赶在周末出来买东西,看到收银台跟前一长串队伍,朱聪盈有点儿后悔,早知道在街边吃个快餐就好了,省事。她的手机响了好几遍,她才听到动静,拿起来听,赵琼嘴巴不干不净的,"快中午了,你还在和男朋友亲热呀,连电话都不接?"

朱聪盈说，"你这张破嘴，你没听到我周围乱哄哄的？我在超市买菜。"

赵琼说，"别买了，中午过来和我一起吃，我老公出差了，就我婆婆和我在家，怪闷的。我婆婆的厨艺很好，做一手地道的湖南菜，你过来顺便帮我买一双拖鞋，现在脚肿大了，原来的穿不下了，要三十八码的。"

为一餐饭跑老远的路，朱聪盈没那份儿心情，可这要捎东西她就不好推托了。虽然参加了赵琼的婚礼，赵琼的新家她一次没去过。她买好东西按照赵琼说的地址连倒几趟公车，花了将近一个小时才摸到家门口。看来赵琼家的林教授确实是个重量级人物，学校分给连体别墅最靠边的一幢，坐落在绿树丛中，屋前有一个很大的院子，绿草地，红色花，白色摇椅。朱聪盈叹口气，"人比人就是要气死人。"

朱聪盈摁门铃，门里静悄悄的，无人应声，再摁仍然无人答应。她想难道是自己听错了？赵琼可能是让她晚上来的，一般请人吃饭都是晚上。这么大老远地来一趟，至少鞋子给人送到手里吧。她拨打赵琼的手机，手机是通的，无人接听。现在讲科学，孕妇都不太用手机，估计赵琼没将手机放在身边，这时间难道婆媳俩散步去了？朱聪盈在摇椅上坐着耐心等待，希望赵琼能反打过来。过了半个小时，她坐不住了，肚子空得难受。她走到窗边，趴着窗户朝里叫唤，"赵琼，赵琼——"，一边试着把装拖鞋的盒子扔到房里去。

屋里阳光充足，看出整个装修是欧式的，大吊灯、镶金边的白沙发、壁炉、高脚烛台——朱聪盈的目光迅速返回壁炉边，那里露出一只脚，一只没有穿鞋的脚，苍白、肥大、怪异地伸在壁炉边，朱聪盈后背嗖的凉了，一声尖厉的喊声从她的喉咙跑出来。

赵琼和她的婆婆在家中被人谋杀，虽然是两个人，却是三条命，那个在赵琼肚里的孩子已经七个多月。这成了南安市轰动一时的大案。

冯时教导的方法也不管用，朱聪盈还是睡不着觉，她不敢闭上眼睛,闭上眼总看到一只苍白肿大的脚,像是向她讨要鞋子穿。她既后悔又后怕,如果那天她早到一个小时,是不是能阻止这场悲剧?又或者她也遭到同样的噩运?她和赵琼虽然没有十分深厚的友谊,但这个美丽的姑娘曾经和她朝夕相处,亲密交谈。一个年轻鲜活的生命突然戛然而止,化为尘土,让她对死亡绝望地敬畏,死是容易的,比活着要简单干脆得多。

出事后,前来探望朱聪盈的亲朋好友很多,她真正想见的那个人很少出现,他对她经历这么一件大事竟然懵然不知,她不屑告诉他,她认为如果他关心她自然应该知道。只可惜他真不知道。

黎金土最早了解这事是从孟子勤那里。孟子勤说,"《南安日报》有一个女职工和她婆婆在家里被人杀了,那女人肚子里还有七个月大的孩子,两尸三命,造孽啊。"朱聪盈是《南安日报》的,但不是孕妇,黎金土听了没放在心上,现在他耳里每天听到的都是案子。

伍姨和祖康劝朱聪盈搬回家里去住一段时间,她没这么做,一来是怕父亲操心,二来是不想和翟阿姨撞面。伍姨劝不动她,干脆搬过来陪她住。伍姨有自己的一套老办法,每天晚上临睡前,拿着朱聪盈的一件衣服到外边一遍遍叫唤朱聪盈的名字,叫回来把衣服塞到枕头下,让朱聪盈枕着睡。

朱聪盈看着伍姨的举动,心里暖洋洋的。"伍姨,记不记得以前你晚上到我家,我老是赖着不让你走,让你和我睡,在我们家过夜,我妈恨死我了,总骂我是替别人养的。"

伍姨笑了,"你是越大越不和我亲了,平时难得见一次面,电话也少打,现在要听你叫我一声妈是更难了。"

朱聪盈叫了一声"妈"——尾巴拖得长长的,"你现在是我最亲的人了。"

伍姨说,"以后你要嫁人,那个人才是你的依靠,是你最亲的人,伍姨跟不了你一辈子。"

朱聪盈说，"亲人比爱人可靠，你不要离开我。"

伍姨说，"睡吧，伍姨陪着你。"

两人躺在床上说话，一边放着伍姨带来的《大悲咒》的CD，这方法好像挺管用，朱聪盈经常说着说着就睡着了。

当黎金土最后知道朱聪盈是那场惨剧的见证人时，他的心狠狠抽搐了一下，朱聪盈的倔强让他吃惊，他心疼她是怎么度过这些日子的？她没向他诉半句苦，也没要求他为她做什么，这是否说明她并不打算从他这里得到任何安慰，或者说明她已经洞察他的背叛？如果是这样，她背负的东西就更沉了。

朱聪盈还在休假，没有上班，黎金土事先没打招呼，直接到她的住处。他有她家的钥匙，许久不来了，他选择了敲门。朱聪盈拉开房门，外面站着黎金土，这让她非常意外，她已经记不清他有多久没进她的门了。她在短短的日子里迅速消瘦，两只受惊吓的眼睛蒙着一层雾水一样的东西，游移不定。她把他让进房里，一言不发。

他将她揽进怀里，"对不起，真的对不起，发生这么大的事情，我没有陪在你的身边，我真不配做你的男朋友。"

朱聪盈说，"你还在乎我的感受？"

黎金土说，"怎么会不在乎，除了我妈妈，你是我生命中最重要的女人。"

朱聪盈挣开黎金土的怀抱，直视他的眼睛，"我们之间已经不需要谎话了。"

黎金土说，"宝贝，我怎么会骗你呢？一听到这消息我心疼坏了，你受苦了。"他再把她紧紧搂入怀中。

朱聪盈哭了，这么些天她第一次痛快淋漓地哭出来，把他的肩膀湿透了。"金土，答应我，别离开我，我真的很爱你。"她像一只在风雨中丢失巢窝的鸟儿，重新找到栖息之地。

黎金土点点头，"相信我，我会处理好一切的。"

承诺既轻易又艰难地许了出去，黎金土不知道自己能做些什么，他唯一能做的就是什么也不做，做一天和尚撞一天钟。

　　朱聪盈和孟子勤这两个女人，如果要他选一个娶回家，他选朱聪盈，朱聪盈更适合妻子的角色，孟子勤则像个合作伙伴，他们还签有协议，这事儿他至今无法释怀。朱聪盈依赖他，对他死心塌地，离了他就像割肉，这早为事实证明了。而孟子勤应该是坚强的，一个在生意场上闯荡的女人，有家世，有身家，除了精明，必备这样的素质。

　　当黎金土心中的天平倾向朱聪盈这头的时候，他做过最坏的打算，如果有一天孟子勤因为朱聪盈跟他翻脸，他愿意承认一切都是他的错。他有私心，他断定孟子勤不会要死要活，更不会放下身段和别人抢男人，这点傲气她有，她会放他一马，他相信一定会。

　　黎金土算计来算计去，就是没料到孟子勤怀孕了。

　　孟子勤容光焕发，笑容挂在嘴角边上，"想不到有一天我会奉子成婚。"

　　黎金土在朱聪盈那里得过教训，知道女人喜欢拿这事儿试验男人。"别逗我开心啊，到时候生不出来你就知道错了。"

　　孟子勤骄傲地将医院化验单摔给黎金土，"自己看去。"

　　一个"阳"字让黎金土的脑袋凭空大了一圈儿，他脸色灰白，说话都结巴了，"你也知道的，事务所刚刚弄起来，投了这么一大笔钱，起码先收回成本不是？我们可不可以先不要这个孩子？"

　　孟子勤说，"就怕你舍不得，医生说了，是双胞胎，再说了，生孩子有你什么事，你该干嘛还干嘛。"

　　"你有什么打算？"

　　"你问我有什么打算？你不会让我把孩子生下来再去登记结婚吧。对了，这事先别传出去，把婚礼办了再说，我可不想让人说我是奉子成婚。哎呀，不能再拖了，肚子大起来怎么穿婚纱呀……"

　　黎金土心里长长叹气，他注定是要将朱聪盈辜负到底了。

他纵然有铁打的心肠，百变的机智，巧舌如簧的嘴巴，还是缺了勇气站到朱聪盈的跟前，亲口把他的承诺粉碎。他想来想去，祖康是一个最好的中介。他约了祖康出来，将他和孟子勤的前前后后说了，然后说，"大家都是男人，你应该能理解我。"话音未落，祖康上前狠狠地扇了他一巴掌，"我没有办法理解，我真替聪盈感到悲哀，怎么遇上你这么个无耻之徒。"

黎金土摸摸脸苦笑，"今天我约你出来，已经做好让你揍一顿的准备，我和聪盈有缘无分，这是命。她现在的状况你知道的，照顾好她，替我转告一声对不起，欠她的下辈子我还。"

祖康说，"这是命？看来你的运气不错，祝福你一生大富大贵，不被人抛弃，不遭人背叛。"

黎金土苦笑，"我就把这当好话来听了。"

祖康说，"如果你还有点儿良心，你自己去跟朱聪盈说实话，不要让她再有幻想，这才是对她真仁慈。"

黎金土说，"你再给我几巴掌吧，我没办法面对她。"他摊开双手，也觉得自己像一个无赖。他摆手跟祖康说再见，跳上车，发动马达，把一个沉重的包袱完全扔到身后。

祖康一向自诩修身养性的功夫已经到家，面对黎金土方知他的修炼最多只有两重火候，刚才那一会儿他杀人的心都有了。与黎金土的账可以慢慢算，将实情告之朱聪盈才是难题。正像他自己说的，实话对朱聪盈是真仁慈，他拿这个来督促自己下决心。事前他做足功课，临了却方寸大乱，这比他论文答辩的难度要大得多。他站在朱聪盈跟前说得满头大汗，手舞足蹈，他一边说一边骂，黎金土在他嘴里死了上百回，"这样的男人不要也罢"，这是他的结论。

朱聪盈坐在沙发上，从头至尾不插嘴，安安静静地像听课，等祖康说完，她用一种奇怪的眼光看着他说，"为什么是你来说，黎金土为什么不亲自来和我说？"然后她自己解答，"对了，他怕见我，他不好意思和我说,他可能还怕我会寻死觅活。"

"祖康,他小瞧我,你别小瞧我,你看我哭了吗,喊了吗?其实我早有思想准备,只是想不到这一天说来就来了,说不难过是假,但这个关我能过,慢刀割肉,割到最后根本不痛了。"

祖康知道她一定不如她说的这般从容,她拒绝把伤口露出来,你就不能去揭开它。

4

赵琼的事还没有过去,朱聪盈不止一次到有关部门去接受问话,协助调查。刑侦人员向她了解吴胜天的情况,他与赵琼分手的原因等等,她意外地了解到吴胜天成了最大的嫌疑人,因为案发现场附近有他的指纹,在赵琼遇害前他们还通过电话。她一再地替吴胜天辨白,"他不可能是凶手,他爱赵琼,很爱。"

对方说,"难道你没听说过因爱生恨吗?"

这一解释让朱聪盈为难了,她不情愿却不得不将赵琼婚礼上发生的那一幕说出来,那时候吴胜天确实抱了同归于尽的想法。

吴胜天作为嫌疑人被公安机关关押起来。朱聪盈通过熟人获知,他完全不配合调查,他说的最多的一句话是,"你们认为凶手是我就是我吧,我认罪。"

朱聪盈不相信吴胜天能亲手杀害赵琼,她决定为吴胜天请一位律师,黎金土是她想到的第一人选。她没有想太多,径直找上正远律师事务所。

黎金土把包袱甩给祖康后尚有担忧,见朱聪盈找上门来,赶紧做好应战准备。朱聪盈走进办公室,他马上把办公室的门关上。

朱聪盈直奔主题,"我想请你出面替吴胜天做辩护律师。"

黎金土悄悄松了一口气,"他极有可能是杀害赵琼的凶手,为什么要替他辩护?何况他也认罪了。"

朱聪盈说,"他不可能是凶手,我知道他对赵琼的感情,尽管赵琼负了他,他决不会用毁灭的形式来报复,他的心肠没有那么硬。"

黎金土把朱聪盈说的话往自己身上套,难道她是想通过这件事情来警告他,来向她表明一种态度?他说,"我最近接了很多案子,根本做不完,这个吴胜天的事情还是交给他的家属,让他的家属出面找其他律师吧。"

朱聪盈说,"记得我们第一次认识,是我采访你替民工义务打官司的事迹,你那时让我很敬佩。黎律师,算我求你,替吴胜天打这个官司,还一个无辜的人清白。"

黎金土前后思忖,看不出朱聪盈借这个案子纠缠于他的任何端倪,索性卖个人情,"好吧,看在你的面子上我替他辩护,而且我向你保证,不管他真有罪假有罪,最后的结果对他会是最有利的。"

朱聪盈淡然一笑,"谢谢,你这方面的能力我从来不怀疑。"她说完离开了律师事务所,一句多余的话也没有。

看着那离去的窈窕背影,黎金土心上怅然若失,朱聪盈能不计前嫌地找上门来请他当律师,这份从容哪里还有半分情意牵扯在里面?亏他到现在还怀着负罪感呢,这世道,谁离了谁不能活?

其实眼睛看到的,不一定是事实。黎金土那颗负罪的心完全得以解脱的时候,朱聪盈的冷暖只剩下她自己来体味了。

吴胜天的事情黎金土马上介入了,在他的努力下,吴胜天开始配合警方的调查。

吴胜天向警方说明,他那天到赵琼家里是去道别的,他申请了自费留学,出国签证办下来了,临走前想见她一面。他到了她家门外,赵琼亲自来开的门,不过她没有让他进屋,她听完他的道别就让他走了。他说如果知道有后面的事,他死活也要待着不走了。

警方多方努力最后查出真凶，是此前到赵琼家安装空调的一位工人。那天赵琼找他回来检修，付工钱时对方起贪念，谋财而害命。

黎金土因为成功替吴胜天脱罪，名声更上一层楼，这是后话了。

5

太阳穴如针扎，朱聪盈吃了两片从药店买回来的止痛药，不到两分钟翻江倒海吐出来。她已经有一个多月，三十多天，每天睡眠不到三小时，她也奇怪自己怎么还能活到现在。她不仅头痛还心慌，四肢冰冷无力，她想她是快要香消玉殒了。

十有八九是脑袋里长了瘤子，朱聪盈进一步想到有朝一日头发被剃光，头盖骨被锯开，从里面掏出一只状如鸟蛋的东西，然后，斜鼻子歪眼歪嘴巴了此残生。她哭了，为自己凄凉的前景断断续续哭了五个多小时，从傍晚一直哭到夜半，她没有吃饭，没有喝一口水，可流出的泪水几乎把枕头浮起来。

励志书上说，你必须先爱自己，别人才会爱你。朱聪盈爬起来冲了一杯牛奶服下，然后给祖康拨电话。从祖康浓重的鼻音判断，他已睡下，是活生生被拽醒的。朱聪盈说，"祖康，明天我到你们医院做脑部CT，算了，还是做核磁共振，听说CT损伤脑细胞，你帮我走个后门，我没力气排队。"没等祖康发问她把电话挂了。

祖康穿着白大褂站在人民医院的大门口，他身体修长，面色如玉，目光笃定平和，在早晨清澈的空气里显得玉树临风。朱聪盈心里嘀咕，这小子好像越长越帅气了。她蜡黄的脸蛋打了粉，两只紫黑眼圈粉压不住，溢出暗边，眼睛大了一圈儿，整个人反倒瘦缩一号，走路如蜻蜓点水。看到朱聪盈从的士上下来，那个小她七个月一辈子只能做弟弟的男人眼里有了慈父般的神情。

祖康问为什么要做核磁共振？朱聪盈说，"头疼，脑子里面可能长了东西。"

祖康在她脑袋上敲了敲说，"如果不让你做，你想也能想出一个来。"

准备做核磁共振，朱聪盈被罩在一个金属圆桶里，圆桶不仅小还黑，她连身都翻不了。朱聪盈大喊祖康的名字，"祖康，祖康，这里面像棺材。"她的声音在圆桶里嗡嗡作响。

祖康说，"别害怕，我在外面，你不舒服叫一声，我马上把你弄出来。"为了表明他确实近在咫尺，他一只手伸进来在她脑袋上摸了摸。

朱聪盈没有因此平静下来，相反的，随着核磁进行，机器发出令人焦躁的卡——卡——卡声，在一个狭仄的空间里，她感觉呼吸快停止了，她手舞足蹈哭叫，"让我出去，马上让我出去。"不等朱聪盈一脸鼻涕眼泪地被拉出来，人已经晕厥过去。

祖康将朱聪盈送到神经内科，招来几名专家会诊。在她清醒之后，他们问了一大堆的问题，最后专家们得出医学结论，她的身体任何零件没有问题，她患上了忧郁症。

"谁说我得了忧郁症，我凭什么得忧郁症？你我这样的人都得忧郁症，别人还要不要活？我学习好、模样好、人缘好，读名牌大学，工作出色，谁敢说我有忧郁症？"朱聪盈对祖康狂哮怒号。

朱聪盈的抽屉里放着专家开出的罗拉西泮，百忧解，这是全世界忧郁症病人的药，名人或者老百姓都吃同样的药，这是医生说的，因为朱聪盈问他吃这药会不会变傻？医生告诉她布什、克林顿包括他们的夫人都吃这药。有几个重量级的名人做伴，她的心稍稍放下。

主说荆棘上岂能摘葡萄呢？蒺藜里岂能摘无花果呢？这样，凡好树都结好果子，惟独坏树结坏果子。好树不能结坏果子，坏树不能结好果子。凡不结好果子的树，就砍下来，丢在火里。朱聪盈掩卷长叹，"我是一棵结坏果子的树，靠药物来麻痹神经。"

祖康隔天过来给朱聪盈做按摩，帮助她放松。朱聪盈没有排斥这种治疗，自从祖康作为黎金土的"传话人"，他们的关系再进一层，真是越来越像自家人了，这方面的事她不需要向他遮遮掩掩。

作为一名骨伤科大夫，祖康捏拿有一套本事，他的手顺着她的头顶一寸寸按到脚踝，再往下到一根根脚趾头。跟着他的手指，朱聪盈感觉身上的经脉像一棵枝桠繁多的树木，这棵树正在一点点地枯干，靠着祖康推血过宫的招数得以枯木逢春。

祖康鼻尖冒出细汗，他将衬衣除去，身上只剩一件背心，两条健壮的手臂赫然暴露，肌腱肉如鼠窜。祖康脸上没几两肉，里面内容如此丰富倒让朱聪盈刮目相看。她忍不住调侃他了，"小弟，练几年了？"

祖康一开始还不知她所指，看她眼睛不尊重又讥诮地盯着他的手臂，眉头一皱，咬咬牙，手上加了力，朱聪盈痛得哇哇叫，"我是在夸你呢，用得着这么下狠手吗？"

祖康说，"你不是问我练几年了吗，我就是这么练出来的，用你们来练就够了，还用得着上健身中心吗？"

祖康的话唤醒朱聪盈一桩记忆，"祖康，你这医生是不是当得很不情愿，不会怪你妈和我吧？"

问这个问题是有背景的。当年朱聪盈和祖康刚上高中，母亲说，盈盈以后读医科吧，女孩子做医生好，稳稳当当、安安静静的一份工作。伍姨也说，"是啊，盈盈，你妈妈身体不好，家里有个做医生的能随时照应。"朱聪盈那时候已经雄心勃勃要做个大记者，扬名立万，当医生闷头闷脑的职业压根没想过。她说，"我才不读呢，有病就上医院呗，非得家里养一个医生才算数啊。"伍姨说，"盈盈不喜欢，那就让祖康学医吧。"朱聪盈说，"祖康跟我说过他要学法律的。"伍姨说，"祖康的性格学医最合适了，他太温和，一点攻击性也没有，如果当律师还不完蛋？"

后来伍姨是怎么说服祖康的不知道，反正祖康从高一跳级读高三,反过来比朱聪盈早两年高考,当年报考了医科大学,成绩优秀一举命中。

祖康说,"你不会以为我的医科大学是为了你念的吧? 你没有这么大的魅力。"

朱聪盈一点儿不生气,她暗暗叹气,她从小欺负祖康欺负到大,这也许是命中的亏欠吧。她说,"祖康,对不起。"

祖康愣了好一会儿,他一辈子也想不到能从朱聪盈的嘴里听到这个词。

"伍姨把我当亲生女儿,你对我也比对亲姐姐还好,祖康,你们的好我记着呢。"

"我们不需要你记着,我们只盼望你好,朱聪盈,听我一句,别死撑死憋着,把心里头的不痛快倒出来,能有天大的事? 想想我,暗恋你二十多年,你领过半分情吗? 我不照样长得人高马大,站在这里让你继续欺负。"

朱聪盈扑哧笑了, 脑子里的弦松不到半秒, 马上又转别个念头——把心里头不痛快的事情倒出来,说给你听吗,小弟弟? 不说你小了我七个月,就是小七天,我们的心理距离也至少有七年。她夸张地连连打了几个呵欠说,"我想睡了。"她闭上眼睛,把被子拉到下巴磕。祖康说,"药都吃了吗? "她点点头。

祖康熄灯,关上房门走了。门锁咔嚓碰上,朱聪盈的眼睛立即睁开,熠熠如夜明珠。

黎金土在干什么呢? 这时间他一定没有睡,他喜欢晚睡晚起,星期天可以睡到中午。假如我有一枚巫师的水晶球就好了, 能随时看到他;为什么要想他? 这个没有心的男人,他会后悔的,总有一天他会发现这世上对他最好的人就是我;老天爷,让他的腿残了吧,让所有的人都离开他,我再去照顾他,他想上哪儿都离不开我了,只有我会陪伴他一辈子……

　　几乎每个晚上朱聪盈都在这样纷乱的思绪中熬到天光,她知道自己病入膏肓。

　　下班时间刚到,伍姨的电话来了,说已经在屋外等她了,朱聪盈匆匆收拾赶回宿舍。

　　伍姨手上拎着一只分量不轻的口袋,笑眯眯看着朱聪盈。她新烫了头发,挽个髻,额前刘海时髦地三七分,脸上化了淡妆,越发显得白里透红,一身宽松的绿绸衫迎风飘展,整个看上去贵气逼人。朱聪盈见伍姨,像迷路的孩子见到娘,鼻子一酸,险些掉泪,掩饰着喊起来,"哇,哪里来的美少妇!"伍姨说,"胡说,赶快开门,给你带好吃的来了。"

　　朱聪盈接过伍姨手里的袋子,两人簇拥着进了门。伍姨进门先下厨房熬猪肚胡椒汤,猪肚胡椒汤煮馄饨她一直喜欢,小时候还发过豪言,等挣了工资天天吃猪肚胡椒汤馄饨。她歪躺在沙发上看电视,个把小时后,伍姨把热气腾腾的馄饨端上桌。她从碗里捞起一只嗅嗅,咬了一口,完全没有过去的虎狼之势,在伍姨热切的目光中,她勉强把一只馄饨消灭,剩下的连闻也不想闻了。她的食欲和睡眠是同时被败坏的。

　　她抱歉地说,"伍姨,我这段时间减肥,晚饭只吃一只水果,胃口弄小了,吃不下什么东西。"

　　伍姨说,"减肥,你这样子还要减,想减成白骨精?不行,你这离我家近,以后晚上上我家去,一块儿做饭吃。"

　　"算了,我一个人自由惯了,吃多吃少随意。"

　　"晚上有空我过来陪你,帮你收拾收拾房子,你不嫌伍姨烦吧?"

　　"伍姨,你是不是听祖康说我什么不对了,来监视我?我不会自杀的,你们放心。"

　　伍姨眼睛瞪大了,嘴里呸呸两声,"你和祖康闹别扭了?你们年轻人也是的,动不动要死要活,有这么严重吗?"

　　朱聪盈说,"妈,难道祖康没有告诉你吗,我失恋了。"她不怕和伍

174

姨说她的心事，因为伍姨一辈子也在爱着一个有妇之夫，她的父亲。祖康让她把心里的不痛快倒出来她就倒给伍姨。她还有一个奇怪的念头，伍姨一辈子爱的人并不爱她，可她为什么没有忧郁症？

"他明明辜负了我，可我为什么还时时想念他？我怀念我们在一起的日子，回想他说过的每一句话，我们说过要一起慢慢变老，难道说过的话都变成了空气，到底有没有永远的爱情，或者只是我得不到？伍姨，我脑子很乱，我不敢闲下来，一闲下来我就想这些事……"

伍姨说，"可怜的孩子，你对他还有爱，就不要当自己失恋了，那感觉是属于你的，谁也夺不去。你一定以为伍姨也失过恋，其实在我心里，从来没有失恋，因为我一生未曾失去对那人恋爱的感觉，我不在乎他变或不变，我享受我的不变。"

朱聪盈想自己是永远不能理解伍姨一个人的地老天荒了。

伍姨要留下来陪她过夜，她拒绝了。她吃药上床，药物好像没有发生效用，她惧怕夜色弥漫，黑暗让她想起阴森森的棺材，她害怕合上眼睛，感觉人一迷糊，棺材盖就会合上。在亢奋和疲惫的拉锯过程中，她的双腿像垂死的青蛙一样抽搐，她拼命控制不断向黑暗坠去的身体……

她拿起手机，发抖的手在翻找一个号码，那个号码她从未用过，它存在她的手机里默默地等待着有一天为她启用。原来在她心中，他是最后的依靠。她几乎是哭喊着给冯时挂了电话，"冯时，你快回来，我真的快要死了。"她不知道对方是不是听到了，因为她又晕了过去。

6

冯时随喜哥杂技团走了十几个县城。

喜哥杂技团是冯时偶然间遇上的，类似于民间的杂耍班子，主要演出杂耍、魔术，还有些不伦不类的现代舞。玩魔术的是杂技团的头儿，叫喜哥，年过半百，表演吞剑吐火，也会大变活人，天女散花。冯时看了喜哥的节目找到后台，问喜哥认不认识一个叫冯春的人。喜哥说不认识，还问冯春是干什么的。

冯时说，"他是你的同行，教过我一些魔术的小手段。我自小对魔术有老大的兴趣，可不可以拜你为师，随你的团，给你打下手，我自己管饭。"

喜哥上下打量冯时说，"我们走南闯北纯粹为了一碗饭，小兄弟，看你模样是闲得发慌，出来消遣的吧。"

冯时说，"干你这行是我打小的愿望，我不骗你，骗你也没钱赚。"

喜哥哈哈大笑，"你跟着我，我没半分损失，也不怕你抢我饭碗，你爱来就来吧。"

于是冯时参加了喜哥的杂技团。后来，他还上台演出。喜哥称冯时是奇人，走江湖的本事一点儿不留地传给冯时。再后来，冯时替喜哥上台大变活人、天女散花。

冯时跟着杂技团四处演出，乐得不行，他甚至觉得下半生这么过也挺美。要不是朱聪盈半夜打来电话，他不知道还要晃荡到什么时候。

那个手机号码本来就是为朱聪盈一个人准备的，他从来都开着机，一直盼望这个手机响，什么时候响就说明她想到他了，他等了好几个月，没响过一次，他想这也好，说明她日子过得不错。

手机一响却来势汹汹，她的声音像是从隧洞里传来的，绝望无助，只有一句话"冯时，你快回来，我真的快要死了"，他打了一个冷战，想起前些日子做的梦，他没有耽搁一分钟，连跟喜哥一个招呼也顾不上打，什么也没收拾就往飞机场赶，这时间只赶上最后一个航班，到达朱聪盈屋外已经是凌晨两点。他坐在她的门口，一直坐到天亮。

早晨祖康带早餐过来，看到门边坐着一个人，花白的脑袋埋在手臂里，他推了推，那人睁开迷糊的眼睛。

"冯时！"

"祖康！"

冯时往屋里看了一眼，"她好吗？"

祖康拉着冯时往走廊的另一头走去，将朱聪盈经历的一一告之冯时，同事惨死，黎金土移情，一桩接一桩的。"医生已确诊她是患上忧郁症了，她表面上看起来挺好，心里什么都放不下，死扛着，这样下去早晚是要垮的"，祖康说。

冯时眉头紧皱，懊恼自己与南安这边全无信息交流，山中方七日，世上已千年，他在外边逍遥，朱聪盈在这边受罪，现在他有多大的能力替她修复还原？祖康将手中的饭盒递给他说，"这是聪盈喜欢吃的锅烧粉，你给她送进去吧。"

冯时说，"我给她送去？"

祖康拍拍冯时的肩膀说，"是个瞎子也看得出你喜欢她，希望你能把她劝回来，我不行，她把我当弟弟使唤。"

冯时轻轻叩响房门。朱聪盈拉开房门，脸色苍白，眼睛无神，"怎么是你？"她并不记得昨晚上给他去过电话。

冯时不用解释，他听到她的召唤就够了。他放下手上的东西，微笑着展开双手，"到哥哥这里来，抱一下。"

朱聪盈眼泪涌出来，毫无顾忌地扎进冯时的怀里，她在他的怀里哭得惊天动地，他抚着她的头发说，"都会过去的，以后你想起现在这副样子，一定觉得自己很傻。还记得我在平林车站大冬天的穿着 T 恤衫，清鼻涕直流的样子吗？够衰够傻吧，偏偏还遇上你。事情会往好的方向走，只要你相信它会越变越好。"

朱聪盈离开冯时的怀抱，摇摇头说，"这样的好事不会落到我身上，我的身上没有奇迹。冯时，你不是会玩魔术吗，你不是能创造奇迹吗？你能让叶认真慢慢走起路来，你能从一个街边赌钱的小混混变成一个大老板，你能不能把他还给我，让他回到我的身边？"

冯时说，"聪盈，这是不可能的事，你要接受现实。"

朱聪盈恢复了冷漠的神色，"不用说了，你们每个人说的话都一样。放心吧，我不会自杀，这日子我会一天天过下去。"她走到床边，身子倒到床上，"你走吧，我还想再睡一会儿。"

冯时无话可说，悄无声息地退出门去。她要他做的，他一定替她做到。

窗外的雨下得很大，炸耳的雷声不时响起。因为是星期天，不需要上班，朱聪盈在床上又躺了一天，躺得骨头像散了一般。天已经黑透了，她也懒得起身开灯，开了还是要关的，睡了还是要醒的，每天都一个样。她想，人在什么情境中最脆弱？生病的时候肯定是一种情境了。一个人虚弱无力地躺着，想着那个与自己隔离的花花世界，想着外面五颜六色的人群中有没有一个人牵挂自己，想着想着争强好胜的心去了大半；酒意七分的时候又是一种情境了，恨的更恨了，爱的更爱了，痛苦的更痛苦，放纵的更放纵了；还有一种情境就是她现在经历着的，窗外是暗夜，还有瓢泼的雨声、间歇的雷声及闪电。小时候遇上这种天气，一家人待在屋子里，母亲总喜欢一遍遍地对她说，"一家人在一起就好了，管它外边下冰雹还是石头。"

她又想黎金土了。在这样恶劣的天气里，他是不是和孟子勤抱作一团，说类似母亲说的那句话，——管它外边下冰雹还是石头，两个人在一起就好？

房门咚咚，"是我。""谁？""是我。"

一个熟悉得让朱聪盈惊惶失措的声音，她不太置信地拉开门，门外站着的果真是黎金土。她说，"你找我？"她的声音是礼貌的，拒人于千里之外的。她暗自叹气，难怪忧郁症会找上她，人格彻底分裂，脑子里刚想着的人出现在眼前，便能装作遗忘了一千年。

黎金土不在乎朱聪盈的态度，笑眯眯地看着她说，"这地方我只认识你一个，我可以进去吧？"

朱聪盈把房门开到最大，让他可以进来，不用与她的身体有分毫接触。黎金土还是与她大面积地接触，几乎是挤着她进门。他身上湿透了，但热气腾腾。不等她把门关上，他已经把她压在墙上，他的热量和湿度穿透她的棉布睡衣入侵她的身体。朱聪盈闻到一股烟酒气，她这里应该是一场应酬后的第二场，她的思维总是这么活跃和敏感，他时常说她是自找苦吃，也许这真令她丧失了许多快乐。

她继续分裂，推开黎金土说，"这么晚了，找我有事吗？"

黎金土像老鼠一样吱吱笑，似乎在嘲笑她的假正经。"难道你不想我来吗？"他嘴巴凑向她的脸颊，双手环抱她的腰，这是她熟悉的动作，熟悉的气味，她面红耳赤，气短心跳，她告诉自己随他去吧，天不会塌下来的。可她的实际行动是将脑袋歪到一边，甩开他的手说，"发酒疯到别的地方发去！"

黎金土的神色稍微正经了些，"盈盈，我一直在考虑我们的关系，目前我确实没有办法安置好你，你可不可以再等等，再过上几年，我们也许可以在一起，这种事急不来，你这么一心一意对我，我不会对你不负责的……"

黎金土的语气多少有些居高临下，仿佛他来是因为要谢恩，感谢她执着地爱他。"黎金土，这又是你给我的承诺？你的意思是我们继续以前的关系，我做你的情人，等着你有一天把我娶回家？"朱聪盈喋喋冷笑。

黎金土不耐烦了，"那你要我怎么样，抛下我的亲生骨肉，和那个女人一刀两断？这样一来我的整个人际关系网全部作废，你喜欢这样？"

这才是真实的黎金土，她念念不忘的男人。"你以为你是救世主吗？你太高看自己了。在你决定让祖康来和我说明真相那一天，我们的情份已经尽了。"

黎金土耸耸肩膀，"想得开就好，你还年轻，事情经历多了自然能体会这日子没有了谁都不是大不了的事,祝你早日康复。"他挺直身体,看来醉得不是太厉害。

黎金土出门,门未掩,朱聪盈上前,关上,上了保险锁。她多次想象与黎金土重逢的情景,在想象中她每次都原谅了他,他们恩爱如初。可现实总是与人对着干。她胸口压了一座山,越压越沉,她使出全身力气也无法移去,她忍不住叫起来,叫得声嘶力竭,全身疲瘫,她倒在地板上,沉沉睡去。

第二天,她睁开眼睛,雨后清凉的水气轻抚她的额头。

我睡了多久,怎么像做了一个很长很长的梦?朱聪盈受惊一般猛地爬起来,将所有窗帘拉开。窗外有淡淡的阳光,隐约的车流声和人语声,她还活在尘世间,她的心落地,她将脖子仰起,双手上举,伸了一个全方位的懒腰。她对自己说,权当得一回麻疹,发病一次,终生免疫。

朱聪盈不药而愈。

冯时无论如何也想不到是这样一个结局,什么叫歪打正着?这就是。

当朱聪盈请求他将黎金土带回她身边的时候,他满口酸苦。她的心始终在别人身上,她需要他只是希望他能将那个人唤回来,只可惜他玩魔术的本事,骗得了人的钱财,却帮不到人的感情。他没有花哨的办法,只能找上门去,把朱聪盈的状况一五一十告诉黎金土,求他本着治病救人的原则来帮朱聪盈。

冯时知道这种办法治标不治本,为了将这事做得圆满,也为了给黎金土一个教训,他在孟子勤这边也做了手脚。

孟子勤正在筹备大婚。

新房装修好了,孟子勤最在意的还是穿在人前的婚服,她不想在婚宴上让人瞧出变粗的腰身,一口气订了四套礼服,结婚仪式上穿的白色婚纱,给宾客敬酒时穿的红色旗袍,入席时穿的粉兰套装,晚上闹洞房穿的粉红吊带长裙。

婚纱店通知孟子勤，她订的婚服已经全部到货。她一早开车到店里试衣服。店员小心翼翼地侍候，她试了好几遍，稍微变臃肿的身材被巧妙地掩饰了，尽管挑了些刺让店员修改，她的心情总体还是愉悦的。

晚上约好了和黎金土一块儿去见父母，商量邀请客人的名单，走出婚纱店孟子勤一边打开车门一边拨打黎金土的电话，突然有人往她车座上扔了一件东西，孟子勤惊叫一声，看清楚是封信没继续大呼小叫，再转身找那投信人，已经混到人群中不见了。

信封上写着孟子勤女士亲启，是给她本人的。她关好车门，拆开信一字一句地看下去。信中说黎金土作风败坏，心肠狠毒，一直有一个女朋友，女友对他一心一意，他却脚踏两只船，在女朋友最困难的情形下将人家抛弃。写信人还说作为一个高院院长的女儿，孟子勤应该有比一般人更高的素质和品位，有比一般人更强的判断力和是非观，让她看清楚黎金土的嘴脸，不要留恋这样一个没有品德、急功近利的男人。

看罢孟子勤闭上眼睛，头靠在椅子上，除了对黎金土的评价，她一点儿不怀疑这封信叙述的真实性。从一开始和黎金土交往到今天，她从来不问他过去的事情，包括他有没有女朋友，不问是因为自信，谁有更好的条件与她争高下？她习惯了一路直行，从不拐弯。

这事她不怪黎金土，终究他还是舍了前人就她这个后人，这说明她的魅力和价值，黎金土何错之有？孟子勤的这种"判断力"当然是冯时打死也猜不到的，白天不知道黑夜的黑，黑夜也不会在乎白天的白。他的工夫枉费了。

让孟子勤意外的是，黎金土的前女友是南安日报社的记者，而且是那桩轰动大案的见证人。她知道黎金土曾经替这桩案子的嫌疑人免费打官司，这个嫌疑人原先一味认罪不愿意请律师，黎金土花了不少工夫走关系督促追查真凶，他说他认识这个男的，这其中很难说和他的前女友没有关系。

尽管信中行文是用旁观者的口吻来叙述的,孟子勤认定这封信一定出自弃妇之手。她把信一点点撕成碎屑,你也太不自量力,想用这种下三滥的手段将黎金土夺回去,不嫌太幼稚了吗?她本是不屑于与她斗的,但信中说如果她不是高院院长的女儿,不是大了肚子,黎金土不会娶她,她倒要看看这位黎金土的前女友有何本事。

孟子勤花不到一天时间就将朱聪盈的"生平事迹"掌握了,还拿到了几张照片,看上去人长得不错,听说也很能干,跑的还是法制这条线,采访了好几个大案子,写了不少好稿子。了解这些情况,孟子勤到底还是生了醋意,黎金土不知道心里有多惦记这个朱聪盈呢,她得好好想个法子让这女人与他们的生活绝缘。

黎金土与孟子勤的婚礼如期举行。婚宴上高朋满座,更不乏"当权派",大家祝福之言洋洋洒洒,孟子勤对一切都满意,她想黎金土还有什么不满足的呢?如果今天的新娘换作其他人,这种盛况他们想象一辈子也想象不来。

黎金土在没有进新房之前已经被灌得烂醉,进新房后嚷着口渴。孟子勤说,"口渴你就喝水去呀,光着有什么用?"

黎金土晃晃悠悠指着孟子勤的鼻子说,"作为老婆你应该给我倒一杯茶,你不合,不合格。"

孟子勤可没喝多,她冷笑一声,"黎金土,我不管你是不是喝多了,我告诉你,别拿我和别人比较,现在不行,将来更不行。"

7

一处建筑工地正在施工中,突然轰的一声,所有人脚下一震,大家停下手中的活,转头寻找声音传来的地方,只见烟雾腾起处,刚灌浆两天的楼板竟然坍去半边。有人喊道,"快来帮忙呀,阿林被压在下面了。"人群涌过去。

孟子勤听到手机铃声响,不想动,她一天到晚睡不够,连公司都少去了。铃声很执着地响,她慢慢移动粗笨的腰身从床上爬起。电话刚接通,王福田喘乎乎的声音传过来,"孟总,出事了,我们B区前两天灌浆的楼面坍了,压到两个工人,送医院去了,我看有一个是不行了。"

怀孕本来火气就大,孟子勤胸口发闷,捧着肚子吼,"王福田,你的项目经理是怎么当的,前两个月出的事刚刚摆平,今天又出事,你让我这楼还卖不卖?"

王福田说,"灌浆工程我一直把关很严,可能是这段时间雨下得太多。"

孟子勤说,"先别找原因了,赶快把现场处理好,千万别走漏风声。"她没心情睡懒觉了,收拾收拾开车往工地上去。

整个工地是封闭式的,入口处挂着"施工重地,闲人免进"的牌子。孟子勤车子停在铁门前,保安认出是她的车,把铁门打开。隔着车窗孟子勤看到一个女子正试图往工地里闯,她摇下车窗问保安怎么回事。保安说,"她说是《南安日报》的记者,说是要采访我们工地出的事故。"

孟子勤再看这女的面貌似曾相识,联系《南安日报》突然想起这人就是朱聪盈,她见过她的照片,真人却是第一次见到,看上去比照片要漂亮很多。趁朱聪盈还没注意她,她赶快把车窗摇上。"朱聪盈,我没找你,你倒自动送上门来了。"孟子勤的牙关咬紧了。

她停好车走进王福田的办公室。王福田赶紧迎上来说,"孟总,你来了,医院刚来了电话,那个工人确实没抢救过来,另一个伤势稳定。"

孟子勤说,"坍塌现场清理好没有?工地上死一两个人很正常,往上报最多罚点钱,可要说这楼有质量问题就是大事了。"

王福田说,"碎砖块差不多运完了,那些工人我已经让他们闭紧嘴巴,他们也知道老板被罚,对他们没什么好处。"

"门口有个姓朱的女记者听了消息要进工地采访呢,你说怎么办?"

"咦,这消息怎么传出去的?"

"天下没有不透风的墙,你能保证工地上的人都齐心?"

"让守门口的保安守好门,不让她进来,看她怎么采?"

"不,你让她进来。"孟子勤附在王福田耳边如此这般交待。

王福田按照孟子勤的吩咐到大门口迎朱聪盈。"您是朱记者?我是工地的负责人王福田。让记者进来,人家是来监督我们工作的,为什么要拦?"王福田一边训斥保安,一边把一顶安全帽递给朱聪盈。

朱聪盈疑惑地接过安全帽,对方怎么知道她姓朱?一小时前有报料电话打到部里,报料人说盛利地产工地楼板坍塌,还死了人,钟主任把她派出来,可保安一直拦着不让她入内。

朱聪盈随王福田进了工地,王福田大大方方在前面领路,还说,"朱记者,你随便参观。"她看到一批工人正在将带钢筋的碎水泥块往一辆大卡车上装,她走过去问其中一个工人,"这些碎水泥是楼板坍塌留下来的吧?"

那个工人说,"楼板没有塌啊,是我们拆的。"

"为什么要拆?"

"工程师检查说不合格让我们拆了返工。"

再问另一个,说的也差不多。

朱聪盈突然看到一块碎砖上有血迹,她冲过去把砖头拿在手里说,"有人受伤了?"

王福田说,"工地上磕磕碰碰的事不常有吗?这点儿血能证明什么,你们记者太敏感了。"

朱聪盈在工地上转了一圈儿,没问出任何线索,可她能感觉出这工地上的气氛有点怪,好些工人鬼鬼祟祟地盯着她看,那些碎砖石一车车运走也像是在隐藏什么。

王福田热情地邀请她到办公室里去坐坐,说给她介绍一下工地的情况。她随他进了办公室。王福田拿出一沓材料递给她,说盛利地产一向名声很好,又说了几个楼盘的名字,说全是盛利承建的,还说如果朱聪盈有兴趣买房子,他一定替她找人打最低的折扣。朱聪盈说她买不起也不打算买房子。她问,"可以把你们负责楼板灌浆的工程师给我找来吗?我想问他一些情况。"

王福田说,"哦,这没问题。"他出去打了一个电话,回来说工程师刚刚到外地去了,外地也有他们的工地,明天下午才能回来。

朱聪盈知道再耗下去也没有用,她起身告辞。王福田说谢谢她上门来指导工作,做记者这一行真是辛苦,说着递给她一只看起来比较厚实的信封,"一点儿小意思,喝杯茶。"

朱聪盈警惕地挡住信封说,"对不起,我从来不拿茶水费。"她头也不回地走出工地,到外面给市里的建筑安全监督部门挂电话,问今天有没有接到工地的伤亡事故报告,对方说没有。她简单地汇报了一下盛利工地的情况,希望对方派人来做现场调查,有情况马上跟她联系。

回报社等到下班时间,安全监督部门那边也没传来什么消息,朱聪盈再打电话过去已经没有人接了。她回过头来想,如果工地上出了事故,一定是从最近的医院派的救护车。她立即以这家工地为圆心,一家家医院找过去,果然在一家医院查到了记录。询问之下,确定工地上曾经将两个工人送来,其中一位已经死亡,另一位在急诊室处理伤口后出院。朱聪盈把资料收集好,打算第二天去找有关部门协助调查。

第二天刚上班钟明把朱聪盈找到他办公室去,他把好几份同行报纸扔到她面前,问她昨天的采访为什么一个字没写,而另外几家报纸把整个事件报道出来了。朱聪盈拿起一份报纸翻看,报道上说盛利地产工地有工人高空作业从楼上摔下来身亡,经调查系在工作时间饮酒所致,有关部门督促该公司要加强安全施工管理教育等等。再看其他报纸,行文一致,用的像是通稿。

朱聪盈摇头说，"不对，这不是事实的真相。"她把了解到的情况向钟明反映。钟明说，"哦，那可以做个深度调查。"办公桌上的电话响了，钟明拉起话筒，听着听着眉头皱成一团，电话挂上，他脸色严肃，"聪盈，我一直很看好你，想不到你会干这种傻事，告诉我，为什么要拿人家的钱，一万块钱对你这么重要？我做了一辈子的记者，不敢说没犯过错，没动过私心，可坚决不受贿，这是一个记者最基本的原则。人的一生很长，只要留下一个污点，就跟定你一辈子，逃不掉的。"

朱聪盈莫名其妙，钟明这像是在说他自己，他的副厅又被涮了，众人都说还是那桩桃花劫。"主任，你是说我吗？"

钟明说，"当然是说你，盛利地产告你索贿，这事情我恐怕帮不了你，副社长等着你去解释呢，我劝你还是先把钱退回去吧。"

朱聪盈到了副社长办公室才弄清楚"她的问题"，她向盛利地产索贿一万元，作为不报道工地事故的回报，现在工地的事故已经被其他报纸曝光，盛利地产也犯不着"怕"她了，觉得给她钱亏了，于是告发她。

朱聪盈不承认拿了钱，要和盛利地产当面对质。副社长说，"小朱，这事最好不要闹大了，对方不止一个人看到你拿了好处，我们也向其他报纸了解情况了，盛利地产也曾经向其他记者行贿，不过人家没拿。"

朱聪盈说，"社长，你要给我说话的机会，这里面有隐情，工地上不仅仅有工人死了，楼板也塌了，建筑的质量有问题，不是什么饮酒高空作业这么简单的事。"

副社长摊开手说，"你既然了解真相，为什么没有看到稿子？大家都认为你拿了封口费。这种事在我们报社历史上也出过一两例，处理起来不会手软，你写个辞职报告吧。"

朱聪盈说，"我没有索贿，为什么要辞职？"

副社长说，"我们不要再讨论这个问题了，辞职总比开除听起来要

186

好听一些吧？"

朱聪盈没有和副社长再交谈下去，和领导讲道理还不如拿头撞墙痛快，她只有去把证据找来摆到他们面前才好说话。一开始朱聪盈并没有意识到问题的严重性，她认为这种栽赃的手段太拙劣，像纸一样一捅就破。她先到工地上找王福田，一个新的项目负责人出来见她说王福田因为出事故被解聘了。她再到盛利地产公司去，说要见公司的老总，她去了一次又一次，秘书总是说，"我们总经理没来，你有什么事可以和我说。"最后一次，她像讨薪工人一样爬到楼道上方的窗户平台上喊，"我今天必须见到你们总经理，否则我从这楼上跳下去。"公司许多人呼地围上来看，有灵醒的马上打电话报警。

秘书慌了手脚，打电话给孟子勤，得了答复赶紧跑过来趴在窗台上喊，"朱记者，我们总经理要见你。"

秘书带朱聪盈进一间豪华办公室，孟子勤大着肚子坐在沙发上，神态安详。朱聪盈发现这经理竟然是个女的，还是个孕妇，有些吃惊，还有些后悔刚才的过激举动。

孟子勤说，"朱记者，你找我有事？"

朱聪盈说，"你们公司向报社指控我拿了贿赂，我来讨个说法。究竟我是从谁的手上拿了这笔钱，你们要还我清白。"

孟子勤说，"这种小事情我一向不过问，我手下的人太多了，我都没认识全。不过，像你这样年轻的女孩子丢掉这么一份好工作实在是可惜，名声也坏了，我真是同情你，也不知道我手下那些人是怎么办事的，一两万块钱就让人毁了前途，要不你回去等等，我问出结果给你答复。"

朱聪盈说，"希望你不是敷衍我。"

孟子勤说，"别人会，我一定不会，我孟子勤做事一向有始有终。"

"孟子勤"三个字把朱聪盈惊呆了，再看眼见这女人的腰身，她确定了，她万万想不到眼前这个精明的女人就是孟子勤，黎金土的夫人。

她似乎有点明白过来了,为什么她会陷到一个莫名的套子里。"你是孟子勤?"

孟子勤心想还挺能装的,"是啊,你刚才不是要死要活地一定要见到我吗?你这么年轻漂亮爬窗台上去,真掉下来不知道有多少人难过呢。"

"是你让手下人这么做的,你为什么要害我?"

孟子勤笑了,"我们认识吗,我为什么要害你?"

朱聪盈沉默了,孟子勤出手只会是因为黎金土,这一想法让她不愿意应战。她离开盛利地产,第二天向报社递了辞职信。

这一次朱聪盈是真的很平静。她觉得自己从一种困境中解脱出来,一身轻松。那些年在大学里学的,这几年在报社干的,一下子全交待了,结束了。她结束了一种她曾经选择并热爱的职业,正如她结束了一段她曾经选择并投入的感情。多少人一辈子只能从事一种职业只爱一个人,她现在有机会去寻找并尝试另一种生活,谁敢说这是一件坏事呢。

听说朱聪盈辞职,冯时气得扇自己耳光。一开始了解到是盛利地产栽赃陷害,他立马想到是他的那封信起了反作用,正着手在找王福田,朱聪盈这边不吭不哈地把工作辞了。

"你傻了,好好一份工作不要,你这不是让人家举杯庆祝?"

"这工作对我已经没有任何吸引力了,以前觉得做记者很风光,站得高看得远,有威望有诚信,只要努力就有回报,这些想法很可笑吧?我还不如努力赚钱,或者努力去赚名声,这样更物有所值。"

"那你起码也要还自己一个清白,把真相揭露出来,难道你想背一辈子黑锅?"

"我了解的真相太多了,真相太残酷了,如果我糊涂一点儿可能就幸福一点儿。算了,这事我们不要再讨论了,以后你出去做生意带上我吧,我虽然没有经验,脑袋还管用,跑跑腿也不比别人差的。"

冯时苦笑着说，"我在外面跟流浪差不多，怎么能够带上你。"

朱聪盈说，"流浪？太好了，明天走不走？啊，从明天开始做一个幸福的流浪人。"她开始抒情了。

冯时说，"聪盈，你也是二十好几的人了，不会这么天真吧，你以为过日子是过家家？你以为轻易能找到一份好工作？你要靠它吃饭，靠它获得自信，靠它给你尊严，你看我这副样子像个成功人士吧？我付出的不是你能想象到的，可我仍然是个失败者。聪盈，也许你真能吃苦，但苦不该这么吃。"

朱聪盈笑着说，"我无所谓，哪里找不到一碗饭吃？"

朱聪盈不追究，冯时不能不追究。王福田这个人他很快找出来，盛利地产把他安排到外地一个新楼盘去了。冯时用比较小人的方法把他请出来，问他为什么要害一个姑娘失去工作，害人一辈子。

王福田说，"我也没有办法，如果她不失去工作，我就要失去工作。"

冯时说，"我可以给你工作，给你钱，但你要保证还人清白。"

王福田说，"人心都是肉长的，我不是恶人，我有我的苦衷，你不要逼我了。"

从王福田这里没法找到突破口，冯时直接杀到黎金土的正远律师事务所，人没进门，先把挂在外面的招牌摘下来，扔地上，踏上大脚。事务所里的人听到动静纷纷跑出来，有人嚷着说要报警，冯时说，"报吧，赶快报吧，老子巴不得所有人知道正远的牌子让人给摘了。"

黎金土出来认出冯时，绅士地伸出手，"冯总，找我有事？进办公室谈。"冯时没有伸手出去与他相握，大摇大摆走进黎金土的办公室。

冯时一屁股坐到黎金土的办公桌上。"黎大律师你忙，我也懒得拐弯抹角了，我来这里的目的是为朱聪盈讨一个公道，还她一个清白。你老婆诬陷她受贿，让她丢了工作。我想知道你是怎么想的，朱聪盈到底有什么对不住你，你甩了人家，还要把人家赶尽杀绝才解恨？"

这事黎金土第一次从冯时的口里听到，暗暗心惊，嘴上说，"这事与我无关,我相信孟子勤也不会做这种事,朱聪盈是不是什么地方让人误会了,我去了解一下。"

看黎金土推得一干二净,冯时强压着的心头火一下着了,他从桌上跳下来,当胸给黎金土一拳,"这一拳是替聪盈打的!她是怎样一个人你应该比我清楚,如果你稍稍还有点儿良心,你要为她的下半生考虑。黎金土,我警告你,这事如果没有一个妥善的解决,我保证你要付出代价。"说完,冯时拉开门扬长而去。

冯时捣在黎金土胸口那一拳头用了十成力,黎金土痛得捂胸干呕。他隐约感到朱聪盈的事情确实与孟子勤有关,与孟子勤有关自然就与他有关。孟子勤出手害人只能是因为他,如果是这样,这一拳头的惩罚就太轻了。

冯时前脚走,黎金土后脚也离开办公室,他把车子朝家的方向开得飞快。

离预产期还有一个多月,孟子勤的肚子已经很壮观了,她平时基本待在家里,没事不出门。今天太阳好,她指挥保姆把新买回来的婴儿衣服洗净了拿到太阳下暴晒。黎金土捂着胸口面色发灰地出现在她面前,把她吓了一跳,她伸出手去摸他的脸,"出什么事了?"

黎金土把孟子勤的手打掉,"孟子勤,朱聪盈受贿的事是不是你让人栽的赃?你让她以后怎么出来见人,怎么生活?你是毁人前程你知不知道?"

黎金土狂怒的嘴脸孟子勤第一次见识,她有些心虚了,"我是在维护我的家庭,如果你没有对她藕断丝连,我不会这样去做,怪只能怪你自己。我们的孩子快要出世了,还是想想我们的将来吧,那些都是和我们无关紧要的人,不必太在意。"

黎金土拍拍胸口说,"你这样做只会让我一辈子觉得欠她的,我的良心过不去。为了你我已经抛弃了她,你知道吗,她没有任何错,是我错了,我图名利地位,换回了一套辉煌的大房子还有永远打不完的官司与应酬，我爱这些胜过爱她，所以你赢了。"

孟子勤脸色铁青，"黎金土，你太过分了。"

黎金土说，"我只有一个要求，还朱聪盈一个清白，不要让我认定你是个恶妇！"

孟子勤手指着黎金土，嘴角抽搐，突然哎哟哟叫唤，捂着肚子倒在地上，"金土，快，快，我要生了。"

黎金土愣了好一会儿，才想起喊保姆，他手忙脚乱把孟子勤抱起来，冲出门去。

孩子提前出世，龙凤胎，一个晶莹剔透的女儿，一个白嫩憨憨的儿子。黎金土亲亲这个，亲亲那个，心里默念"爸爸对不起你们，对不起"。孟子勤躺在病床上，脸色有些苍白。她睁开眼看到这温情的一幕，心里泛上一丝悔意，朱聪盈的事她也许是做得有些过分了。

"金土，金土"，听到妻子的叫唤，黎金土上前拉住妻子的手。孟子勤说，"看在孩子的分上，过去的事不要再提了，好吗？当我们中间从来没有朱聪盈这个人。"

这个要求在这种时候提出来黎金土不能拒绝。孩子的出世意味着一种隔断，那个他曾经爱过的女子迟早要被覆盖，一点儿痕迹不留。他是永远地抛弃她了。他搂过妻子，眼里渗出了泪水，"人生真是奇妙，我竟然成了父亲，有儿有女，他们那么小，那么让人心疼，子勤，谢谢你。"

8

冯时最担心的事情还是发生了，刘书明在从越南回国时被抓。电视上说这个"富达卡"诈骗案的主犯之一逃到越南好几年，突然鬼迷心窍说想家了，一定要回国，刚过海关就被逮了。

刘书明被捕,陈谋在西河一直没挪窝,首当其冲入险境。冯时想他一定也知道消息了,不知道有何应对,虽然陈谋一直不知道他身在何处,这种时候他们两人不能再有任何联系,从西河到南安,查起来不需要太多工夫。理智告诉冯时,他马上得离开南安,感情在这种时候却总是占上风,他还走不了,朱聪盈的公道他还没有讨来。

　　黎金土预感到他要见的这位客户非同一般,一个星期前这位自称刘江的客户让助理将两万元订金拿到他的律师事务所,说是咨询费,尽管刘江还没开口咨询他任何问题。

　　他们约好了今天早上见面。

　　黎金土开车到见面地点——一家五星级饭店喝早茶的餐厅。刘江的助理早候在门口,一脸歉意,"刘总觉得这地方人杂了,想请您换个地方会面,请您谅解。"

　　黎金土当然谅解,有钱人要咨询的事情有几件是能放到台面上来说的?他爽快地重新上车,助理在前面带路。车子往城南开,一直开出城,进入有名的绿都度假山庄。山庄内鸟语花香,绿树成荫,除了保安没见什么人走动。

　　车子直接开进一栋别墅的地下车库。助理将黎金土引进屋内,倒上热茶。黎金土端起茶杯四下打量,屋内是典型的酒店装修风格,既豪华又庸俗,透明的落地窗外是游泳池,一汪蓝澈的水,让人心境变得清凉。一个长相普通的中年男子穿着一条泳裤,站在池边做热身运动。助理笑着对黎金土说,"刘总邀你一块儿游个早泳。"

　　黎金土说,"游泳?我没准备东西。"

　　助理马上拿出一条崭新的泳裤递到他跟前。

　　黎金土有些被动地接过泳裤,到休息室换上了。他赤裸上身,穿着一条泳裤走到泳池边,那个中年男人赶紧小跑过来和他握手,用力地握。"黎大律师,你好,你好,我们这样也算是赤诚相见了,今天早上你的时间交给我了,来,先下去游一游,上来我们再详谈。"

这样的做派很像电影里的场景,黎金土不太适应,不过,眼前的水还是清澈可爱的,他下水了。

两人大概游了半个小时,刘江先爬上岸,平躺在一张躺椅上晒太阳,黎金土也跟着上了岸。助理在小桌上摆满了水果和点心,刘江招呼黎金土尝一尝。黎金土游完泳胃口很好,吃了不少东西。

刘江说,"黎律师,这个山庄是我开发的,你看还行吧。"

黎金土说,"是吗?早听说过这里,不过没空来,今天从外边进来一路看,环境不错,生意不错吧?"

刘江说,"钱这东西赚多少才是够呢?黎律师,你说是钱重要还是情分重要?"

黎金土说,"这要看以什么标准来衡量了,一般人喜欢在口头上嚷着情分重要,但我想大家的内心实际还是用钱的多少来衡量事业的成功与否。"

刘江点点头,"说得好,黎律师,今天我们说的话没有记录,没有第三者在场,我信得过你,见得光的也好,见不得光的也好,我一律不瞒你,我只想让你给我一个思路。"

黎金土心想,难怪让他赤条条地下泳池,原来是担心他带了录音机呢。这些有钱人,行事周全,且看他说出什么惊天动地的事情来。

刘江口里说的果真惊天动地,黎金土觉得可以拍《英雄本色》第二部了。

刘江说二十年前他白手起家在云南边境做生意,掉脑袋的生意做了不少,兄弟朋友也折了不少,后来慢慢由黑变白,走上正路,现在身家过亿。他还不时引用一句电影的经典对白,"出来混总是要还的。"

黎金土一边喝着饮料,一边耐心地听着,怎么对方说话的声音越来越小,他的眼皮越来越沉?他的脑袋左右晃动,终于趴到桌上。

刘江叫了好几声:"黎律师,黎律师。"

黎金土一动不动,鼻子发出轻轻的鼾声。

刘江笑了笑,绕过泳池进入里间的房子。助理迎上来说,"东西已经给他老婆送过去了。"

刘江说,"我们撤。"

孟子勤知道黎金土早上去见客户,起得还比往日早,说是个大客户。在黎金土离家后的一个多小时,她接到一个电话,是用黎金土的手机打的,说话的却不是自己的丈夫,对方说,"黎太太你好,你家门口有一袋东西你去看看,我等会儿再打过来。"

孟子勤狐疑地打开门,门外果然有一个小塑料袋,里面装的是黎金土的内裤、手表和戒指。电话马上又响了,"黎金土现在我们手上,希望你不要考虑报警,我们的脾气和耐心都很差。呵,你的两个孩子真可爱,你们家保姆带他们在人民公园晒太阳呢。"

孟子勤像被人猛地扔到冰窖里,头皮发麻,手脚止不住地发抖。作为高院院长的女儿,刑事案件她几乎天天听,但轮到自己头上是从来没想过。"你们想怎么样?"

"当然是求财了,这钱你出得起。"

"你们想要多少?"

"你公司的财会现在在银行领钱,听说今天是要给工人结算工资吧?你让她多取点,一百万就行了,你让她直接把钱交给我,我头上戴顶红帽子,从现在开始计算,我给你五分钟时间,别动其他心思,我说过的,我的脾气很坏。"

孟子勤没有马上给会计电话,她往黎金土的事务所挂了电话,让秘书查预约的客户电话。她拿到号码马上打过去,对方手机关机,这下她有八分相信黎金土是真的遇上麻烦了,她想给父亲电话,又担心父亲在这位置上会执意报案,后果她不敢想。五分钟的时间转转念头就过了,孟子勤急出一身汗,咬咬牙拨了会计的电话,果然如那人所说会计正在银行领钱,看来对方策划周密,她不冒险是对的。

孟子勤问,"周会计,你等会儿取上一百万,出了银行把钱交给一个戴一顶红帽子的男人。"

周会计莫名其妙，"你让我把钱给谁？孟总，等会儿我要去工地和工头结账，将近八十六万，我和小王带着司机一块儿来领的。"

孟子勤说，"按照我说的去做，取一百万，出了银行你自然知道要交给谁的，出事我负责，与你无关。"

周会计说，"那你和小王也说一声，给我作个证。"

孟子勤没奈何，让周会计把电话交给小王，她跟小王也说了声。

周会计领了钱走出银行，一个戴红帽子的男人迎上来，帽子压得低低的，还戴着墨镜，他说，"孟总让我取钱。"

周会计满腹疑虑地把钱交了出去。那人接了钱，马上招手上了一辆的士。

黎金土是被绿都山庄的服务员叫醒的。服务员说，"黎律师，你好，你的朋友有急事先走了，让我们这个时候来叫醒你。"服务员还交给他一封信。

黎金土昏沉沉睡了一觉，看信上说的也是云里雾里的，等回到家和孟子勤对上话才知道这几小时发生的事情。孟子勤嚷着要报警，黎金土从兜里掏出那封信扔到她面前，她拾起来看，上面写道：一个是高院院长的千金，一个是有名的律师，这事情说出去，太没面子，太轰动，我要是你们就不会去报案。也许律师先生还得认真想一想，我们这算不算是绑架？我们不过是请您来休闲一把，谁让你拼命地喝咖啡？哈哈。得人钱财，与人消灾，我们保证此后再不打扰你们，除非你们非要把我们找出来。来日方长，后会无期，祝你们一家四口幸福美满。

黎金土说，"他们说的有道理，这案一报我们真成南安名人了，即使钱拿回来也抵不了这名声的损失啊，钱去人安乐，认倒霉吧。"

孟子勤说，"这不是纵容歹徒吗？以后再有事怎么办？"

黎金土说，"我总觉得这事是熟人干的，用你爸的资源，我们先暗中查查。"

9

冯时把两张机票摆到朱聪盈跟前说，"赶快收拾行李，等会儿我们出发了。"

票上的目的地是上海。朱聪盈说，"去上海干什么？"

冯时说，"你不是说要跟我一起到处流浪吗，我们第一站就是上海。"

朱聪盈说，"到这么高级的地方去流浪，成本太高了吧？"

"你没发现越高级的地方，门口讨钱的人越多？"

"说得很有道理，那我就什么也不带了。"

"错，把你最美最贵的衣服带上。"

飞机抵达上海，到一家宾馆落脚后，冯时换上一套笔挺的黑西服，头发梳得油光水滑。朱聪盈看到他这副打扮，咯咯笑个不停。冯时扔给朱聪盈一只纸袋，"笑什么笑，也不看自己穿成什么样了，赶快把衣服换上。"

朱聪盈打开纸袋惊叹一声，"好美"！当抖开裙子现出袒胸露背的样式，她又叫唤，"妈呀，这怎么能穿出去，我又不是要参加宴会的电影明星。"

冯时说，"必须换上，不然今晚上到那地方就是别人看我们了。"

朱聪盈关上门扭扭捏捏把衣服换上，看着镜中的自己，首先惊艳了一把，原来自己的皮肤这么白，腰这么细，胸部……出门的时候，她还是觉得露得太多，抓了一件衣服披在外边。

冯时在门口等了半天，等到一个用外套把自己裹得严严实实的美女。他笑着向朱聪盈伸出手说，"看来我们要互相鼓励一下，我穿这身衣服也拘束得很。"

朱聪盈赶紧牵住他的手说，"你不扶着我，这高跟鞋迟早要让我栽个大跟斗。"

冯时跟的士司机说了一个地址,司机看他们的行头,随口道,"是去吃西餐吧,这家是我们上海最老牌,最有名气的西餐厅。"

朱聪盈说,"搞得神神秘秘的,原来是要去吃西餐。"

冯时说,"到了你就知道了。"

朱聪盈长这么大第一次进入这么高级的西餐厅吃饭,以前她跟冯时说过,她的最大理想就是开这样一家西餐厅,男的穿西装打领带,女的穿晚礼服,那是她看电影电视拼出来的一种印象。现在这种印象活色生香摆在她面前,她也成了里面的一个主角。

餐厅里的光是金黄色的,少数是电灯,多数是蜡烛。餐具是银制,或不锈钢,闪着高贵的光泽。男士穿着整齐的西服,至少也穿件长袖衬衣。女士则生动许多,长短不同颜色各异的晚礼服替主人争美。男人女人喁喁交谈,偶尔有杯盏清脆的碰撞声。

朱聪盈早早把外套除去,暗暗庆幸穿了这身晚礼服,不然真像冯时说的,是别人看他们乡巴佬的笑话了。

冯时和朱聪盈各执一本菜单,他偷偷凑到她耳边说,"吃西餐我是个外行,全看你了。"

朱聪盈低声回答,"没吃过猪肉,也看过猪跑路,看我的吧。"她按吃大餐的规矩,一道道菜点了下去。

他们吃得很斯文,当他们慢条斯理把最后一道甜品吃完,冯时轻轻叫唤,"皮带快把我的腰勒成两截了。"朱聪盈笑着说,"这礼服的腰围太窄,我也快透不过气来了。"

冯时招手让服务员结账,两人步出餐厅,互相看看对方,抱着肚子笑了好一阵。餐厅离江边不远,冯时说,"要不要去走走?"朱聪盈说,"当然要。"

这一带江岸人不多,看得见江中的轮船在跑。冯时把西服脱下,扯开衬衣上面的两粒扣子,朱聪盈把高跟鞋脱下,一只手提着裙裾。路过他们的人都回过头来再看他们一眼。冯时说，"他们一定以为我们两个是傻子，穿成这样来散步。"朱聪盈说，"才不是，他们一定在使劲想我们是哪个大明星，刚参加完宴会过来吹风的。"

冯时说，"你像明星，我最多像个助理，我第一次跟个姑娘散步，还穿得跟结婚一样，行了，这辈子也值了。"

朱聪盈说，"现在说一辈子太早了吧，你还没有娶妻生子呢。"

冯时说，"你们文化人不是经常说完美的人生应该是由不完美的事件来构成的吗？这话说得挺好，我一下就记住了。聪盈，今晚上对着这么好的月亮，你能不能跟我起个誓，好好地爱自己，好好地生活，这样，我无论走到哪里这心都不用牵挂着。"

朱聪盈的脸沉下来，"你又想一个人溜到哪里去？"

冯时握着朱聪盈的手说，"这次带你来上海，是想让你现场来感受一下，我已经在南安替你盘下一家餐厅，正在装修，师傅也找好了，是今晚这家餐厅大厨的徒弟。你记住，这个餐厅是你的，和任何人都没有关系，以后如果有人向你问起我，你坚决要说和我不熟。别忘了，你现在是个待业女青年，开这样一家餐厅又是你的梦想，如果这样你还不能把餐厅弄起来，其他的事也不用干了。听话，把餐厅的生意做好，做个经济独立的女人，谁也不能欺负你。"

朱聪盈的眼圈慢慢红了，这多像临别托孤啊。她抓住冯时的手说，"你为什么不能留在南安，外面真的这么精彩吗？如果精彩就带上我。"

"外面再精彩也没有南安好，因为你在那里，我早把南安当成家了，你千万不要离开南安，不然我真的连个家都不知道在什么地方了。"

"你不许走得太远，不许走得太久，我要找不到你怎么办？"

"你要相信你即使见不到我，我也是能看到你的。我给你的五个铜钱还在吧？来，我再为你表演一次。"

朱聪盈把五枚铜钱掏出来递给冯时，冯时像第一次为她表演一样，把五枚铜钱变出来，又变没了。

10

孟子勤用她爸的关系,编了个由头,派人把绿都山庄当天租别墅的人调查了一番,发现租别墅的人连证件都没,只付了一笔数目比较大的订金。这些度假山庄,有钱就是上宾。先前预约的刘江只有一个手机号码,现在打过去自然是不通,没法追下去。

黎金土想到那人曾跟踪公司的会计到银行,也许银行内部的摄像头会将人摄下来。录像带拿到手,孟子勤让周会计来指认那天来拿钱的人。周会计至今不知道发生何事,一生谨慎的她,录像带看了七八遍,看来看去,小心翼翼指着当时坐在银行营业厅边角上一个戴着黑帽子、墨镜,手上报纸遮了半边脸的男人说,"像是这个。"

孟子勤说,"不说是戴红帽子的吗?"

黎金土说,"红帽子这么招摇,可以临时换上的。"他认真看这人,不认识,看了好几遍突然有了感觉,帽子的边角露出一小撮白发,冯时的名字在他的脑子里蹦出来,他的心咚咚跳,前有因后有果,如果是冯时,一切都解释得通了。黎金土没有将这个发现和想法告诉孟子勤。

他到公安部门抽调冯时的档案,上面记录冯时曾因诈骗坐过一年半的牢。一个小混混一年半的牢坐下来,短短几年摇身变成一个大老板,连医院几百万的仪器都赞助得起,这中间发生了什么事?他几乎认定讹他的人就是冯时了。此时,他原有的担心反倒放下了,这总比让其他不三不四的人盯上要好。不消说,冯时是为朱聪盈出头,讨公道,只不过这么一来,他恐怕是惹火烧身。黎金土把冯时的资料交给公安刑侦科,让他们重点调查冯时。

冯时与朱聪盈一道去上海,返程的时候只有朱聪盈一个人。朱聪盈没精打采地晃了几天才定得下心来按照冯时留给她的指示,开始装修西餐厅。西餐厅取名"纽约客",在圣诞节前夕开张,生意开门红。这红火的势头一直保持着,没预约临时来基本上找不到位置。"纽约客"门口排队的人群,因为衣冠整齐,耐心奇佳,成为南安一道风景。

黎金土没过多久找上门来了。他走进"纽约客",环顾四周,看到朱聪盈坐在总台里,便夸张地嚷道,"不错,不错,这样规格的西餐厅全中国没几家吧?下了大本钱啊,别人口袋里的钱用起来就是大方爽快。"

朱聪盈迎上前来,"你是来吃饭的吗?对不起,座位全有预约了。"

"饭我就不吃了,太贵,吃不起。我是来告诉你一个好消息的,你的好朋友冯时竟然是个诈骗犯,他犯的案子正在查,估计犯的事不少。"

朱聪盈说,"你诬蔑别人很有快感吗?"

"诬蔑?他诈了别人多少我不清楚,可从我手里他就拿走了一百万,整整一百万。"

"你和他有仇?"

"是他和我有仇,你也别撇得太清了,还不是因为你的事,他认定我欠你的。我和孟子勤虽然亏欠于你,也不能用这种方式来诈我们啊?他的胆子未免太大了,眼里还有没有国法?"

朱聪盈抽了一口凉气,话说到这份上,她相信黎金土口里说出来的未必都是栽赃陷害。有服务员往他们的方向看过来,朱聪盈把黎金土请进一间包厢坐下。"说吧,详细地说说冯时是怎么骗你的?"

黎金土将事情原原本本摆给朱聪盈听,末了说,"看来你也是不知情的,他连你也骗了吧?我先给你打个预防针,这家伙以前犯的事可能更加了不得。"

朱聪盈终于心如明镜。所有的事情都有了合理的解释,难怪冯时总是不停地在外奔波,居无定所,难怪他说他的职业是玩魔术,难怪他在上海与她告别……在上海与冯时分手以后,他再没和她联系,她一直还不肯相信他这次离开和以往有什么不同,以为过上半年一年的,他自然又会回来。可这次，他怕是真的回不来了。如果她早些了解他，她不会让他走得这么远。

一股柔情与悲凉同时涌上朱聪盈的心头，一颗心被撞击得千疮百孔，血流如注。原来，她一直被人这么贴心舍命地爱着，无求无望地爱着，她当珍惜自己如同他珍爱她。想到可能再也见不到这个人了，她绝望得要叫出声来，这是她从未有过的感受，即便与黎金土分手也不曾有过，眼泪一串串从她的眼里坠落，砸到地上。

黎金土哼哼冷笑，"为一个诈骗犯哭，不值得吧？不过，如果冯时归案，你这个餐厅就不一定能保住了，这小子也是痴情种，为你倒是不惜顶风作案。"

朱聪盈再也无法保持风度，她双手握拳，像一只母狮在黎金土面前狂哮，"我不管他是不是诈骗犯，我只知道他从来没有骗过我，他比你更高尚。黎金土，我明明白白告诉你，这个西餐厅是我的，谁也别想打它的主意。我本来有一份好的职业，为什么会是今天的局面，你最清楚，你欠我的一百万能还清吗？如果这餐厅我保不住，冯时不会放过你们，我也不会放过你们。你们在明处，他在暗处，总不得不防吧，何况你们已经有了孩子。"

黎金土打了一个冷战，"朱聪盈，你变了，这些话只有心肠恶毒的泼妇才说得出来。"

"与时俱进而已。"

黎金土摔门走了。

朱聪盈瘫坐在椅子上，她的勇气在刚才那一刻发挥到了极致。她认准了，这餐厅是他留给她的栖身之所，是他为她的最后牺牲，如果她连这都保不住，如何对得起这样一个不需要她任何回报的男人。

朱聪盈让服务员在餐厅留出一张固定的桌子，在走廊尽头靠窗户的位置。无论生意多好，多少人排队站在门外，那张桌子仍然是空着的。有客人问，"为什么那张桌子空着？"服务员会回答，"已经被人预定了。"朱聪盈闲下来的时候,会坐下来,让服务员备上双份碗筷,她和看不见的他吃饭,说话。他说过的,即使她看不到他,他也看得到她。

11

某国著名魔术师要到南安演出,大街上贴了大幅的宣传广告牌。这种演出在南安少有,短短几日,票便卖光了。朱聪盈一口气买了一百张票,她留下两张,其余的,以抽奖的方式奖励给前来餐厅用餐的客人们。她新近开了另一家餐厅,和"纽约客"的风格完全两样,叫"大碗菜",是地道的农家菜馆,粗瓷大碗盛饭菜,红烧肉、老豆腐、玉米饭、红薯酒,土得掉渣的风味,连烧饭用的都是柴火。

"纽约客"生意一向好,"大碗菜"的生意也日渐红火起来。朱聪盈从中总结出一个道理,现在的人喜欢走极端,要么高到云层,要么低到土里,反正要和日常生活有区别有反差,这样才人觉得随心所欲了。

魔术大师演出的那天晚上,朱聪盈一个人拿着两张票在剧场外面站着,直到演出开始前的最后一分钟她才进场。她身边的位置空着,她把她的手搭在两个位置共同拥有的扶手上,想象着有另一只手握着她的手。